作者简介：

陶玉明，布朗族，云南双江人。系中国作家协会会员、中国少数民族作家学会会员、中国散文家协会会员、鲁迅文学院第十二届中青年作家高级研讨班学员，现任临沧市文联副主席。

作品先后在《人民日报》《云南日报》《文艺报》《国家地理》《文学界》《芳草》《时代文学》《民族文学》《边疆文学》《中国散文家》《中学生阅读》《长白山》等刊物发表。著有散文集《我的乡村》《远方的家园》，民族文化专著《布朗族》《中国布朗族》《走近中国布朗族》等，主编《新时期中国少数民族文学作品选集·布朗族卷》。散文集《我的乡村》先后获云南省少数民族文学精品奖、全国第十届少数民族文学创作骏马奖。《远方的家园》《回首望故乡》《一个傣族村寨的幸福梦想》为中国作家协会立项扶持项目。

新中国成立七十周年献礼丛书

回首望故乡

陶玉明 / 著

云南出版集团　云南人民出版社

图书在版编目（CIP）数据

回首望故乡 / 陶玉明著. -- 昆明 : 云南人民出版社，2019.12

（新中国成立七十周年献礼丛书）

ISBN 978-7-222-18992-8

Ⅰ. ①回… Ⅱ. ①陶… Ⅲ. ①散文集－中国－当代 Ⅳ. ①I267

中国版本图书馆CIP数据核字(2019)第267140号

策　　划：云南省作家协会

责任编辑：刘　焰　雷敔星
装帧设计：李乐乐　熊小熊
责任校对：姚实名
责任印制：窦雪松

新中国成立七十周年献礼丛书

HUISHOU WANG GUXIANG
回首望故乡
陶玉明/著

出　版　云南出版集团　云南人民出版社
发　行　云南人民出版社
社　址　昆明市环城西路609号
邮　编　650034
网　址　www.ynpph.com.cn
E-mail　ynrms@sina.com
开　本　889mm×1194mm　1/32
印　张　10.5
字　数　200千
版　次　2019年12月第1版第1次印刷
印　刷　昆明美林彩印包装有限公司
书　号　ISBN 978-7-222-18992-8
定　价　45.00元

如需购买图书、反馈意见，请与我社联系
总编室：0871-64109126　发行部：0871-64108507　审校部：0871-64164626　印制部：0871-64191534

云南人民出版社微信公众号

目 录

第一章　澜沧江畔，我远方的家

江边山·白花地

一

我的老家地处云贵高原的西南边缘，村寨坐落在澜沧江西岸的一座山梁上。湛蓝的天空、洁白的云朵、碧绿的江水、土灰色的民居，让这个古老山寨显得更加沧桑而悲凉。

沧桑而悲凉的不仅是这块土地，还有我颠沛流离的身躯和灵魂。老家的这块土地无论是在中国版图上还是在云南地图里，我都无法找到她所处的准确位置，因为，她比针尖还小。站在高高的山岗上瞭望故乡，阳光灼伤我的双眼，家乡几代人经历的苦难像针尖一样刺痛我的心。

我从未在外人面前提到过老家的地名。那是因为在我所听到过的乡村地名中，老家的地名是最土气的一个。那土得掉渣的村名，也许是那遥远的时代部落民族在苦难中发出的声音。

老家的村名沿用的是古老的少数民族地名。那个时候，汉语还远远没有流传到这个村寨，现在用汉语翻译出来，意思大致是“用土罐背水的地方”。与水有关的村庄，用土罐背水，足见水的稀缺。

浩浩荡荡的澜沧江最富饶的就是水。然而，地处澜沧江边的老家，水比眼泪更稀缺。

澜沧江在老家的群山脚下流淌，外人把老家的这些大山、小山统称为江边山。江边山空气干燥，气候炎热，河谷中热气氤氲，被太阳烘烤的土地成了黑色的焦土， 那黑色的焦土呈粉末状的，很像狩猎时代那种火铳枪用的“火药”。春夏两季，植物在强烈的阳光下低垂着枝叶，饥渴的蝉儿悲悯地叫唤；秋冬两季，悬崖峭壁巨石嶙峋，莽莽山野一片枯黄。在江边山一带，流传着一个叫《蝉儿》的故事。生活在那里的布朗族人讲：蝉儿鸣叫时发出酷似“咩——喃——咩——喃——”的声音，这是有来历的。“咩”翻译成布朗族语言是母亲，“喃”是水。相传，很久很久以前，一位母亲带着小儿到江边山去薅铲苞谷地，烈日炎炎，饥渴难当，母亲便让儿子到江边去汲水。由于小儿贪玩，迟迟没有汲水回来，等到小儿用竹筒盛水回来的时候，母亲已经渴死了。小儿看着死去的母亲就撕心裂肺地叫唤：“咩——喃——咩——喃——”，意思是“母亲呀，水，母亲呀，水”。但任凭小儿怎样叫唤，死去的母亲却再也没有醒来。后来，这个孩子变成了一只蝉儿，每到这个酷热的季节就“咩——喃——咩——喃——”地叫个不停。这个故事除了教育孩子做事不要贪玩以外，更多的是形容江边山炎热恶劣的气候环境。

老家山多，但地无三尺平，路无三丈宽，地形地貌千姿百态，山的命名也千奇百怪。有的山以形貌命名，如仙人山、马鞍山、牛头山、磨盘山；有的山以色彩命名，如大黑山、大青山、红土山、黄土山；有的山以人物命名，如艾宝山、尼章山、布腊山、月娥山；有的山以动物命名，如马鹿山、麂子山、豹子山、猴子山、岩羊山；有的山以树木命名，如麻栗山、橄榄山、松树山、白花山、樱桃山、桦树山、杧果山；有的山以石头命名，如大石头山、小石头山、石板山、石墩山；有的山以神话传说和故事命名，如公主山、征战山、买牛山、歇马山。每一座山都有一段神话，每一块地都有一个故事。这些神话和故事滋养着故乡人的灵魂，让老家人坚信，家乡的这块土地是人神共居的家园。

老家人靠山吃山，是这些名不见经传的山哺育了一代又一代的故乡人。

山顶上有草坪，那是老家人放牛的地方。放牛场离村子近则七八里，远则十几里。早上天刚蒙蒙亮，放牛的人吃了一点早饭，就要把牛赶出去，到晚上天黑了才能赶着牛回家。回来早了，那牛吃不饱草食。午饭是要用篾盒盛着从家里带去的。说是午饭，其实也不过是一块苞谷面做的粑粑而已。为了节约劳动力，几家人的牛统一由一个人看管。一般情况下，一个大人放五六头牛，一个小孩放三四头牛。山路狭窄，山地陡峭，牛多了不好看管。比起其他劳作来讲，放牛应该算是轻松的活计，一般由老人和小孩来承担。说轻松，那也是相对于乡村那些重活计而言，其实放牛并不轻松。小时候，我放过牛，对上山放牛的情景记忆犹新。江边山坡陡谷深，峭壁嶙峋，赶着牛上坡的时候总是感到心慌气短、四肢无力，赶着牛下坡的时候又总是感到心惊肉跳、四肢酸软。遇到自己放的牛和其他牛群斗架的时候，还要扛起一根长长的棍棒去疏散。要是放牛的时候不小心让牛踩空了脚折断了腿，或是牛群打斗的时候受了伤，那一天晚上就迟迟不敢圈着牛回家，生怕大人责罚。牛是农民的命根子，江边山的田地要靠牛犁。没有牛，那些田地只能靠人力去挖。

山梁中有树，那是老家人砍木料和砍柴的地方。老家人建房盖屋要砍伐木料，而只有山林深处才有又直又粗、质地坚硬的原木。砍木料的地方要选择位于村寨坐落的那座山上段的斜坡处，否则就无法将砍好的木料运回来。木料砍好了，放上两三个月，晾得半干了，才用一根粗壮的藤绳拖回来。砍木料不是一件容易的事，工具要用专砍木料的锋利斧子，这种斧子只有身强体壮的男人才能使用。同一造型的木架房，房子有高有矮，柱子粗有细，椽条有弯有直，全与砍木料的人有关，看房屋的高低和周正与否便知主人的能耐大小。那些有强壮劳动力的人家，房子盖得要高大一些，而孤寡人家的房屋则盖得矮小一些。

我们村的柴山也就在砍木料的那座山周围。砍木料时修剪下的枝条晒干了可以当柴火。即便是要砍活树当柴火，也只是砍一些不能派上用场的杂木树，好的树要留着建房备料时用，这是上山砍柴时大人特别交代的。一年中煮饭和冬天取暖用的柴火都要在冬、腊月备下，这是乡村天气干晴的日子，也是村人农闲的季节，错过了这个季节，砍的柴是烧不着火的。砍柴一般是青少年和妇女的活计，那些强壮劳动力更多的要去做重农活，是没有时间去砍柴的。房前屋后的柴码的多少也可以衡量农家少年的勤劳与否，砍柴是孩子们放学后争先恐后要去做的事情。有了柴，布朗人家就有了温暖，就有了永不熄灭的火塘。老家人懂得尊重自然，保护环境，临近村子周围的风景林和村头的水源林，再好的树也是不去砍的。他们懂得，乱砍滥伐会造成水土流失，会给人类带来灾难，时至今日，我们村子周围的树林仍旧保持着远古年代的郁郁葱葱。

山脚下有水，那是老家人开田种地的地方。老家人的田地多数在村寨下段的坡谷上。一层层梯田、一块块山地从澜沧江边沿坡拾级而上，顺着村寨坐落的山梁蜿蜒盘旋，托起了老家人生活的希望。这些梯田经过几代人的整形改造、培土施肥，越来越规整，也越来越肥沃，到大集体时代基本上已形成规模蔚为壮观的良田。即便是到了今天，布朗山的梯田也时常作为摄影家猎奇的风景。

遗憾的是，尽管山脚下有一些小河小溪，但远远浇灌不了老家那片干涸的土地，因此老家人种庄稼多数还是靠天吃饭。雨水好的年份，种出的粮食勉强可以熬上大半年，遇上干旱的年份，种出来的粮食只能勉强维持到次年三四月份。我曾经写过一篇文章，题为“一碗米饭的故事”。现在重读这篇文章，内心中仍会为一碗米饭的稀奇而感到针刺般疼痛。

一碗米饭实在是太平凡了，然而它经常勾起我对过去岁月的怀念。面对一碗热气腾腾的米饭，我永远也不会忘记童年时代那段苦难的时光。小时候，因为缺衣少食，营养不良，我总爱生病。每当我生病的时候，母亲就要给我特殊的照顾：煮饭的时候特意从米缸里舀出些米，用比茶罐大一点的小土锅给我煮病号饭，在那稀饭里破例地装上一点油和盐，算作是给我补充营养。而家里的其他人像往常一样吃杂粮饭。家里煮饭用的锅也是土锅，因为人多，要吃粗吃饱，所以那口锅大得有点夸张，锅口和现在用的洗脸盆一样大，可以容纳三钵头苞谷面加一个大南瓜和一些青豆以及其他蔬菜类的东西。我的父母很勤劳，大集体出去劳动，收工了还要到田边地角去找一些毛薯和野菜来维持生计。在我的记忆中，我们家一年分得的粮食，只能维持两三个月，但从来没有断过炊。南瓜青豆苞谷稀饭虽说营养一定很丰富，但我实在不敢恭维那“配料十足”的“美味佳肴”。那稀饭里经常不得装油，火候掌握不好的时候，煮煳了，还会散发出一种怪味。盛一碗去喂狗，那狗摇摇尾巴就走了。真是想不通，在那饥饿的年代，狗也会挑食。那个时候，我多么希望能大饱口福地吃上一碗米饭呀！可是，米饭只有生病或过年过节的时候才能吃到，而且也只能吃个半饱，平时都是要吃杂粮饭的。我们那个地方，管杂粮饭叫“糟饭”，管米饭叫“好饭”，乡村人一辈子是吃不到几顿好饭的。

我从小就很懂事，不曾出手打过伙伴，但至今让我后悔不已的却是因为一碗米饭让我打了一次亲妹妹。有一次，因为父亲要出远门，母亲又煮了三碗米饭。饭煮熟了，母亲特意盛了一碗，对着祭祖的神龛磕了三次头，然后把那碗米饭端端正正地放在供桌上。一切祈求平安的仪式进行完毕后，母亲才把锅里的米饭分盛给每一个人。

可万万没有想到的是，下午在我出去上学的时候，留在家里还不懂事的妹妹把供桌上的那碗米饭悄悄偷吃了。我放学回来的时候发现了这件事情，一气之下对着 6 岁的妹妹打了一记耳光。妹妹不停地哭泣，满脸满嘴都是泪珠，一再申辩是因为自己太饿了才去偷吃供桌上的那碗米饭的。我说饿也不能吃供神的饭，让妹妹对着祭祖的供桌重新磕了三个响头，这件事才算了结。以后每每看到父亲、母亲在神龛上摆放贡品，妹妹都会转过身或者把头扭朝一边。这件事情让我内疚了一辈子。事隔 30 年后的今天，我和妹妹都已经各自成家，妹妹不仅不再为一碗米饭而发愁，家里还有吃不完的粮食。每年秋收结束后，她都要在进城的农用车上给我捎带几袋大米。她说，老家的再生稻大米最好吃，又糯又香，城里花钱的地方多，大米就不用买了。妹妹给我送米，是为了让我吃到最好的米饭，可我心中总是感觉妹妹是在揭一碗米饭的疮疤。一碗米饭的经历就这样永远伤感地定格在我的记忆中。

澜沧江边山宽地广，再怎么缺粮也是饿不死人的。

粮食不够吃，一年中的多数时间，还得靠挖山茅野菜度日。记得包产到户前的那一年，人们在山上挖野薯留下的坑塘比电影《上甘岭》上的弹坑还多，老家人嘲笑自己："江边山上全是宝，天干三年死不了。"那几年，地里长的，水里游的，只要无毒，人们都取之当食。据父亲讲，我们村是很穷，穷到出现吃草根树皮的情况，1958 年"大跃进"开始后，山上的野菜都挖光了，只能挖园圃地里喂猪的芭蕉根来掺和杂粮吃，许多人因为营养不良而得了浮肿病，但历史上确实还没有饿死人的情况发生过。父亲常说："我们山里人靠山吃山，山不倒，人怎么会倒呢。"

父亲作为我们村 30 多年的生产队干部，最引以为豪的就是，这个村新中国成立 60 多年来，没有饿死过人，没有逃荒的人，没有偷鸡摸狗的人，没有触犯刑法的人。尽管政府也历次动员我们村搬迁，但没有人因为土地贫瘠、生存环境恶劣而迁出这个村子。像父亲这样的老家人对故土的坚守，也许是因为他们相信，一方水土总能养一方人。

二

老家气候酷热，土地干旱，虽然不产什么好的农作物，却盛产满坡满岭的白露花。每到农历二三月，正是白花盛开的时节。那一树树、一林林的白花竞相开放，干渴的土地焕发出勃勃生机。蓝天白云下、青山峡谷中，那花白得耀眼、白得灿烂，白得让人眩晕，白得让人心生悲悯。

在那个像白花一样清贫的年代，白花不仅被人们用来充当

“粮食”喂养身体，还用来寄托情感，慰藉心灵。江边山一带有一首叫《白花调》的民谣唱道：“对门望见白花开，才得看见不能采；白花开在悬崖上，想摘白花我上不来；妹妹长得我好心爱，只因我家穷口难开。”大集体年代，不知道是什么样一个荒唐的年代，江边山人一年四季脸朝黄土背朝天地劳作，却总还是填不饱肚子。那个年代，人们不仅身体长期饥饿，情感也倍受煎熬。补给身体的营养不得不向山茅野菜索取，如饥似渴的爱情也只能对着山崖上的白花倾诉。好在江边大地青黄不接的季节正是白花开放的时节，当太阳落山的时候，收工的哨子一经吹响，人们便放下手中的农活，像一群乱猴一样飞也似的扑向白花林中。

白花树通常长在地势比较陡峭的山崖上，并且盛花期的成年树又都长有两三人高，爬上树砍下开花的枝条不光需要有技巧，还要有胆识。因此，出去采摘白花的时候，通常是男女分工，两人一组，男的爬在树上砍枝条，女的在树下摘白花。年年岁岁白花开，岁岁年年采花来，采着采着，有的人便采出了感情。

农村人虽然很贫穷，但找对象还总得讲门当户对，贫穷人家的男孩一般都不敢去找富裕人家的女子。出门上山也一样，有的人只能独自上山去采白花。于是，采着采着便伤感地唱起《白花调》来。在火辣辣的江边大地，年轻人采白花，也采爱情。《白花调》成了爱情调，白花开放的季节也成了爱情萌芽的季节，一些少数民族村寨把“采白花”演绎成了谈情说爱的代名词。

采得一篮白花回来，剪去苦涩的花蕊，用清水漂洗干净；找来一口锅，盛上半锅以上的水，把水煮沸放上少许的米和油盐；待米煮熟了再放上白花，用筷子搅拌一下，便成白花稀饭了。白花稀饭清香可口，滑润肠胃，吃了三碗还想吃。白花还可以用来做菜：白花煮蚕豆、白花煮茴香、白花炒豆瓣、白花炒骨头生、白花炒腊肉、白花炖香肠都是上好的佳肴。可惜，那个时候贫穷，肉食紧张，很少有人家能够享受这样的美味佳肴，能够吃上装有米和油盐的白花稀饭就算不错了。

现在生活好了，出去外面吃饭都要摆上鸡鸭鱼肉几碗几碟，但一看到街上卖着的白花，总会让人想起年少时吃过的那白花稀饭。也许是由于长期被白花刺激味蕾的缘故，白花稀饭、白花菜成了饥饿时身体对食物最强烈的需求。

年少时候的许多人和事因为时过境迁都已经淡忘了，但上山采摘白花的情景还像昨天一样历历在目。记得有一次老师带我们出去春游，顺便让我们背上篮子去采摘白花。为安全起见，老师自己爬上树砍枝条，让我们在树下摘白花。忽然一阵大风吹来，树枝不停地摇晃，老师在惊慌中踩空了脚跌落下来仰倒在地上。我们的老师脚被扭伤了走不了路，但我们却一个也背不动他。最后他想出一个办法，让我们把砍下的白花树枝用藤条捆成一捆，自己躺在上面，由十多个男生前拉后推着硬是把他拖了回来。来到学校，值班的女教师看到这情景惊慌得差点哭出了声音。我们的老师因为受伤起居不便，在生活上得到了这位女教师的精心照顾，后来他们产生了爱情还结合成了幸福的一家。两位老师的爱情在这个村流传着一段佳话，“白花树下死，做鬼也风流”。在这个村“采白花”成了人们调侃爱情的口头禅。

30 多年过去了，我们的这两位老师不知道他们定居到了哪里，现在生活得怎么样。不知道他们是不是还记得当年我们背着盛满白花篮子簇拥在他们周围的情形？是不是还记得那简陋的教室里散发出的那一缕缕满屋的花香？

千百年来，我的祖先，以白花为伴，用白花充饥，骨子里对白花充满了敬仰，充满了感情。许多村寨以白花命名，那里的人们从古至今便死守着这块贫瘠的土地不离不弃，想必这是对白花这种平凡的乔木植物给予的最高赏赐吧。

家乡的许多地名都与白花有关，如白花树、白花地、白花箐、白花凹子、白花梁子等等。这片酷热的土地上不仅盛产白花，盛产白花一样纯洁的女性，同时还盛产灼热的爱情。《白花调》不仅融入了年轻人的爱情还融入了人们的生产生活。“百花开，栽秧忙，年轻夫妻莫恋床。”说的是白花盛开的时节也正是农事最忙的时候，如若误了节令就会导致：“前后不过三五街，白花开败秧发黄。”

白花喂养了一个又一个的村庄，喂养了一代又一代的村民，她喂养人类，也喂养历史，喂养人们的身体，也喂养人们的心灵。时至今日，没有人把这种花列为“鲜花”一族，更没有人会把她列为“名花”。现在白花越来越少了，取而代之的是能够给人类带来更多物质财富的茶叶、甘蔗、橡胶、咖啡等所谓的经济作物。不知从什么年代起，我们再也听不到《白花调》了。也许人类到这个时代已经没有了像白花一样美好的精神家园，没有像白花一样纯洁无瑕的爱情。

蓝天依旧，青山依旧，只盼一年一度白花开。

青纱帐·苞谷林

澜沧江西岸的河谷地带，山宽地广、土地肥沃，最适宜种植苞谷。雨季来临，那绿油油的苞谷林，沿着河谷两岸的坡地铺展，放眼望去，像无边无际的青纱帐。每至苞谷拔节的时候，耳畔便萦绕起少年时代读过的那首诗：青纱帐·甘蔗林。

北方的青纱帐是高粱地，南方的青纱帐是苞谷林。6 月的江边山地，烟雾缭绕，群山叠翠。那翠绿的就是苞谷林。阳光下，苞谷如剑的绿叶在风中猎猎作响，红色的穗缨闪烁着光芒。山风吹拂，绿波漫卷，一株株苞谷像前赴后继的勇士，一株株苞谷如千军万马奔赴沙场。走进澜沧江畔的故乡，观看苞谷林汇聚成的绿色风景，让人心潮澎湃，百感交集。是苞谷铺绿了千山万壑的江边大地，让干旱缺水的土地涂抹上了生命的底色；是苞谷养育了成千上万的江边山人，让灰色的村庄永远飘散着人间的炊烟。随着一茬茬苞谷的播种和收割，一代又一代的江边山人在苞谷生长的土地上不断繁衍生息。青纱帐·苞谷林构成了澜沧江边千里沃野的独特风景。

苞谷是老家那个地方的主要粮食作物。历朝历代，老家人吃的是苞谷饭，喝的是苞谷酒，饲养猪鸡鹅鸭，换取柴米油盐全靠苞谷。一家人，如果能种上十来亩的苞谷地，收上五六千斤的苞谷籽，这日子才能够勉强维持得下去。大集体的时候，我们村一共有六十多户人家，三百多口人，种有六百多亩的苞谷地。那个时候，耕作技术粗放，没钱购买化肥，苞谷单产低，收得的苞谷还得拿出很大一部分去交公粮，剩下的苞谷是不够全村人吃的。我家一共有五口人，集体分粮食的时候，看上去是分到了一大堆苞谷棒子，等把苞谷棒子晒干脱粒的时候，只有五六麻袋的苞谷粒，也就是五六百斤，这点粮食连半年都不够吃。那个时候，人们边种苞谷还得边上山挖野菜，下工后，才走出苞谷地头又要钻进密林深处。

包产到户那年，乡村人长期积蓄的能量终于爆发了。为了吃饱肚子，人们不惜放火烧山，毁林开荒，大种苞谷，绿色的苞谷林在澜沧江边的土地上疯狂漫卷。这一年，苞谷堆积成山，有的人家用苞谷酿酒、喂猪，然后到街上去出售，成了万元户。

土地是农民的命根子，粮食是乡村人的生存来源。那一年，我们村抢地种苞谷的情景历历在目。有一天，太阳都落山了，我们一家人刚从自家的苞谷地里回来，父亲就约着我们上山去“号地”。所谓号地，就是在自己选中的林地四周砍倒树木，做下记号，这块地就属于自己的了。那个时候，对林地管理得还不严，除了国有林，集体林地和荒山荒坡都可以自由开垦成苞谷地。我们刚走进一块林地，就听到有人用斧头砍伐树木的声音，走进另外一块林地，同样听到有人砍树的声音。父亲说，附近的地都有人号下了，我们走远一点吧，于是，我们走向离村子很远的一片森林。我们终于选中了一块地号下了，可当我们返回的时候，我们都被大火吞噬的森林惊呆了。在我们返回的路上，大火在森林中熊熊燃烧，山野四周烟雾弥漫，林中发出摧枯拉朽的声音。为了避开火险，父亲只能带着我们顺着山上的河沟逆流而上，到了深夜，我们才回到家。父亲是生产队干部，他说这样下去不行，不到两年我们村的森林就要被砍光了。第二年，大队和生产队出台了一个土政策，开地种苞谷不能砍伐国有林、集体林，更不能砍伐村子周围的风景林，只能开垦灌木林和荒山荒坡，违者每棵树罚款十元钱。这个土政策很管用，人们毁林开荒的行为有所收敛，但是种苞谷的高涨气势并不减，不到两三年的时间，只要能开垦的灌木林和荒山荒坡都成了苞谷地。父亲说，包产到户以后新开垦出来的耕地要比大集体时候的耕地面积多两三倍。也就是说，我们这样一个不到一百户人家的小山村就拥有两千亩左右的苞谷地。我们那个生产大队，有五个村子，开垦出来的苞谷地不少于万亩。

在所有的农作物中，苞谷是最不择地的农作物。无论是在气候寒冷的密林深箐，还是在干燥酷热的澜沧江边；也无论是在宽展平整的地块里，还是在逼仄狭窄的崖缝中，只要那金色的籽粒落下，一定会在一声春雷之后萌芽，举起生命的旗帜向着蓝天。老家人说，苞谷好种，无论是红土、黑土还是黄土，只要种下去了，一定会收获金黄的籽粒。澜沧江西岸的乡村，海拔高低悬殊，立体气候明显，苞谷地从海拔 800 米的深切河谷地带一直延伸到海拔 1800 米以上的寒凉山区，不同的只是高海拔地带苞谷要晚熟一两个月，但这并不影响苞谷的收成。有的地方，因为气候寒冷，号称“谷子不会黄，辣椒不会红”，但照样种植满坡满谷的苞谷。

每年的 4 月，雨季即将来临，是老家人播种苞谷的时节。因为要种苞谷，学校也给我们放农忙假，要我们帮着父母做农活。天还没亮，父母就起来烧火煮饭，找好农具，备好籽种。吃了早饭，父亲牵着牛，母亲扛着锄头，我和兄弟姊妹们背着苞谷种，一家人浩浩荡荡地走出村外，走向澜沧江边的苞谷地。

到了苞谷地头，父亲在前面驾着犁铧翻犁，我在中间顺着犁沟一步一颗点播种子，母亲和妹妹跟在后面负责给种子盖土。一家人顺着地块的宽幅从左到右，又从右到左，不断地重复着同一姿势的劳作。种苞谷的时候，大家的动作必须协调，步调必须一致，人的步伐必须跟上牛的步伐，否则就会乱成一团。如果是地块不大，等太阳落山的时候，我们一天就可以种完，遇上大的地块要种上两三天。种苞谷的最佳节令前后不过十来天，所以要起早贪黑，工序虽然不复杂，但劳动是很辛苦的，到了太阳落山的时候，大家累得腰都几乎要直不起了。

种苞谷的季节，为了减少来回路途中的劳顿，中午饭是要在山上煮吃的。这样，每一家人的苞谷地头都要搭上一间歇山窝铺，用来避雨、煮饭和秋后看护庄稼。离家比较远的苞谷地块，上山劳动的人晚上要在歇山窝铺里住下了。这样，歇山窝铺就成了江边山人在山地里建起的另一个家。

种苞谷的季节正是乡村所谓青黄不接的时候，把苞谷地种完，庄稼人就开始了漫长的期盼。天还没亮，父亲和母亲就一前一后走出家门，走向苞谷地头，去查看苞谷的生长情况。种下去的苞谷，如果三五天还没有发芽或是苞谷的芽苗被虫吃了，就要及时补种，等苞谷苗长到半尺高的时候就要开始第一次薅铲。种一季苞谷要进行三次薅铲，一次间苗和补苗，让苞谷苗疏密有致，充分吸收光合作用，才能保证苞谷苗的茁壮和苞谷棒子的饱满。薅铲苞谷地是精细的农活，锄头与地面要成四十五度角。下锄的时候，用力要拿捏得当，既要斩草除根又不能伤及苞谷的根须。铲出的草根要就地挖土深埋，否则铲除的草又会复活。

父亲和母亲一辈子和苞谷打交道，对待苞谷的感情就像对待自己的孩子一样，呵护苞谷就像呵护自己的孩子。发现哪一棵苞谷苗根里藏着害虫，就用手指小心去抠掉；看到哪棵苞谷苗倒伏了，就要把它扶直，并培土护根。一阵风会把苞谷苗吹倒，一场雨也会把苞谷苗摧折。风雨中，总会看到父母披着蓑衣在苞谷地里忙碌的身影。一季苞谷从发芽、开花、结穗、打苞到成熟，要经历四五个月的时间。在这四五个月的时间里，父母风里来，雨里去，一心牵挂着苞谷地。遇上风调雨顺的年份，苞谷长势好，父母的心就会像天空般晴朗；要是遇上旱灾、雨灾和风灾，苞谷被摧残了，父母满是皱纹的老脸就会乌云密布，一家人一年的生活也会因此陷入黑暗之中。有一年，在苞谷拔节的6月，阴雨连绵，山洪暴发，冲毁了澜沧江边的一片片苞谷林，也冲毁了我家的苞谷地，母亲爬在苞谷地头捧着折断了的苞谷秸秆号啕大哭，父亲从不妥协的老脸也挂起了浑浊的泪珠。这一年，全村人外出借粮救荒，父亲和母亲也迈着蹒跚的步履跟随在借粮的队伍中。

澜沧江边箐深林密，常有野兽来糟蹋苞谷地，每到苞谷成熟的季节需要派人去苞谷地里守护。

最爱来糟蹋苞谷地的动物就是猴子和野猪。猴子是最可恶的动物，都说“猴子掰苞谷，一边掰一边丢”，几只猴子一天吃不了多少苞谷，却要把整块地的苞谷棒子都撕烂掉。猴子狡猾而又敏捷，来去如风，很难捕捉到它们，只能对空放枪，把它们吓跑。野猪是凶猛的动物，不仅肆无忌惮地糟蹋庄稼，还会张开锋利的爪牙攻击人，没有十分的把握不能轻易用枪打野猪，否则会受到它的攻击。

为了防止野兽的攻击，去守护苞谷地的人要选体力强壮、胆子大并且会使用火铳枪的男人。野兽经常在夜间活动，守护苞谷地的人晚上要在苞谷地头的歇山窝铺里住下。去守苞谷地的人除了带火枪还要带一把牛角号，时不时要着对苞谷地分布的山谷吹响号角。

澜沧江边的山区尽管气候变化无常，但多数年份还是天遂人意。经风沐雨的苞谷秸秆，只要还没折断，在农人的精心呵护下，不用三五天便又会重新站立起来。有汗水便会有收获，每年的八九月份是苞谷成熟的季节，也是农家人最幸福的时节，澜沧江边的苞谷地里充满着秋收的欢声笑语，农家的屋檐下挂满了金灿灿的苞谷棒子。这个时候，一向乐观豁达的农家人留足了吃粮，开始用苞谷酿酒，上街卖酒买肉，乡村的炊烟中弥漫着酒肉的飘香。

从小吃苞谷饭长大，味蕾中注入了苞谷的基因，苞谷成了生命中挥之不去的乡愁。由故乡想起苞谷，由苞谷思及母亲，由母亲就想起了吃苞谷饭的那些岁月。

一家人在饥饿中煎熬了一个季节，还没等到苞谷棒子发黄，母亲就去地里掰来青嫩的苞谷棒子。把苞谷棒子的羽衣剥去，取出乳白色的苞谷粒，放在舂米的木杵臼里舂碎成米浆。把舂好的苞谷浆加上一些水倒在锅里煮沸，再把择洗好的豆角、瓜茎、洋芋、茄子等蔬菜放进去。待煮熟了的时候，再放上油盐、芝麻、姜末、蒜末等作料，一锅美味十足的青嫩苞谷粥就熬出来了。青嫩苞谷粥是我一生中所吃过的最香甜可口的粥食。小时候，每当煮苞谷粥吃，常常把肚子吃得滚圆以至于胃太饱胀了而无法入睡。

苞谷面粒是用苞谷制作而成的面食。制作的时候，选择的苞谷是成熟而还未晒干的苞谷籽粒。同样是把苞谷籽粒放在舂米的木杵臼里舂成米面，然后用细筛把粗粒过滤掉，留下精面，再把精面放在大一点的盆里揉搓。被揉搓出来的苞谷面粒像金黄的鱼丸，放在木甑子里蒸熟就可以吃了。苞谷面粒滑润细腻、香甜爽口，吃了后唇齿间总会留有麦芽糖的甜香。

小的时候，吃得最多的苞谷饭食是“玉麦砂饭”。这是用晒干了的苞谷籽磨出来的苞谷碎粒，这种碎粒看上去像砂粒状的，故称“玉麦砂”。 用“玉麦砂”掺上一些大米煮出来的饭叫“玉麦砂饭”。煮的时候有讲究，先把玉麦砂煮成半熟后再放大米，这样煮出来的饭才不糙硬。“玉麦砂饭”有味道有筋骨，吃了后易饱耐饿，老家人长年累月就习惯于这样的吃法。那个年代，没有什么肉食，吃的菜都是南瓜、豆角、洋芋、青菜、酸笋之类的绿色生态食品。用这些菜配玉麦砂饭吃既开胃又营养，深得老家人的喜爱。老家人有一句俚语：“玉麦砂饭开胃丸，活命养生胜金丹，南瓜豆角酸笋汤，不放油盐自来香”。

是苞谷养育了我的村庄，养育了我的身体，我对苞谷充满着深深的感恩。现在，人们都不屑于吃苞谷饭了，而我却要对它大书特书。据有关资料记载：苞谷是一年生禾本科草本植物。其包含的亚油酸、磷、维生素 B_1 的含量居谷类食物之首。苞谷具有调中开胃，益肺宁心，清湿热，利肝胆，延缓衰老等功能；苞谷在所有主食中营养价值和保健作用是最高的，苞谷中的维生素含量是稻米、小麦的 5~10 倍；苞谷中含有大量的营养保健物质，如碳水化合物、蛋白质、脂肪、胡萝卜素。苞谷能降血压降血脂，丰富的钙可起到降血压的功效，有促进细胞分裂、降低血清胆固醇，并防止其沉积于血管壁。因此，苞谷对冠心病、动脉粥样硬化、高脂血症及高血压等都有一定的预防和治疗作用。中美洲印第安人不易患高血压与他们主要食用苞谷有关。苞谷具有明目的功效，可以对抗眼睛老化。经常用眼的人，应多吃一些黄色的苞谷，缓解黄斑变性、视力下降，叶黄素和苞谷黄质凭借其强大的抗氧化作用，可以吸收进入眼球内的有害光线。

在过去饥饿的那些年代，没有人会去研究苞谷的营养价值和保健功效，人们只知道苞谷是可以填饱肚子的粮食，是最不嫌贫爱富的庄稼。澜沧江边山高坡陡，开不了水田、种不了水稻，但可以种植苞谷；没有耕牛的人家，没有男人的家庭，犁不了水田，种不了水稻，但可以种植苞谷。苞谷公平地对待人类，用金色的籽粒哺育苍生。靠着这棵苞谷，乡村人度过了无数艰难的岁月，在苞谷生长的土地上不断繁衍生息，是苞谷让乡村的广阔大地处处充满了人间烟火。

乡村人对苞谷的执着就像苞谷对土地的执着，从开始学会做农活那天起就会种苞谷。年年种苞谷，一辈子都没有离开过苞谷的土地，直到像种苞谷一样把自己种进了脚下的这块泥土。苞谷的筋骨就是乡村人的筋骨，无论生存环境多恶劣，也要举起生命的旗帜。

从小在乡村成长，苞谷陪伴我度了艰难的岁月，艰苦的年代。13 岁我要上中学读书，没有钱交学费就挑着苞谷到街上去卖。一担苞谷五块钱，刚好够我的学费。每个星期要交两块钱的伙食费也全靠卖苞谷。父亲说，我六年的中学时光卖掉的苞谷可以用一辆卡车去拉了。我读师范的时候，家里足足卖掉了十多担苞谷，给我购买行李和衣服，给我筹集路费。母亲说，卖掉这些苞谷是值得的，如果没有这些苞谷，我一辈子都走不出大山，一辈子就会像他们一样爬在江边山的苞谷地上。

改革开放以后，随着生活水平的不断提高，老家人的胃口要求也越来越高，不知道从什么时候开始，老家人都不吃苞谷饭了，苞谷从粮食作物变成了经济作物，种出来的苞谷只是用来酿酒、喂猪或者挑运到街上去卖。一时间，老家的那个山街成了苞谷街，用苞谷酿出来的大文小锅酒在十里八乡都出了名。有人夸张道：苞谷成熟的季节，连河水都淌着酒糟，空气都弥漫着酒的香味，走进大文街总会看到一两个醉酒汉在路边上躺着。我做过一些了解，20 世纪 90 年代，一市斤苞谷可以卖一元钱，有的人家一年收成苞谷上万斤，仅卖苞谷的收入就成了“万元户”。

老家的苞谷地是老家人的生存来源。自然，那苞谷地里种的不仅是苞谷，除了套种南瓜、青豆等瓜果蔬菜还套种黄豆。黄豆是附加值高的农产品，一市斤黄豆可以卖四元钱，有的人家，光卖黄豆就收入两三万元。进入新千年后，老家人照样种苞谷，同时，在农闲季节外出打工或做生意。富裕了的乡村人开始追求更美好的生活，纷纷大张旗鼓地搞起建设来，一幢幢砖瓦房和楼房在澜沧江西岸的村庄像雨后春笋般崛起。青纱帐·苞谷林，不仅养育了一代又一代的老家人，也让古老的村庄在改革开放中焕发出勃勃的生机。

最近几年来，农村大干产业结构调整，老家的苞谷地不再种苞谷，而是种上了核桃、坚果、咖啡、烤烟等经济价值更高的农作物。苞谷地在一年年缩减，一片片消失，再过几年，曾经的青纱帐·苞谷林也许只能成为留在我们记忆中的风景。

歇山窝铺·鸡罩笼房

一

滇西高原的农民在长期与大自然的抗争中对山林和土地始终怀着敬畏和崇拜之情。在他们的心目中，大山是他们赖以生存的根基，土地是给予他们衣食住行的源泉，分布在大山和森林中那些用来种庄稼的山地寄托了他们一年中生活的全部希望。为此，他们对土地、山林和庄稼给予了百般的呵护。山区人家的地头上都会有一幢用树的丫杈和枝叶搭建起来的简易棚，这简易棚既可以用来遮风避雨，又可以用来守护地里的庄稼，当地人把这种简易棚叫“歇山窝铺”。春耕季节，为了节省从家到山地的往返时间，下地干活的人就在歇山窝铺里吃住；秋季到来，庄稼成熟，每家派一个男人在歇山窝铺里守护，可以看管地里的庄稼，防止动物的糟蹋。事实上，“歇山窝铺”成了他们在山上建起来的另一个“家”，劳作繁忙的季节，那些强壮劳动力要在山上的这个“家”里度过。

歇山窝铺通常用质地坚硬的黄栗树丫杈做柱子，用山茅草做窝铺盖顶，用长约两米的红木树板做围壁。窝铺一般盖在地头最宽阔平整的地方，前面没有高大的树木遮蔽，视野比较开阔。歇山窝铺可以作为瞭望台观察整个地块，庄稼的长势和地里每一个地方的风吹草动尽在眼中。歇山窝铺盖在离村寨、离家很远的山地上，一年四季经受着风吹雨打，承载着庄稼人劳动的艰辛和生活中的酸甜苦辣。而在当时对我们这些还不懂事的孩子的心目中，歇山窝铺俨然是山中的"别墅"，极富野趣，是放飞童心，自由玩耍的好去处。

小时候，我常常邀约伙伴们到有歇山窝铺的山地附近去放牛，天气热的时候可以在窝铺里乘凉，下雨的时候可以在窝铺里避雨。遇到牧草丰盛的季节还可以自由自在地躺在歇山窝铺里看小人书。有的时候也会不小心让牛去偷食地里的庄稼苗，这个时候把被牛吃过的苗拔掉，用土覆盖好牛的足迹就不容易被大人发现了。

每到假期，我也常常跟着大人到歇山窝铺里去歇山。歇山是很有野趣的事，可以追野鸡、下兔子、挖老鼠、捉小鸟，还可以到地里掰来将要成熟的青嫩苞谷在火里烤吃。天气炎热的时候，庄稼地里有许多可以生吃的瓜果让你清凉解暑。山上空气清新、泉水清凉，煮出来的饭菜也比家里煮的香。要是吃过中午饭以后能够在窝铺里小憩一会，享受从树的枝叶缝隙里透洒下来的阳光，那暖融融的感觉可以消除你全身的疲惫，那带着绿叶香气的阳光会让你感到心旷神怡。

夜晚的山野万籁俱寂，这个时候是在歇山窝铺的火塘边听大人讲故事的最好时光。常听大人们讲：很久很久以前，爷爷带着村里的一批人横渡澜沧江到景谷县挑盐巴；奶奶是乞讨路上走失到我们这个村被爷爷收留的；父亲一天步行 100 多公里到双江县城参加“三干会”；母亲在全国发动“文化大革命”那年生下了我……许多许多的故事都是在歇山窝铺里听到的。在歇山窝铺里可以讲个人的经历、家族的兴衰乃至社会的变化，在山野中聆听历史穿越时空的回音有不一样的感觉。

歇山窝铺本来是用来作为劳作歇息和守护庄稼的地方，可对于那个年代来讲，它的作用不仅于此。那些年轻人很喜欢去歇山。因为在歇山窝铺里可以无所顾忌地唱些“野味”十足的山歌，还可以邀约心仪的女孩去谈情说爱。于是，在那个年代里，在歇山窝铺中，该发生的故事和不该发生的故事都发生了。在那个年代，村寨中发生男欢女爱的事情会招致人们的指责，于是，那些处在热恋中的男女，借助某一个月黑风高的夜晚悄悄溜到了歇山窝铺中。歇山窝铺对于处在青春萌动的男孩和女孩来讲想必会有更自由的空间和诱人的情趣吧，要不然，每到晚上，那些有歇山窝铺的地头怎么总会听到撩拨人心的山歌和声声传情的笛音呢。

歇山窝铺现象可能在人类进入农耕时代就诞生了，在大集体劳动生产时期和包产到户初期十分兴盛和繁荣，直到人类进入文明社会的今天，一些山区农村的歇山窝铺还没有完全消除。于是我在想，长期生活在城市里的人们，去体验一次住歇山窝铺的生活吧，远离城市的喧嚣，与原始的农耕生活来一次亲密的接触，让你疲惫的身心在“山中别墅”中得到放松。

二

21 世纪，一个阳光明媚的春天。我的老家地处澜沧江峡谷中山地区的双江拉祜族佤族布朗族傣族自治县大文乡大南矮村迎来了一个“脱胎换骨”的历史性巨变。随着“哗啦啦”的一声巨响，村里的最后一幢土木结构鸡罩笼房被推倒拆除了。从此，这里的布朗族告别了世世代代居住茅草房的时代。

改革开放都三十多年了，这幢布朗族古老民居房之所以遗存到这个时候有两个原因：一是这户人家确实太穷了，如果没有遇到国家扶持人口较少民族这样的特殊政策和“整村推进”工程这样的良好机遇，这幢房子可能一时还拆除不了；二是像这样的古民居房在双江这样一个国家级贫困县也只有三四幢了，许多文化工作者建议要保护下来，否则以后照一张照片也找不到参照物。

过去，布朗族的鸡罩笼房只会在修缮的时候更换茅草屋顶，推倒重建还是开天辟地的事。这个民族自古就生活在云南澜沧江和怒江流域，是一个总人口 12 万左右的人口较少民族之一。布朗族生活的地区生存环境恶劣，经济文化落后，这一区域被许多人类学家称为“人类最后的秘境”。其实，“人类最后的秘境”说白了是最原始、最落后，外界很少介入的地区。

我的老家双江县大文乡大南矮村就坐落在澜沧江边的峡谷深山中。这些地方，什么都不长，就会疯长建盖鸡罩笼房用的麻栗树和山茅草。

历史上，布朗族村寨大都建在澜沧江边的中山地带，村寨四周多为险峻的陡坡。古老的村寨有寨墙，寨墙由带刺的树丛或者石块围成，这可能是用于防御外敌的吧。新中国成立后，老家已经没有了这种寨墙，取而代之的是密密匝匝的一排排龙舌兰。其实用龙舌兰作为村寨的围墙也只是起到防范牲畜的作用，哪有什么盗贼来光顾这些不毛之地呢。在布朗族村寨里，没有一道上锁的门，这除了说明当地民风良好，没有盗贼之外，主要还是因为穷，穷得家无分文，连盗贼也看不起。按当地的说法就是丢进去一个石头也打不着一个瓦罐。

老家的名字“南矮”与水有关。那个地方坡陡谷深，气候炎热，饮水困难，被人们称为“用土罐背水的地方”。“喝水”就是“艰难”的故事一时间也在这里流传过。过去有一个下乡工作队员到这个地方，一路疲乏，饥渴难耐，便唉声叹气道：这个地方喝一口水如此的艰难。有一个老奶奶听后随即从屋里舀来了一瓢凉水给这位工作人员喝。工作人员纳闷：不是说这个地方的老人都听不懂汉语吗，怎么会知道我想喝水？后来问村干部才知道：这里的布朗语，喝水叫“艰难”，“艰难”就是喝水。

有人戏称：江边山坡陡谷深路难行，猴子过山淌眼泪，岩羊下地滚撇坡。如此恶劣的生存环境中，为遮风挡雨，御寒避暑，布朗人的先辈们发明了鸡罩笼房。这种房子以椿树、麻栗树做柱，架三道梁，椽子长 5 米左右，出水较陡，中柱高 3 米以上，屋檐与地面的距离不超过 1 米。两边山墙再接架屋檐，整个建筑成为四面出水的“孔明帽子”式样，屋檐以下的部分用竹片围起，敷上用稻草搅拌的泥土做墙壁。一幢房子当天竖柱，当天挂墙和盖顶，早上动工，下午完工，太阳不落山就盖好了。这种房屋近看像用斗笠罩着的鸡窝篓，远看像地里长出的一朵朵鸡纵，所以人们称之为鸡罩笼房。房子像鸡笼一样，其空间之狭小、其造型之简陋可想而知。

鸡罩笼房设计粗糙简陋，一般只有两室一厅，左右两室，一室给老人居住，一室给年轻人居住。所谓的正厅也是多功能的，正中有煮饭烤火的火塘，一侧有置放着大铁锅用来煮猪食的大灶，正中后侧还要摆放一张床，用于来客住宿接待。过去，老家大南矮村全部是这种鸡罩笼房。尽管这种房子有冬暖夏凉的特点，但其弊病还是很多。这种房子，屋面低矮、室内狭窄，光线黑暗，在原始古朴中总摆脱不了沧桑凄凉的一面。看到这种房子，总让人禁不住低吟起杜甫的那首《茅屋为秋风所破歌》。

我想讲的是在那个艰难的岁月里，鸡罩笼房下的人们是在怎样一种状态下生存。

我的祖父、祖母在鸡罩笼房里生活了一辈子不知道什么叫生活。白天面朝黄土背朝天地干活，晚上还要在昏暗的松明火光下舂碓磨面、纺纱织布，这就是他们的生存方式。鸡罩笼房里陪伴他们一生的是土锅、土碗和土盆，挑水的桶是用松树凿成的木桶，洗脸用的盆也是用一节苦竹砍凿而成的竹盆。除了锄头、砍刀和犁铧，他们从来没有见过别的工业产品。

看到过往的商人穿着汉族服装途经布朗族村寨他们就会跑躲。这是因为长期与外界隔绝，使他们对外来民族充满畏惧的缘故。

当时，他们觉得十分稀奇的是"洋火"，这是他们赖以生存必不可少的东西，后来我才知道这东西就是现在用的火柴。为了见见世面，哪怕只是看到一幢瓦房，祖父背井离乡来到勐勐坝打工。后来，钱没赚到却让疟疾夺去了生命，听说当时勐勐坝疟疾流行，有"要到勐勐坝，先把老婆嫁"的说法。祖父死后，祖母没有改嫁，一辈子就守着那一幢鸡罩笼房。后来一场大火把整个村子的鸡罩笼房烧光了，本来就贫穷的村寨就只剩下了一堆废墟。没有了粮食，人们就上山挖山茅野菜，祖母在一次上山时又摔成了植物人。在当时的社会里，鸡罩笼房下生存的人们的命就是如此的脆弱。

到了父母这一代算是好多了，没有阶级压迫，只有阶级斗争，布朗山寨的鸡罩笼房挂上了小喇叭，可以随时听到来自中央、省、市、县和人民公社的无产阶级"文化大革命"的声音。总路线、"大跃进"和人民公社的一系列方针政策让人们饿着肚子也有兴趣唱歌跳舞，洋锅、洋盆和洋碗也开始进入布朗村寨。那时所说的"洋货"不外乎就是这些生活用品，反正，只要是工业产品，大家都觉得很“洋气”。听父母讲，他们结婚的时候主菜虽然只是南瓜汤，但是他们第一次穿上了洋布衣服，下乡的上海知青还送给父亲一顶军帽，送给母亲一枚毛主席像章，这是他们一辈子最难忘最幸福的时光。

也许是昏暗的鸡罩笼房下没有电的缘故吧，人们吃了饭就只得睡觉。布朗族村寨里，人们肚子都吃不饱，人口却增长得很快。一段时间里，在山上可以看到人们挖出的野薯坑比电影《上甘岭》里的炮弹坑还要密。我们家一共四姊妹，加上父母一共八口人，在一室两厅的鸡罩笼房里共同生活可谓其“乐”无穷。在这幢鸡罩笼房里也发生过一些令人啼笑皆非的故事。因为房屋狭小，居住拥挤，我们姊妹四个只能和父母同睡。男孩和父亲一张床，女孩和母亲一张床。有一天晚上，我们姊妹几个都出去外面玩去了。在家的小弟弟哭喊着跑来对我们说：“有鬼，有鬼！”我们仔细问是怎么回事，弟弟惊慌失措地问我们：“父亲怎么会长出四条腿来？”弟弟问：“父亲在床上睡觉，盖着被子，怎么会露出了四条腿？”听罢，我们都跑回家去看，什么异常情况也没见到，只见父亲坐在火塘边上抽着旱烟，母亲在往煮猪食的大灶里添柴火，母亲还在对父亲“老不死，老不死”地嘀咕着什么。大家都埋怨弟弟，父亲的床上哪有什么四条腿呢，真是活见鬼了。长大以后我们才慢慢理解，一家子居住在这么狭小的房子里这么拥挤，父母根本没有独立的空间，这是他们乘我们到外面去玩时抓紧做夫妻那点事儿。

当我们姊妹几个都长大了的时候，有许多朋友都来找我们玩了。可就是因为房屋狭小，没有单独的房间，我们姊妹几个与朋友的交流都是在客厅的火塘边上进行。那个时候正是哥哥姐姐们谈恋爱的时候，因为住这样狭小的房子，让他们失去了许多浪漫的时光。

1978 年，温暖的春风吹进了布朗村寨。次年春天，布朗村寨的第一幢瓦房拔地而起。记得建盖这幢瓦房的时候，寨子里的那位召色（主持祭祀活动的人），又是磕头又是念经的，叫魂用的红线拴遍了村寨旁的每一棵神树。在以后的十几年里，瓦房、砖房和楼房雨后春笋般地在布朗村寨相继建盖起来，又在以后 20 多年的时间里，布朗村寨彻底改变了旧时的模样：先是“三通四有一消除”，后是“整村推进”，再是“三村建设”，而后是“广播电视村村通”，最后又是交通建设上的“通达工程”“通畅工程”。如今的布朗山寨成了澜沧江边农村建设的“小香港”，进村铺起了硬板路，农户盖起了小洋房，汽车摩托路上跑，高档电器进农家。

被遗留到 21 世纪的那幢鸡罩笼房是一位孤寡老人的房子，政府动员了几次她都没有拆除。最后，等“三村”工作队进村说是要消除茅草房的时候，老人家才以服从党和政府安排的态度，不得不忍痛割爱了。当几个工作队员和村民们一起动手推倒那幢鸡罩笼房的时候，老人家面对缓缓倾斜的老房子激动得老泪纵横，然后举起枯枝般的右手。这一挥手，分明是向一个时代的告别。

勐勐坝，我的香格里拉

一

走过滇西高原的许多地方，在我的心中，双江县城所在地——勐勐坝，是一个美丽富饶的地方，如梦幻般神秘的“香格里拉”一样，这一片多情的土地也是故乡人“心中的日月”。村里那些到过勐勐坝的人经常用神话般的传说来形容这个坐落在南勐河畔的坝子——勐丽勐罕，即“闪烁着金子光芒的美丽城邦”。

据村里人讲，新中国成立前，我们村只有三个人进过双江县城，改革开放前也只有不超过五个人到过勐勐坝。这样一个地方，在人们的心中该是何等的神秘、何等的遥远而又让人心驰神往?

双江因澜沧江和小黑江在县境内交汇而得名，这里的布朗族生活在澜沧江西岸和小黑江东岸的深山峡谷地带。在过去的年代，行路难，难于上青天。是崇山峻岭、险峰峭壁和大江大河将他们与外面的世界阻隔，他们没有见过像勐勐坝这样平坦而宽阔的坝子。对于他们中的多数人而言，勐勐坝像“海市蜃楼”般神秘 ，像“人间天堂”般令人痴迷向往。年轻人走一趟勐勐坝，不亚于现在的人走进繁华的“北上广”。

在交通不便、信息闭塞的年代，老家人没有见过什么大世面，以为勐勐坝就是世界上最大的城池，他们常常把进城当作是一种资本，把自己到过勐勐坝的经历在人前炫耀。所以，写老家人的故事不得不写老家人的“进城史”。

新中国成立前，甚至已经到了改革开放前，我们村还没有人到过昆明，更没有人到过北京，他们到过最远的地方就是现在的双江县城勐勐坝。所以写他们的“进城史”，也只能写他们到过双江县城勐勐坝的历史。

20 世纪 60 年代，我们村流传着一个笑话，有一位知青问当地的一位老人：“中国的首都在哪里？”那位老人回答：“在勐勐坝。”这位老人当然没有到过双江县城勐勐坝，只是在长老吟诵的佛经里听到过关于勐勐坝无与伦比的描述。他以为，经书上所写的那些飞檐翘角、金碧辉煌的傣族建筑就是首都北京天安门了。现在外出打工的一些年轻人还会幽默地调侃：“老家的首都在勐勐坝。”

20 世纪 70 年代初期的某一天，曾经到过勐勐坝的一位年轻人在我们村里讲了一个关于勐勐坝出现“天女散花”的故事，这个故事带着神秘的色彩在村里被传得沸沸扬扬。那个人讲：在一个阳光灿烂的下午，一位“天女”突然在坝子的上空飘扬而至，把五彩缤纷的花瓣散落在南勐河两岸一望无际的田野中。正在田里栽秧的傣家人看到这情形，个个放下手中的秧苗，合起双掌对着苍天祈祷。这一年，他们田埂上不长茅草，而是开满了五颜六色的鲜花。那个时候，大家都信以为真，一个村的人围着他盘根问底。后来，我在读书的那所中学和一位老师求证。那个老师说，在这个世界上，哪有什么“天女散花”，可能是热气球在勐勐坝的上空散发护林防火的传单。

80 代初期的某一天，我们村又流传起一个关于在勐勐坝看到“龙王小姐现身”的故事。说在一个夕阳西下的傍晚，有一位容颜娇媚、身材婀娜多姿的“龙王小姐”在勐勐坝的一个湖畔现身。几年后，我才又从曾经到过勐勐坝的一位村人中得到证实。那位村人说：哪有什么“龙王小姐现身”，是一群人在那里拍电影，拍的是傣族姑娘在湖边沐浴的镜头。

所有稀奇古怪的故事都来自勐勐坝，把勐勐坝讲得神乎其神。用我现在的文学语言来讲，勐勐坝，那是一个盛产神话的地方。当然，也有来自勐勐坝的故事与现实完全吻合的，譬如农村要搞包产到户的事，刚开始也是从勐勐坝传来的，当时大家都不相信，认为这包产到户搞单干不就等于改朝换代了吗?可是不到半年，农村真的实行家庭联产承包责任制了。

布朗族没有文字记载自己的历史，只能用口碑的形式记录本民族的历史文化和心灵轨迹。越是身处原始落后的民族，越就对美好生活充满渴求和向往。也不知道是从什么朝代开始，没有文字的布朗人用口口相传的形式把县城勐勐坝编进了自己的歌谣："有一个美丽的地方，她的名字叫勐勐；绿孔雀在南勐河畔起舞，百灵鸟在菩提树上欢唱；那里有碧波荡漾的河流，有稻穗飘香的田野；有浓荫盖地的榕树，有形影婆娑的竹林；有似火燃烧的凤凰花，有婀娜多姿的小卜哨；有鳞次栉比的楼房，有南来北往的客商；有琳琅满目的商品，有品尝不尽的佳肴……"人们唱着这首歌谣的时候，心中憧憬着美好的向往。有的人唱着唱着便会流着泪感叹道："这一辈子要是能到勐勐坝走一转，也不枉此生来到这个人世间了。"

地处滇西高原、西南边缘的这个勐勐坝确实是一个美丽富饶的坝子，在整个双江县，乃至临沧市，都素有"鱼米之乡"的美誉。一条浩浩荡荡的南勐河把整个坝子由北向南一分为二，长年滋润着两岸的万亩田园。站在高处望坝子，可以看到竹林掩映的傣乡、碧波荡漾的蔗林、阡陌纵横的田野、星罗棋布的池塘。阳春三月，男人翻田犁耙，女人播种插秧，白鹭在人们头顶上飞翔，欢声笑语在田间荡漾，处处呈现出一派祥和的景象。在勐勐坝看傣族姑娘，听傣族故事，体验傣家风情，欣赏田园风光，自有甜美的滋味在心头。这是一位记者在 20 世纪 90 年代初期描写的勐勐坝风光，也是我目睹的勐勐坝，勐勐坝之美有过之而无不足。

我们把历史的转盘再拨回过去，让时光来一次短暂的"倒流"，探究一下"勐勐"二字的来历。这个地名听起来有点"拗口"，以至让外界人总以为是笔误。许多关于勐勐坝的文章，编辑大师们在校稿时常常在"勐勐"二字后面打上问号。

写文章的人带着释疑解惑的心理，一写到勐勐坝就又不得不赘述她的传说。

旧时的勐勐坝是一块芦苇成林的沼泽地，是令人生畏的“瘴疠之乡”，有“要到勐勐坝，先把老婆嫁”之说。也可能是这个原因，山里人很少下坝，生怕到了坝子，水土不服，染上疟疾，舍命他乡。新中国成立后，人们疏通河道、治理水土、改造良田，勐勐坝成了双江最美丽富饶的坝子，所属的勐勐镇成了全县经济、政治、文化中心。

关于勐勐坝，不仅有歌谣，还有传说：很久很久以前，双江坝东、坝西两头各有一个勐。东头是以今天的景庄为中心的一片地方，称为勐景庄，西头是南勐河西岸的勐允养。二勐各自为主，互不臣属，亦绝少往来。中间还隔着浩浩荡荡的湖水。后来，外勐人常来袭掠二勐。开始时勐景庄遭袭掠，勐允养袖手旁观，甚至幸灾乐祸。而勐允养遭到同样的灾难时，勐景庄的人也用同样的方法对待他们。久而久之，两勐都意识到这是一个极大的错误。他们认识到团结就是力量，如果两勐团结起来定能战胜敌人。于是两勐商议合作，谁有事对方都要竭力相帮，他们以此多次打败来犯之敌。在长期的交流合作中，两勐广大民众进一步认识到，两勐山水相连、祸福兼及，合二为一可避祸趋利。于是，经双方共商，两勐合并。合并后的两勐，为了平等相待，既不叫勐允养，也不叫勐景庄，而是称为“勐勐”。这便是南勐河畔的这个坝子——“勐勐”的由来。合并而成的“勐勐”，力量迅速壮大，以至史书中有“江外有三勐，曰勐缅、勐撒、勐勐”的记载。后来，人们疏通坝尾河道，河水畅流，渐成坝子，慢慢才有了今天美丽的勐勐坝。“二勐合一”是发生在明成化八年，即1472年的事，至今已有500多年的历史，但这个地名一直沿用至今。“江外有三勐”，一个在临翔，一个在耿马，一个在双江，如今，她们都是临沧市经济社会发展的重镇。

如今，勐勐坝所属的乡村和城镇，经济发展、社会进步，人民安居乐业。所有这些，似乎都是在对过去传说中“二勐合一”的历史意义在做生动的诠释和验证。

传说也好，史实也罢，勐勐不过是一个地名，一个县城所在地而已。然而，就是这样一个地方，500多年来，让一代又一代的老家人曾经对她寄予梦幻般神奇的向往。

二

从我们村子到县城所在地的那个勐勐坝，地理意义上的直线距离不过是100多公里而已。然而，在过去的那些年代，老家与县城之间被崇山峻岭阻隔，不通公路没有车，出门全靠脚步丈量大山，即便是100多公里的地方，也感觉到远在天边，遥不可及。据村里人讲，一个青壮年男人，从老家的那个村子到县城要走十四五个小时，如果是赶着马要走两三天。天还没亮，进城的人就得从村子里出发，到了县城勐勐坝，已是万家灯火的夜晚了。

为了生计，再高的山也要爬，再远的路也要走。进城的人早上 7 点钟左右就从村子里出发，中午 12 点钟左右才到达大文乡政府驻地的那条山街，这都还没走完三分之一的路程。走出那条山街，更为艰难的行程就开始了。沿途要攀越三四座高山、跨越五六条河流，有的路段是荒无人烟的沼泽地带，有的路段是人迹罕见的原始森林。在海拔 2000 多米的马鞍山峰，终年寒风嗖嗖、雨雾蒙蒙。

对于山里人来讲，城市对他们有太多的诱惑和太多的幻想。城市虽然离他们很遥远，但他们总希望能够靠近，甚至能够成为闯入者，闯出一条希望的路来。

我的祖辈、父辈进城是为了讨生活，我进城是为了读书，进城的目的不同，进城的路是一样的。老家人走进城的那条古道，从 500 年前一直走到 20 世纪的 80 年代。

据爷爷讲，我的曾祖父是个赶马人，从我们村出发，沿着山外通往勐勐坝的茶马古道，进城需要 3 天的时间。那个时候，进城的路上有至少五六个地方是土匪的窝点，赶马人随时都会遇到土匪的抢劫。抢了财物不要紧，怕的就是有的土匪既抢劫又杀人，让赶马人血洒古道，人财两空。

在进城的赶马路上，曾祖父曾目睹过外村的马帮被土匪抢劫和杀戮的场面。那一天，天上下着蒙蒙细雨，曾祖父和外村的马帮一前一后到了那个叫“鬼叫谷”的地方。这个地方，左右两边是悬崖，周围是阴森森的原始森林。中间只有一条能容得下一匹驮马通过的狭窄小道。到了这个地方，外村的马帮朝前，曾祖父的马帮在后。当外村的马帮刚好进入那个峡谷的时候，一群蒙面的土匪就从遮天蔽日的原始森林中冲了下来。蒙面土匪挥舞着长刀把外村的马帮团团围住，领头的马锅头还没来得及反应就被一名悍匪砍下了颈项。在血光四溅的瞬间，人的号叫声、马的嘶鸣声响彻山谷。为了保命，两个村的赶马人丢下驮马逃入森林。等土匪离去后，才惊恐万状地牵着马返回村庄。从此以后，曾祖父也不再赶马，并对爷爷郑重交代："我们家一辈子也不要做赶马人。"

那时候家里很穷，全家人吃了上顿没下顿，曾祖父的遭遇并没有动摇爷爷进城的决心。为了生计，爷爷不得不进城。爷爷进城是到城里的一个土司家做长工，因为路途远，一年只能回家一次。爷爷 15 岁开始进城，在城里的土司家做了 5 年的长工，20 岁才回家娶了奶奶。那家土司对爷爷很好，不仅管吃管穿，每年还给爷爷 10 升苞谷面和 5 升大米，相当于现在的 40 斤苞谷面和 20 斤大米。这点粮食可以让全家人在青黄不接的五六月掺和着野菜度日。我们村有许多这样的人到城里帮工。

我 7 岁的时候，奶奶已经有 80 多岁了。那时候，80 多岁的奶奶虽然身子已经佝偻，步履也已蹒跚，但仍然耳聪目明，明晓世事。奶奶有一只银镯子，是爷爷送的定情物。我还小的时候，她就经常给我讲关于这只银镯子的故事：爷爷去当长工的那个地方很远很远，爷爷进城的时候穿着她缝的毛边底布鞋，才到土司家，那双布鞋就裂开了。土司老爷心善，送给爷爷一双穿过的旧皮鞋，爷爷穿着那鞋子不习惯，走路一瘸一拐的，一天下来，脚底就磨出了血泡，后来爷爷干脆就光着脚在土司家做活。土司老爷发现，爷爷的脚板全都长着鱼鳞似的老茧，脚趾头也是像树疙瘩一样歪歪扯扯的，就问爷爷：你这脚是怎么了？爷爷回答：这都是走江边山路走出来的。土司老爷看着爷爷可怜的样子，就对爷爷说：江边山这么清苦，你就不要回去了，一辈子就在这里给我做工吧，我保你吃穿不愁。爷爷不好意思地对土司老爷说：我还得回去，家里的人还等着我回去讨婆娘呢。土司老爷听后哈哈大笑：原来你是家里有这么一个好的姑娘等着呀。土司老爷说着就从柜子里取出一只银镯子递给爷爷，对爷爷说：这镯子就拿去送给你那个婆娘吧。爷爷比奶奶大 3 岁，也比奶奶早去世了两年，每当讲起这些往事，奶奶就会禁不住流泪。

父亲读过高小，在村里也算是有文化的人。有文化的人总想着到外面闯荡。父亲第一次进城是 1958 年的事。那个时候，父亲到县城的一个钢铁厂里炼铁。按理，父亲能够到钢铁厂工作是完全可以变成城里人的。可父亲命不好，才去了不到一年就经受不住艰苦和寂寞跑回家了。父亲说：钢铁厂那活计哪是人做的活呀，白天黑夜不分，还要经受炉火的烘烤，就是手脚不被铁水烫伤，眼睛也会被火光灼瞎。后来，父亲又进了两次城，一次是去买集体的谷种，一次是去买自家用的酿酒缸。在城里本来买得两只酒缸挑回来，半路摔烂了一只。那买酒缸的钱是一家人省吃俭用了大半年才攒下来的。母亲看到父亲只挑着一只酒缸回来就唠叨个不停。父亲就说：为买两只酒缸，你让我走了两天两夜的山路，这不是要我的命吗，以后进城别说是去买酒缸，你就是让我去挑金坛子我也不去了。从此，父亲发誓不再进城。

20世纪80年代末到90年代中期，我们村的许多年轻人纷纷走进双江县城勐勐坝打工，那个时候叫“讨副业”。有的人靠自己的奋斗，从此改变了农村人“面朝黄土背朝天”的命运。

我们村的刀三阿舅是80年代后第一个闯荡勐勐坝的布朗族男人。18岁那年，刀三阿舅穿着布朗族的土布衣服，光着脚板踏上了去往勐勐坝的山路。因为是第一次走这条山路，还不到一半的路程，刀三阿舅就迷路了。迷路了的他吃光了身上带着的干粮，只能沿路乞讨。在外村一个伙伴的引领下，走了三天三夜才摸到勐勐坝。到了勐勐坝，他先到一户傣族人家看管鱼塘，同时帮这家人养猪，供吃供住，每个月给30块工钱。后来他又到勐勐坝的一个红砖厂去打工，每个月工钱45块，但老板不管吃住。砖厂老板看刀三阿舅身强力壮，人又老实，一年后和他签订了长期合同，每个月付给工钱60块。60块在当时来讲算是很高的工价了，因此，他就在砖厂干了5年。5年后，刀三阿舅攒得了一笔钱，也学会了制砖技术，就买了一套制砖设备在城里开了一个小砖厂。功夫不负有心人，凭着刀三阿舅的技术和诚信，使得砖厂的生意很红火。不到3年的时间，他就成了一个拥有几十万元资产的小老板。后来，刀三阿舅娶了勐勐坝的一个傣族姑娘，在勐勐坝安家立业，还把家中的老母亲接到勐勐坝一起生活，过上了幸福的日子。刀三阿舅不仅成了我们村出来的第一个农民企业家，还是我们村第一个娶上傣族媳妇的布朗族男人。他的母亲逢人便夸：“我们家的刀三真是上辈子修来的福分，光溜溜的一个男人，从糟糠跳进米箩里去了。”在刀三阿舅的带动和影响下，我们村的年轻人不断有人赶往城里去打工，到 90 年代中期，一个 80 多户人家的小村庄就有 60 多人走进勐勐坝打工。打工的人攒够了钱就回村盖房子，还不到新千年，我们村就全部消除了茅草房，盖起了砖瓦房。

三

在前辈的影响下，我对城市的向往由来已久，这也与乡村艰苦的环境和我苦难的童年生活有关。我出生在布朗山寨一个贫苦的农民家庭，祖祖辈辈都是以种地为生的农民。我的求学之路很坎坷，这段经历注定了我与同龄人不一样的人生。7 岁至 12 岁，我在我们村子里读小学。由于母亲早逝，父亲带病，正是男儿读书的好年华，我就过早地承担起了家庭负担。每天放学后要上山砍柴、打猪草，回到家后还要挑水、煮饭、洗衣服，星期六、星期天和寒暑假都要和大人一起去参加劳动。12 岁以前，该是一个男孩最快乐的时光，我却穿着补丁裤子卷起裤管上山放牛、犁地、栽秧、铲埂、点苞谷，农村人所有的活计我几乎都做过了。谁也不会相信，我除了会做农活和家务还会针线活，我穿的衣服多半是我自己补的，书包也是自己缝的。

13 岁至 16 岁，我在我们乡的山区中学——大文中学读书。那个中学离我们村子有 30 多公里，走路要走 4 个多小时。从我们村子到中学那条山路，要翻越一座大山，还要跨过两条大河，我每个星期都要跑回家拿两块钱的伙食费。由于我自小身体瘦弱单薄，常常要挨到天黑了才气喘吁吁地赶回到家。为了减轻我在路上来回的辛苦，父亲每到街天的时候常常来看望我，顺带给我捎来那两块钱的伙食费。那个时候，农村里没有什么经济来源，为了我那两块钱的伙食费，父亲要提前一天去山上砍明子，等到街日那天才挑着明子到街上来卖，一担明子也就卖得两块多钱，刚好够我一个星期的伙食费。中学阶段，我的一切生活费都是父亲用一担担的明子换来的。有一次，也是一个街天，学校周围下了一整天的瓢泼大雨，我以为父亲不会来了，一边为自己一个星期的伙食费担忧，一边心不在焉地在教室里做作业。等到雨点稍小了的时候，我撑着雨伞走出学校的大门，发现榕树根上坐着被雨水淋得像落汤鸡一样的父亲。父亲看到我后，激动地从怀里掏出那两块钱。我记得，那一次父亲的手很冰冷，但那钱因为带着父亲的体温还是热乎乎的。那个时候，我的眼泪差点流了出来，父亲看到我的眼眶噙着泪水，一个劲地安慰我："以后你工作了，那钱多得用不完。"看着父亲离去的背影，我的双眼模糊了，此时的父亲就像那棵大榕树一样沧桑而悲凉。面对这样的生存环境，我和家乡的许多伙伴一样，在青少年时代就萌发起了"知识改变命运，奋斗成就未来"的梦想。要改变命运就必须走出大山，走进城市。那个时候，我们梦中的山外世界不是别处，就是双江县城勐勐坝。

我从小生活在澜沧江畔这个偏僻遥远的布朗族山寨。布朗族作为一个经济社会相对落后的民族，我的祖先和父辈们一辈子吃的是黑色的杂粮，穿的是黑色的土布衣服，住的是黑暗的草屋，每天面对的是皮肤黑黑的同胞。面对“乡村生活一片黑”，读书识字的我产生了一种叛逆心理，青少年时代就萌生出了一个不切实际的梦想：长大以后，我一定要吃上汉人吃的大白米饭，穿上汉人穿的漂白衣衫，住上汉人住的大白瓦房，娶汉族大白姑娘做媳妇。这样一系列梦想，我相信我的祖先和父辈们也曾经产生过。但在那样一个地方、那样一个时代和那样的一个民族，这样的理想是不可能实现的。只有我这个读书人才有可能实现。这样一个理想像烛光一样照亮了我的童年和青少年生活。我自强不息，勤奋读书，后来，我果然是梦想成真了。1983 年 8 月，我考取了临沧师范。1986 年 8 月，我参加了工作。

到临沧读书，双江县城勐勐坝是必经之路。我第一次进城也就是 1983 年。那年，从县城到我们家乡的那条山街已经通了公路，但是来往的车辆很少，我和村里同去的一位女孩也只能顺着进城的山路走。当一个人的梦想就要变成现实的时候，他的精神力量是不可估量的。一个 16 岁的少年，一天要走 15 个小时的山路，行程 100 多公里，现在我连想都不敢去想。但是那个时候，一位血气方刚的少年，每走一步路，那“闪烁着金子光芒的美丽坝子”仿佛就在眼前。

与我同路的那女孩叫金凤，是我一个外大伯家的姑娘，我叫她金凤姐。金凤姐在城里读高中，有一个表姐也在城里，是在缝纫社工作的，她们经常来往。那年，我正好考取师范要赶着去开学，金凤姐也要去开学。金凤姐比我大两岁，熟悉进城的路，家里人吩咐由她带我进城。

我们早上 7 点钟从村里出发，中午 12 点钟就到达大文乡的那条山街。我们在街上吃了一碗米线，金凤姐又从包里掏出粮票和钱买了两个包子，说是留着在路上吃。那时，街上卖的包子大，肉馅也多，一个人吃一个包子就半饱了。

走出街头，我们就开始往县城方向的山路走。我问金凤姐：我们要走几个小时，什么时候能够到达县城？金凤姐回答：天黑以前准能赶到。

走呀走，不知走了多长时间，我们走到了那个叫“鬼叫谷”的地方。我正要问什么问题，金凤姐示意我不要说话。过了“鬼叫谷”，金凤姐才告诉我：这个地方，现在没有什么鬼，也没有什么土匪，只是不能乱说话。后来我才知道，我们进城的这条山路，有许多地方是不能乱说话的。譬如一个叫“雷打梁子”的地方，山上的天气变化无常，行人经过这里，有大的动静就会打雷下雨。一个叫“滚下山”的地方，地形地貌奇形怪状，路人经过这里，有大的声响，山上的石头也会滚下来。好在我们都没有遇到这些情况。

一路上我们经过好几个村寨，这些村寨分别是清平、双河、板桥、邦迈、干龙潭、南摆河、石板坡、橄榄寨等。这些村寨有的是汉族村寨，有的是少数民族村寨。到了少数民族村寨周围，金凤姐也示意我不要说话。不说话没问题，但要做到走路听不到脚步声是不可能的。经过一个拉祜族村寨时，我不小心踩到路边的一片干笋衣摔了一跤，一条狗便立即像弓箭一样“射”了下来。那恶狗咧开虎牙在金凤姐的小腿上咬了一口，疼得金凤姐流出了眼泪。还好，金凤姐有办法，在路边找了一些药草敷在伤口上，用手帕扎紧伤口，疼痛才慢慢缓解。我把金凤姐的行李分出了一部分背上，然后继续赶路。金凤姐说：还是男人的身体更强壮，走这么远的路也不哼一声。

走出大文街将近两个小时的行程，我们看到有一辆拉水泥的货车在对面的公路上驶来。我对金凤姐说：我们去拦这辆车，让师傅捎带上我们一段路进城。金凤姐同意我的想法，拉着我的手奔跑着去拦车。可是，我们在车旁还没站稳，司机就踩了一脚油门，卷尘而去了。我问金凤姐：司机为什么不停车？我们坐他的车是可以交车费的。金凤姐笑着对我说：司机看我们穿着的衣服很土，一看就知道是山寨来的，以为我们不带钱。那个时候，汽车可真的是稀奇呀，100 多公里的路，我们就只见到这样一辆车。金凤姐说，要是在大城市，车比人还多，那真的是叫车水马龙，一个开车的有什么稀奇呢。

搭不上车，我们只能继续走路。走过一个叫清平村的地方，我们就要去攀越海拔 2000 多米的马鞍山脉的一座山峰了。金凤姐告诉我：这座山峰森林茂密，会有一些虫蛇出入，所以要拎一根棍子防御。我们沿着密林中一条崎岖的小路攀缘而上，用了将近两个小时才达到山顶。到了山顶有一块视野开阔的草坪地，我们就在那里休息。金凤姐把带着的包子拿出来，两个人就着咸菜啃起包子。

吃着吃着，山上突然下起了倾盆的大雨来。金凤姐把带着的雨布打开，让我靠近她一起避雨。我只有一块雨布，用来裹行李了，只能和她在一块雨布下避雨。我这是第一次和女孩这样近距离坐在一起的。在感觉到羞怯的同时，心里有一种微微的震颤。当我的手臂触碰到金凤姐酥软的胸脯，鼻孔闻到她身上特有的体香的时候，心中禁不住激起了一种对女孩美好的幻想。此时此刻，我希望山雨不要很快停下来，希望多一点时间留住这甜美的时光。我发现，金凤姐的皮肤很白，完全不像我们布朗族女孩的皮肤一样黑黝黝的。我问金凤姐：你的皮肤为什么会这样白，是不是涂了什么净白的脂粉？金凤姐笑着对我说：我一个读书人，涂什么脂粉呢，一年四季生活在坝子里，一天到晚坐在教室里读书，皮肤是会白一些的。那个时候，我仿佛明白了一个道理，一个人在坝子里生活一段时间后，皮肤也是会变白的。那个时候，我还不大懂，我们布朗族的男孩和女孩，有的人不是生来皮肤就是黑的，是澜沧江边的太阳晒黑了的。因为，物理老师没有讲过，紫外线也可以让人的皮肤变黑。

山上的气候真是变化无常，不到 20 分钟的时间，那倾盆的大雨说停就停了。雨后的山林阳光灿烂，空气清新，让我们一路的疲乏消解了许多。坐在山顶上，我们看到勐勐坝的方向出现了一道彩虹。金凤姐说："那彩虹出现的地方就是勐勐坝。"彩虹的作用就是让人感到扑朔迷离，明明看到的情景就是近在眼前，可你真的要去追赶它，它却离你越来越远。这个时候，我突然突兀地说出了一句话："彩虹出现的地方，一定是风景美丽的地方。"金凤姐用敬佩的语气夸奖我："你说话真有灵性，将来必定成作家。"那个时候，我是会写一些作文，但不敢想着会成为作家。因为作家是要用汉字写文章的，我连常用的汉语词组都还吐字不清。上语文课的时候，我常常把杨爱琴老师喊成"人爱钱"老师，有的时候很是郁闷。

过了这个山顶，我们开始走下坡路，走了将近 3 个小时，我们终于看到我们今天要到达的目的地——双江县城勐勐坝了。

双江县城所在的这个坝子并不像我想象的那种美好，不像人们形容的那样是一座"闪着金色光芒的城邦"。只是这个坝子要比家乡的山寨平坦、宽阔得多，坝子里的建筑全是白墙青瓦的房子。一条大河纵贯坝子中央，大河两岸是一望无际的田野。我是第一次看到这么大的平坝、这么多的瓦房、这么长的河流和这么宽阔的田野，心中不免有些激动。我问身边的金凤姐："这坝子有多大呀？"金凤姐回答："有我们寨子十个大。"事实上，后来我才知道，这个坝子的土地、房屋和人口何止是我们寨子的十倍，其规模二十倍也不止。坝子周围有二三十个村寨，除了傣族村寨，还有拉祜族、佤族、布朗族和汉族村寨。有一些傣族村寨一个村子就比我们村子的三个寨子还大。后来，我在《双江县志》上看到了关于勐勐坝的资料，对这个坝子才有了较为全面的了解：

勐勐镇位于双江县城中部，是全县政治、文化、经济、贸易中心。南北纵距 42 公里，东西横距 15.5 公里，北回归线将镇境切为两半。全镇土地面积 434.46 平方公里，有耕地面积 54315 亩，其中水田 20387 亩，旱地 33928 亩。境内河谷相间，山川相连。南勐河自北向南流淌，把平缓的河谷地带切割成带状坝子。坝子从北向南延伸，坝长 16 公里，平均坝宽 3 公里。年平均气温 19.5℃，日照充足，热量资源丰富。全镇共有 15 个村民委员会，2 个社区居委会，113 个自然村 162 个村民小组，有 11418 户农户，43399 人，少数民族人口 21032 人，占总人口的 48%。（摘自《双江县志》）

随着离县城越来越近，我和金凤姐的话也多了起来。我问金凤姐：高中毕业以后，你打算去做什么？金凤姐回答：考工、考干，考不起就在城里打工。我又问金凤姐：你喜欢我们寨子还是喜欢坝子？金凤姐回答：都喜欢。金凤姐说：寨子里有爹娘，有兄弟姊妹，人更亲；坝子里有电灯、电视，条件更好。那个时候，我们寨子里还没有通电，别说看电视，就是人人羡慕的双卡录音机也才有一台。那台录音机是大队文书家的，每到天黑了以后，一个村的小姑娘、小伙子都跑到他家里听录音机，一个叫《水仙花》的歌剧把寨子里的青年们迷得放弃地里的农活。

金凤姐对我说：你要好好读书，将来走出这个贫穷落后的山寨，为父母争光，也为寨子里的人争光。我对金凤姐说：我去读的这个学校和专业是教书的，以后能回来当老师就不错了。金凤姐反驳我说：你这就是目光短浅了，读师范，不一定是教书，只要你成绩优秀并且有一技之长，你会找到比教书更好的工作。

在和金凤姐的交流中，我才发现，这个女孩真的是不简单，她有与村里的那些女孩不一样的眼光，有与村里的那些女孩不一样的气质。从那时起，我在心中默默地把她当成了我崇拜的偶像。那一年我才 16 岁。在愉快的交流中，我们不知不觉地走进了县城。这一天，我们一共走了 15 个小时的山路。这 15 个小时的山路已让我走得四肢乏力、全身酸痛，走进县城的街头几乎是拖着双腿进去的。金凤姐也一样，无精打采、气喘吁吁、脸庞通红，那通红的脸庞比金凤花还红。

县城对我来讲是一个全新而陌生的世界，这里的一切像梦幻般迷离。这里不过是我人生道路中的一个驿站，但我新的梦想就是从这里开始的。师范毕业后，我被安排在县城的一个单位工作，成了真正的城里人。

20 世纪 90 年代，我们村子到大文街开通了公路，村里人上街买卖东西告别了人背马驮的时代。进城可以在村里坐农用车到大文街，再从大文街坐班车或出租车到勐勐坝。从此，澜沧江畔的布朗人实现了通过现代交通走向山外世界的百年梦想。

从 1980 年到 2016 年这 30 多年的时间，我们村 80 多户人家一共有 60 多人通过读书在县城找到了工作，端上了“铁饭碗”，从此改变了自己的命运。先后有 600 多个人进城打工，把打工所得收入反馈家乡建设。80 多户人家中已有 40 多户人家盖起了楼房，有 40 多户人家盖起了砖瓦房。2017 年春天，从村子到大文乡政府所在地的那条街建起了水泥路。现在从村子到县城勐勐坝全程 100 多公里，最多只需 3 个小时。

人们都说，山旮旯也能飞出金凤凰，而对我和我们村那些能在勐勐坝工作的人来讲，美丽富饶的勐勐坝才是梧桐成荫、凤凰栖息的地方。

第二章　背出来的家园

背出来的家园

一、背出来的房子

我的老家地处滇西高原澜沧江西岸的一个中山河谷地带。小山村所坐落的这个山坡比骆驼脊背还陡峭，进出村的道路比羊肠子还弯曲。有人用歌谣形容这个地方："江边大地日头黄，出门就爬大石坎，猴子过山淌眼泪，山羊下地滚撇坡。"

老家人管盖房子叫"背房子"，一个"背"字道出建盖一幢房子的辛苦与艰难。

自我记事起，40多年的时间，我们家的房子先后更替了四次：第一次盖的是鸡罩笼房；第二次盖的是土坯房；第三次盖的是砖瓦房。直到去年，普洱10·7大地震，政府号召抗震救灾重建家园，我们家才盖起楼房。

这四幢房子与其说是盖起来的还不说是"背"出来的。

1983年，我家拆除原来像鸡窝一样的鸡罩笼房，开始盖土坯房。那时我在读初中，几个弟妹都还小。为盖这幢房子，父亲和母亲开始了有生以来最艰苦的劳作。1983 年，在我的家史中将成为永不磨灭的记忆。

土坯房用的主要建筑材料是：下基础的方块石；支撑屋架的柱子、函条和椽子，砌墙用的土坯、沙子和石灰，铺屋顶用的稻草。

筹备这些材料，父亲和母亲做了相对明晰的分工：父亲负责砍木料、打石头、脱土坯，母亲负责搬运除木料以外的其他建筑材料。

父亲的石场在离村子 5 公里外的苞谷地头上，来回要一个多小时。天还没亮，母亲就出门去背石头去了。一块方块石长两尺、宽一尺左右，小的有 30 多公斤重，大的有 40 多公斤甚至 50 公斤。母亲一次只能背一块石头，一天到晚顶多也只能背三四趟。下基础用的 400 多块石头，母亲一共背了四个月。待所有的石头都背到家门口的时候，麻栗树做的背架都已经散架了。

脱土坯的场地没有那么远，就在离我家不到一公里的园圃地头，但盖房子需要的一万多块土坯，母亲还是背了三个多月。

稻草得从收割后的稻田里背来，母亲一次能背 20 多把稻草。母亲背稻草时的情形很酷，远远望去像背着一团硕大的云朵。

背东西的时候，母亲喜欢拄着一根拐棍。拐棍有两个作用：一是助力，二是平衡。拄着拐棍，再陡的坡也不会跌倒。村里人戏称拐棍是江边女人的第三只脚。

母亲背石头、背土坯、背稻草行走在江边坡路上的情形有点像沙漠上负重前行的骆驼。那个时候的我虽然没见过真正的骆驼，但在所有的动物中，骆驼给我的印象最深。我曾写过一篇关于母亲的作文，提到过母亲的精神就是骆驼精神。老师对这篇作文给予了高度的评价，说我将来一定会成为作家。可我这位蹩脚的作家一辈子也没能写好关于母亲的文章。

在我的印象中，母亲这一辈子吃过的最高级的营养品就是红糖。一天的劳累后回到家，母亲常常啃一点红糖。母亲说红糖可以消解疲劳，安神定心。我参加工作后，每年春节回家都会买几块红糖给母亲，我希望母亲多吃红糖，健康长寿。

那时，我也想到运送这些建筑材料能不能用自制的独轮车。但母亲说，用独轮车要挖路。在岩石丛生的江边地上挖这样的路别说一家人，就是一个村子的人合计起来也办不到。

通公路是江边山人的梦想，这个梦想一直持续了几百年。后来这个梦想真的实现了，可母亲却没能坐过一次车。母亲说，车这个比水牛还大的东西，跑得比兔子都还快，坐上去还能不把人弄散架了。

背这些盖房子用的材料，母亲的背上尽管垫了一块编织袋，衣服还是磨出了方块石一样长宽的破洞来。后来，母亲把衣服上的这个破洞补了，继续穿着这件多了一块长方形“图标”的衣服走在江边山地的路上。看到母亲的背影，我的心像被刀子戳一样疼痛，我联想到了关汉卿的《窦娥冤》。关于这块补丁与人类某些特殊身份的联想让我不寒而栗，善良而伟大的母亲怎会背负我所联想的那种人类之屈辱。

一年后，我家的土坯房终于巍然耸立在我们村中。盖起了土坯房，母亲的脸上增添了一些笑容，父亲的腰杆也挺得更直了。母亲走在村路上逢人便讲："盖这幢房子真是累坏了孩子他爹。"父亲则说："这幢房子是孩子他娘背出来的。"我从父母相互赞许的话语中看到了人间恩爱。我相信，没有领过结婚证的父亲和母亲相濡以沫几十年一定有坚如磐石的感情。否则，我家四个兄弟姐妹就不会像现在这般智慧和善良。

10 年后的 1993 年，我家开始盖砖瓦房。父母和我在家的几个弟妹又开始了一场轰轰烈烈的造房运动。1993 年的乡村已经普遍通公路，但乡村稀缺的车辆只适用于进城运水泥、钢筋和化肥等农用物资，当地建房用的砖瓦仍然得靠背。母亲说背砖瓦不像背石头、背土坯那样劳累，砖瓦场就在离村子不到一公里路的村旁，一天可以背十多个来回。但那年，我感觉到母亲的腰更弯了，背着砖瓦上坡的时候几乎是手脚并用，几乎不是在走，而是在爬。我对母亲说："背不动就别背了。"而母亲却说："还背得动，别说盖这幢房子，就是以后盖一幢楼房也可能还背得动水泥。"

盖这幢房子的时候，我的几个弟妹发挥了很大的作用，一幢房子用的砖瓦，不到两个月就背完了。为此，母亲常常自豪地说："儿多便是福。"

我家一共有四个兄弟姐妹，除了我，其他几个弟妹都在家务农。但在我的印象中，母亲没有享受过一天的福气，除了春节过年的那几天，母亲几乎一年四季都“爬”在江边的坡地上。对不起，我形容母亲在地里劳作的情形不用“站”这个词而是用“爬”，是因为“爬”字更准确。在澜沧江边的陡坡地上劳作，“站”是站不稳的，只能躬着腰以“爬”的姿势，劳动的时候才稳当。我们那个村子常常会笑站着挖地的年轻人。老人们说：“站着挖地不是在用锄头挖地，而是在给锄头喂奶。”我们出来工作的人偶尔回家帮父母干农活最怕村人说我们在“给锄头喂奶”。劳动虽然很光荣，但我出来读书的时间长了，干农活很不得劲。挖地的时候，我不会弯腰，挖地的姿势真的像给锄头喂奶。

儿多便是福。这句话我一辈子也无法理解，因为在母亲的身上我没有找到任何答案。母亲这一生一共有我们兄弟姐妹四个孩子，而她一辈子不是在江边地上劳动就是在“背房子”。她非但没有看到后来我们家盖起来的楼房，就是城里的楼房都没有看到过，因为她这一辈子压根就没有进过城。

关于进城，母亲说：“进城路太远。”其实，我们村离县城也只有 100 多公里，走山路十五六个小时。母亲背出的 3 幢房子所走的路也许要比进城的路长得多。

年轻时候的母亲和老了的母亲在和我的几个兄弟姐妹“背房子”的时候走路的次序是不同的。母亲年轻的时候，走在我几个兄弟姐妹的前面。母亲老了，走在我几个兄弟姐妹的后面。关于这个问题我也曾问过母亲。母亲说：“娘年轻的时候是娘领儿，娘老了的时候是儿领娘。”直到现在，我都觉得母亲的这句话比哲学问题还复杂。娘带领着儿是可以理解的，但儿带领着娘就无法理解了。

2014 年，在政府的支持下，我家盖起了 100 平方米的楼房。进新房的那天，市文联派出几个摄影家为我们村盖起楼房的 80 户人家照全家福。最遗憾的是我家的全家福中没有母亲的照片。按理说，全家福这样的照片，如果家中的某个人不在场是可以用旧照片“克隆”出来的。但我的母亲一辈子也没有照过相，就是连一张身份证也没有。直到现在，我都还不知道母亲的汉族名字。母亲的布朗族名字叫“叶亮”。“叶亮”翻译成汉语就是“月亮”的意思。母亲的形象像一枚月亮一样永远别在我故乡夜晚的天边。

看到城市的楼房我常常想家。思念故乡的月亮，思念那位名字叫月亮的女人。天底下最伟大的人是母亲，因为母亲不仅养育了我们，还背出了那么重的房屋。有了房子才算有家，有了家才有人间的温暖。

40 多年的时间，我们村 80 多户人家的住房一共新旧更替了 4 次，也就是说这个村 40 多年来一共盖了 300 多幢房子。参与建盖这 300 多幢房子的许多母亲都已经很老了，有的已经不在世。但是，背方块石用的架子和背砖瓦用的旧背篓还在。因此，我建议文化部门把这两件东西作为文物收藏起来，便于将来向后人解读澜沧江畔这一片背出来的家园。

二、背出来的梯田

一直以来，我总认为，在我所见过的人类创造的景观中，最美的风景就是澜沧江畔的梯田。

梯田灌水的季节，这些像月牙形镜面一样的田块，阡陌纵横、拾级而上，在阳光下熠熠生辉。蜿蜒在山岳河谷中的梯田与波光粼粼的澜沧江水遥相呼应，让人联想到台湾的日月潭。稻苗泛青的季节，这些梯田又像一块块绿色的地毯，在毒辣辣的阳光下，让人做梦都想在它上面睡。秋天到了，稻田一片金黄。这个时候，那金黄的不仅是稻田，还有夕阳映照下的澜沧江。此时此刻，有一种想画一幅画的冲动。

从普通人审美的角度上看，干旱和冬闲的季节，梯田并不美。在阳光的暴晒下，澜沧江边的土质是灰黑灰黑的，那些陡峭的山包也像灰黑灰黑的水牛，而山包上的梯田就像一排排牛肋骨。此时的梯田景观像褪了色的黑白照片。不过，正是这并不美的景观，才真实地反映出梯田特有的风骨。梯田本来就不是用来取悦眼目的，其真正意义是农耕社会人类赖以生存的根基，也是这一时代宝贵的物质文化遗产。所谓的家园应当是有家有园才算家园。只有房子，没有田地的乡村只能算空村。现在有的乡村已经开始不种田了，多少梯田已经荒芜。这样的乡村还算得上是乡村吗？人类建设美丽家园，应当呵护梯田，对梯田怀着崇高的敬仰。

中国是农业大国，梯田比比皆是。但滇西高原澜沧江西岸的梯田与别处的梯田不同。这里的梯田因地势原因，田块小，田坎高，造型千姿百态。梯田的轮廓有的像月亮，有的像树叶，有的像鸟，有的像鱼，有的像牛马，有的像骆驼。像一面圆镜一样的梯田往往在山包包的顶上，一个山顶就只有这么一块梯田。这种镶嵌在山顶上的圆形梯田我曾在一篇文章上将其称为“蓝天的镜子，大地的眼睛”。

澜沧江边的梯田准确地讲不是挖出来的，而是“背”出来的。澜沧江的水再怎么波澜壮阔，对于梯田来讲根本用不上。因为不可能安上几千米的水管，用抽水机把处于峡谷深处的江水抽到坡头的山包上。这样，梯田就只能是沿着一些河谷开凿并且要位于河的中下游，水往低处流，才能够流进田里。而澜沧江边的这些地带往往只有石头没有土，即便有土也是砂石土。这一来，就逼得江边人一代接一代地背土造田了。

造梯田的时候自然先得在坚硬的砂石土上挖出田埡来。这样的砂土庄稼无法生根，即便生根了也不会长出粮食来。因此，所有的梯田都得填上一层厚厚的熟土。这些熟土要在远离梯田的密林深处去背，只有这些地方才会有适合种庄稼的熟土。当然，除了填土还要施农家肥，否则这块田长出的稻苗就只和铁丝一样细，长出的稻穗也只和狗尾草一样轻。施肥还要讲究，肥料要经过堆渥发酵，不然，田里长出的草就会比稻苗还多。

挖好田埡以后，还得背来石头在田块的四周围起来，形成一道类似屏障的田埂。这样围出来的田才能既保水土，又保肥力。否则，夏季的一场暴雨会毫无悬念地把田冲毁。“大水冲田，饥饿三年”，这是江边山人早就有过的无数次教训。

包产到户那年，我家 6 个人只分得 3 亩水田，种出的粮食是不够吃的。为解决吃饭问题，父亲首先想到的就是开田。

开田的时候，父亲和母亲也相对进行分工：父亲负责挖田埂，母亲负责去背土来回填。

因为土质坚硬，挖田的工具也要锋利而刚硬。除了用锄头，还要用铁锤、錾子和羊角凿。父亲抡着铁锤砸石头，大汗淋漓。一锤下去，地里的石头冒出火花，父亲也两眼冒金星。

天刚亮，母亲就挎上背篓上山去背土了。从有熟土的地方到父亲开田处至少有五、六公里，除去空身返回的时间，母亲一天最多也只能背两趟。一埂田究竟需要回填多少土，我无法计算，但把一埂田填满，母亲至少要背三天的土。这样造出来的梯田与其说是挖出来的，还不如说是背出来的。

也许是民族语言的特殊表达方式吧，我们老家的人都把给田背土、给田背肥这样的农活说成是“背田”。老家人有一句俗话：“背出来的田，长出来的稻，舂出来的米，磨出来的面。”这句话连贯起来的意思是形容做任何一件事情都要一步一个脚印，脚踏实地去做。对待造田这样的活计更是来不得半点马虎。还有一句俗语是：“人哄地皮，地皮哄肚皮。”意思是种庄稼要用心，来不得半点马虎，否则就会挨饿。

在江边山地毒辣辣的太阳下，父亲挥汗如雨地挖田，母亲步履蹒跚地背土。三年的时间，父亲和母亲将近开垦出了 5 亩梯田。这 5 亩梯田因为是在包产到户后开挖的，所以没有进入集体土地承包合同本。父亲经常开玩笑说：“这些田进不进合同本没关系，种出来的粮食进全家人的肚子就行了。”事实上，父亲的这种想法是错误的。在后来政府落实的粮食补贴及其他一些与土地有关的惠农政策中，这没有“身份”的 5 亩水田都无法落实。

其实，背土造田在我们村历史已经很悠久。据父亲讲，爷爷那一代，甚至更早的年代，许多水田都是这样造出来的。我们村合同本上许多田块的名字不是以田块所坐落的那座山来命名，而是以人来命名。不用讲都知道，以人命名的田块，那个名字就是那块田的最初开垦者。

大集体的时候，我们村出了一位造田模范。这是一位 60 多岁的老人。他从 50 岁的时候开始，用 10 年的时间为集体造出 50 多亩水田。有一次，公社开劳模表彰大会，奖给他一把闪闪发光的新锄头。这位老人回家后把拴着红绸的锄头小心翼翼地挂在墙上，激励人们艰苦奋斗，大造梯田。这家人在包产到户后，率先成为我们村走上富裕之路的人家。

为解决梯田的灌溉用水，20 世纪 70 年代初期，政府组织澜沧江沿岸的群众大干水利建设。在全公社数以万计的人民群众的支持下，我们村利用近 8 年的时间建成了一座小（一）型水库。建水库的那几年是我们村历史上劳动场面最壮观的时期。水库工地上人山人海，红旗飘扬。运土时，用推车运送土方的人如鱼穿梭；压坝时，几十个男人一组拉着上吨重的石磙步履矫健；每到上工高峰期，敲石声、吆喝声、驴叫声和高音喇叭声响彻山谷。

水库建成后，我们村的那些梯田像一面面镜子在澜沧江西岸的河谷中熠熠生辉。人们做梦也想不到，这片怪石林立，连茅草都无法生根的江边砂石土竟会像铺上了地毯似的茵绿。

在江边山建水库、造梯田是辛苦的。人们一天到晚汗水淋漓地劳动，每顿却只能吃到 2 两米饭、3 两苞谷，菜汤上没有一滴油腥。可就是在那个连饭都吃不饱的年代，人们的精神却出奇地高昂。“自力更生、艰苦奋斗”“鼓足干劲、力争上游，多快好省地建设社会主义”这些耳熟能详的标语写在墙上、挂在嘴上，也确实落实到行动中。

特殊年代有特殊的情感，特殊的环境有特殊的歌声。上工和收工的路上总会听到《谁不说俺家乡好》这首歌曲。回想当年，“一座座青山紧相连，一朵朵白云绕山间，一片片梯田一层层绿，一阵阵歌声随风传”这几句歌词还在我耳边萦绕。

现在想来，青山、白云、梯田、歌声，多么美的形容词呀，这些词语用来形容昔日山坡陡峭、怪石丛生、烈日炎炎、大地昏黄的澜沧江西岸的故乡是多么的不适宜。也许，正是这些不适宜的词语流过不适宜的乡土，才造就出了澜沧江西岸不一样的风景。

包产到户 40 年来，我们村一共开垦出这样的梯田上千亩。村里的水田由原来的 300 多亩发展到现在的 1500 多亩。早在 20 年前，这个靠山茅野菜填饱肚皮的村子就已经不再吃杂粮。全村的人家家户户吃的都是稻米饭，种出的苞谷只是用来喂猪和酿酒。这得归功于这些背出来的梯田。

插秧的季节，澜沧江畔的梯田在太阳下闪闪发光，插秧的女人们以“一行白鹭上青天”的队形在梯田上排开。这个季节，层层梯田是书写在江边大地上最美的诗行。

站在城市的高处，眺望远方的故乡，我要向澜沧江畔千回百转的梯田致敬。

三、这一片青山绿水

老家有一个地方叫“大浪坝”。这是一个很不起眼甚至还带有点贬义的地名：意为荒芜、沼泽之地。我无法想象，大浪坝四十多年前还是一个“山无人迹，箐无树影，日光照荒坡，月光照秃岭”的不毛之地，现在竟然是一片拥有十万亩浩瀚森林和五个巨大人工湖泊的高原绿地。

千百年来，为了生存和发展，人们以掠夺的方式不断向大自然索取资源。老百姓说：“靠山吃山，靠水吃水。”其实靠的结果只能是坐吃山空，到头来连生存的根基也被掏空了。最典型的就是 1958 年“大跃进”时期纷纷兴起的毁林开荒、填湖造田和大炼钢铁运动。毁林开荒造成了水土流失、土地沙化，最终使生态环境不断恶化，自然条件更加恶劣；围湖造田加快了湖泊沼泽化的进程，使湖泊面积不断缩小，地表径流调蓄出现困难，旱涝灾害频繁发生，水生动植物资源衰退，湖区生态环境劣变；1958 年下半年，全国动员数千万农民大炼钢铁，大办“五小工业”。在技术落后、管理混乱、污染控制措施缺位的情况下，工业“三废”放任自流，环境污染迅速加剧。“大跃进”导致了中国历史上最严重的自然灾害和三年的经济困难时期。

然而，就是在这个时候，双江人开始成立大浪坝林场，建设大浪坝水库，在历史的风口上来一个闪亮的转身。变毁林开荒为植树造林，改填湖造田为大干水利建设，全县上下掀起了一场轰轰烈烈的劳动高潮。

这是一场没有硝烟的人民战争，需要全民动员，全员上马。据统计，当时的双江只有 7 万人，每天就有 3 万多名劳动力投入水库建设，几乎占了劳动力人口的百分之百。工地上处处是红旗招展、人山人海的壮观场面。当时国家困难，技术落后，建设水利工程完全靠义务，劳动机械也是自己发明创造的。运送土方靠人背、肩扛，夯压大坝靠石礤、木夯，自制的独轮推车和双轮推车作为省力的运输工具用来运送沉重的石块。据说，浆砌石方的“水泥”也是用当地的赤土和石灰搅拌而成的。

经过从 1958 年到 1988 年 30 年的艰苦奋战，双江东部山区的大浪坝水库、湾河水库、黄河水库、清平水库、大棚子水库相继建成。为了涵养水源，保持水土，水库建成后，人们便在库区周围植树造林，绿化荒坡，这就出现了水库与林场共居一所，水利与林业同步建设的情况。40 多年后的今天，横断山脉南麓、马鞍山东部的这块高原寒土变成了拥有 10 万亩森林和 5 个人工湖泊的“绿色明珠”。

这“绿色明珠”是用库区人民的汗水、鲜血和生命换来的。据《双江县水利志》载：建设大浪坝水库，因公牺牲 4 人；湾河水库 11 人；黄河水库 2 人；清平水库 2 人；大棚子水库 1 人。因公牺牲的人中，全部是青壮年，年龄最小的只有 15 岁，最大的也只有 46 岁，平均年龄 35 岁左右。这是一组悲壮而又悲悯的数字，难怪有人说：“大浪坝一带永远也不会出现干旱，因为天使会流下怜悯的泪水。”

2012 年，一个冬日暖阳的下午，我们来到了慕名已久的大浪坝，有幸地亲近了这一片让人如痴如醉的湖光山色和令人心灵震撼的碧水蓝天。我无法形容当时的感觉，一个“眩晕”似乎可以道出当时的生理反应。天太蓝、云太白、水太清、林太翠，自然界中凡是太纯粹的东西都会让人心颤、炫目，进而心生悲悯。

走进大浪坝，给人的第一印象是：茫茫林海一眼望不到边，浩瀚的湖水与天际相连，山在湖中映，云在水中流；林海起伏，涛声如浪，湖水悠悠，波光粼粼；湖边杨柳见风舞，水里鱼儿随波欢。和风吹过，清香袭来，来自森林和湖水的气息沁人心脾。人人都说天堂美，可活在世间的人谁又真正见到过天堂。也许，天堂之美也不过如此。

不同的季节，大浪坝呈现出不一样的景致：春天的大浪坝，广袤的绿色大地点缀着万紫千红；夏天的大浪坝，浩瀚的林海飘洒着银色的雨丝；秋天的大浪坝，碧空如洗、湖水如镜；冬天的大浪坝，湖面烟波浩渺，山林雾气氤氲。这难道不是人间仙境吗?

大浪坝是一个诸神共栖的山水圣地，民间中流传着许多优美的神话传说。其中“仙女照镜”的传说充满了强烈的现实主义和浪漫的爱情色彩，使大浪坝更增添了无穷的魅力。传说，一个月明星稀的夜晚，一束来自天上的白光穿透森林，照亮湖面。顿时，大浪坝森林雾气腾腾，湖面仙气袅袅。片刻，一位身披银纱的长发女子腾云驾雾来到湖边，以湖当镜，对镜（湖）梳妆。据说，这位女子是天宫中的一位仙女，每年都会在某个月光初照的晚上出现在湖边，来寻找她留在人间的爱情。类似的传说在民间中灿若星河，但这些传说往往都是取材于封建社会时代的爱情悲剧故事。而“仙女照镜”的传说却广泛流传于20世纪50年代末到80年代中期的双江东部山区，传说源生的地点就在大浪坝水库。我们无法考证最初的讲述者是谁，他的意图和目的又是为了什么。布朗族学者俸春华曾经写过一篇关于大浪坝的文章，提出把大浪坝建成双江的一个旅游景点，建议在湖边塑一座“仙女梳妆”的塑像。双江县也在“十二五”文化旅游发展规划中提出要把大浪坝打造成“森林湖国际旅游度假营地”。我在想，如果是这样，这位仙女应该塑造成什么朝代的女子？她应该穿哪个民族的服装？作为双江人又该向那些黄头发、蓝眼睛的外国人讲述什么样的故事？我是这样想的：无论她生在哪个朝代，穿什么样的服装，讲述什么样的故事，她既然选择了大浪坝，肯定是吸吮了天地之灵气、日月之精华，她应该是一位最美丽的天使，“以花为貌，以鸟为声，以月为神，以玉为骨，以冰雪为肤，以秋水为姿，以诗词为心”。唯其如此，才配得上以湖当镜，对湖梳妆，守望“北回归线上的绿色明珠”这片美好的山河。

大浪坝是一片孕育着绿色生命的海洋。在这片湖光山色、水乳交融的广袤世界里，生长着 245 种高等植物、104 种花卉、72 种药材、96 种脊椎动物，24 种观赏鸟。5 个人工湖泊浇灌着万亩土地，哺育着数万人民。这样一个地方，山有神，水有灵，山魂水魄撼人间。然而，双江三代林业人前赴后继，用 40 年时间，15 万个日日夜夜造林 10 万亩的创业精神和库区人民在经济困难时期用全人工建造 5 个水库的奋斗精神更是惊天地泣鬼神。

这样一个地方，用画的颜色来描绘它，似乎显得暗淡无彩；用诗的语言来赞美它，似乎显得苍白无力。于是，我想到了一个办法，给它命名：天镜。天镜，天神镶嵌在大地上的一面镜子，它不仅可以照见蓝天白云、日月星辰、高山流水、人间炊烟；还可以照见过去的沧桑岁月、时光轮回、金色年华；照见一代人的豪情悲壮、傲气风骨以及他们的精神风貌、生命灵魂。

青山翠谷里的壮歌

一

我们村地处滇西高原澜沧江西岸的峡谷中山地区，是一个干旱缺水的村庄。人们面朝黄土背朝天的在江边山地上劳作，总也填不饱那蛇皮口袋一样干瘪的肚子。酷热的阳光、干渴的土地、光秃秃的山岭，水比眼泪更稀缺。

1966 年，为了解决农田灌溉和人畜饮水困难，上级决定给我们村修水库。项目实施的办法是：上级补助钢筋、水泥、炸药等物资，施工由我们大队所辖的 6 个生产队组织群众义务投工投劳。

建水库，这是我们村有史以来开天辟地的一件大事，人们为之欢呼鼓舞。接到公社的通知后，大队干部立马到各生产队召开群众会做宣传发动工作。于是，在那煤油灯照明的时代，集体会议室里人头攒动，乡村的夜晚灯火通明。

我们生产队是这个水库工程最大的受益村，听到这个消息后，大家奔走相告，恨不得这个水库工程马上就动工。一双双期盼的眼睛希望早日看到碧蓝碧蓝的水库。

生产队长陶建国说："虽然这个水库建设统一调配整个大队的劳动力，但我们村是水库工程的直接受益村，我们要带头去干，全村的人只要是能动的，一个也不能落下。"

村里的乡老们也说："村上的活计就交由我们这些老人来做吧，你们年轻人一定要下大力气把这个水库工程建设好。"

修水库是一件光荣而艰巨的任务，功在当代，利在千秋。临近水库工程上马的那几天，大家都争先恐后去报名，生怕把自己落下，来日功德碑上没有刻着自己的大名。有的人家没有青壮劳动力，就是七八十岁的老人也要求上工地。78 岁的布尼腊老人说："我虽然做不了重活，但还可以帮大家拉柴火，队上随便算给我一两分工分就行了。"村里同意了老人的要求，让他到水库工地上帮大家拉柴火，顺便在晚上看管生产队的物资。总之，大家的积极性很高，因为这个水库建成后将彻底改变我们村用土罐背水和靠天吃饭的落后面貌。

这是一个小（二）型水库工程，现在看来只能算是一个小水塘。水库设计坝高 15 米，蓄水量 20 万立方米，灌溉面积 500 多亩。这样一个小工程，如果换用现在大型机械施工，不到一年就完工了。但在当时那种完全靠人力施工的条件下，我们一个大队 6 个生产队的 1000 多个民工却是艰苦奋战了整整七年。水库工程于 1966 年动工修建，1973 年才建设完工。这段时期正是全国“文化大革命”，中国农村的许多地方都在搞“与天斗、与地斗、与阶级敌人斗”，我们村则为了改变落后面貌、实现美好生活，轰轰烈烈地大干起了水利建设。据说，我们村自力更生修水库的事迹还上了《云南日报》和《人民日报》的头版头条。

七年的时间，大家勒紧裤带过日子，艰苦奋斗搞建设，当年参加修水库的人有的已经老了，有的还没看到建成的水库就带着遗憾告别了村庄，埋进了黄土。

为顺利实施水库建设工程，在公社党委的要求下，成立了水库工程指挥部。指挥部一共有 10 个人，分别由大队干部、各生产队干部和公社派来的技术指导员组成。这个指挥部的权威不亚于现在的一个基层政权组织。指挥部里的人不仅有能说会道的“笔杆子”和“嘴巴子”，还有荷枪实弹的民兵连长，每个人都有特定的头衔和明确的分工。这支队伍作风严谨、纪律严明，实行军事化管理和军事化作风。

都说兵马未动粮草先行。开工前的三天，根据指挥部的安排，各生产队都派人把锄头、羊角凿、铁锹、赶板、推车等劳动工具和锅碗瓢盆等生活用具带到了水库工程的施工场地。那几天，从村子到水库坝场的这条路成了一条浩浩荡荡的物资运输线，那阵势俨然是一场大战在即。

修水库，除了上级每人每天补助半斤大米外，不够的粮食是要自己带去的。那是一个缺粮的年代，有大米的带大米，有苞谷的带苞谷，有麦子的带麦子，有苦荞的带苦荞。实在拿不出粮食的，就是在地里挖来红薯也要扛去一袋。我们家 6 个人只有两个劳动力，一年分得的粮食还不够糊口，父亲看着就要快见底了的米缸摇了摇头，最后还是把缸底剩下的那点大米倒进口袋里带去了。

有的人家没有人看管牲畜，不得不把牛羊赶到水库附近去放养。一时间，水库附近的草场上牛羊成群。苍凉大地，山野牧歌，让人远隔千山万水禁不住联想起电影中看到的“风吹草低见牛羊”的西北大草原。

建设这个水库，实行统一管理、统一施工、统一上报工程进度、统一作息时间。指挥部在水库坝场的一个高地上搭建一间帐篷，6 个生产队以队为单位分别在水库坝场附近搭建工棚，各生产队自办伙食，上工的人就近食宿。那些工棚都是用树木的青枝绿叶搭建出来的，放眼望去，山谷中一夜间仿佛崛起了一座座绿色的村庄。

水库的坝址地处两山峡谷之间，峡谷中流淌着一条青碧的河水。蓝天白云下，山水相映，风光秀美。两只高音喇叭悬挂在东西两岸笔直的树干上，每天早上都会在朝阳升起的时候发出鼓舞人心的号令和激情澎湃的歌声。

1966 年的一个冬天，水库建设正式举行开工仪式，鸣炮声响彻云霄，气壮山河。炮声过后，坝场上人山人海，尘土飞扬，青山翠谷中红旗招展，歌声嘹亮。人们挥舞着锄头开挖土方，高音喇叭不停地播放着《社会主义好》。

“社会主义好，社会主义好！社会主义国家人民地位高，反动派被打倒，帝国主义夹着尾巴逃跑了；全国人民大团结，掀起了社会主义建设新高潮。”听着这首歌，劳动的人们精神百倍，豪情满怀。

父亲的那代人以及比他们更年轻的一些人，每当讲起当年修水库的事，个个都如数家珍、感慨万千。

二

靠人力修水库，比任何活计更苦更累。那宽 5 米、高 15 米、长 30 米的大坝要挖两座山的红胶泥土来回填，打基础所需要的石块如果堆码起来比一幢楼房还高。

水库开工了，没有挖土机，所有的土方完全靠人工用锄头开挖；也没有运输车辆，所有的石块也全靠人工搬运。自制的木轮手推车倒是省力的运输工具，只是受施工场地的限制，用不了更多的手推车，远远满足不了施工进度的要求，多数土石方只得靠肩挑背扛。石磙是夯压大坝的最好机械，可也因场地所限，这庞然大物在有的地段施展不开，更多的还得靠人们用舂米的棒头冲压土坝。上千人举着棒头夯压大坝，雨点般密集的冲击声汇聚在一起如春雷滚过大地。

劳动进入高潮的时候，指挥部的人开始走出帐篷来巡查。指挥部里的这些人天天都在坝场上转悠，哪个人迟到，哪个人早退，哪个人出工不出力，甚至哪个人在劳动时间议论不该议论的事情，都逃不过他们眼睛。

第一天巡查工地，作为总指挥长的大队长俸岩保很可能是特意打扮了一番。这一天，他穿上了只有出席公社召开重要会议的时候才穿的衣服：灰色的中山装、黑色的直筒裤、土黄色的解放鞋、草绿色的军帽，左胸前的衣袋上还插着两只钢笔，看上去就是干部打扮的模样。俸岩保走过坝场，向劳动的人群挥手，那架势俨然是中央首长视察三峡工程。

看到俸岩保的这一身打扮，有人就问："大队长，你这是要去开会吗？"

俸岩保回答："开什么会呀，大干建设时期我哪有时间去开会。"

俸岩保走到正在敲打石头的一群男人面前，对大家说："錾子要握稳一些，锤子要敲准一些，不要跟没吃饭似的。"敲打石头的人虽然心里有委屈，但还是连连对他点头。

俸岩保走到正在开挖土方的一群妇女面前，对大家说："干集体的活计大家不要省力，每天多挖出一些土方，我们就能早一天完工，再过两个月就要过年了。"

有人问："大队长，今年过年，我们村放假几天？"

俸岩保回答："放假三天，误不了大家杀年猪，请年客。"他的话自然是有水分。事实上，修水库的这几年，大家都没有机会好好在家过年了，有好几年的时间，大年初一都在工地上度过。

俸岩保在每个生产队的施工现场上转了一圈，又回到了指挥部的帐篷里。有人以为他一下子不会返回来就稍微坐下来休息了一会。哪想屁股刚落地，他又站起来，迈着大步走进了坝场。他对坐在地上休息的人说：“个个都像你一样干活磨洋工，我们这个水库到猴年马月才会建成。”被批评的人心里不服但也不敢吱声。

胆子大的人跟俸岩保开玩笑：“大队长，你这样一天到晚盯着我们干活，我们总是提心吊胆的，还不如拿一把锤子来和我们试着敲打两下石头。”

俸岩保回答他：“老子在大青山水库干石匠活的时候，你还在穿开裆裤呢。”说着，他抡起大锤敲打石头，一锤下去，火花四溅，那块大石头被均匀地劈开成两半。说话的人看着俸岩保敲打石头的这两下身手，不得不心服口服。

听到开挖土方的那群妇女在叽叽喳喳地议论着什么，俸岩保连忙又赶过去看。有个年轻的妇女俏皮地跟他开玩笑说：“大队长，我们这群妇女，有的人娃娃才有几个月就带着孩子来工地干活，中途是要放她们去给娃娃喂奶一会的。”俸岩保回答她：“出去给娃娃喂奶可以，但要想在上工时间跑到树林里给汉子喂奶，没门。”这话说得让这位妇女脸红到耳根。俸岩保性格豪爽，办事果断，唯一的缺点是爱说粗话，但他说的话多半是“话歪理正”，这也是人们不得不佩服他的原因。其实，这位妇女说的是事实，为了建设水库，有的妇女还在哺乳期就上工地来了，孩子才有几个月，劳动工间是要给孩子喂奶的。但俸岩保说的也是事实，自从上了工地后，由于条件限制，大家住的都是集体工棚，睡的都是大通铺，夫妻间的那点事情也就无从顾及了，有的年轻夫妻就借工间休息时间跑到树林里去解决身体的焦灼。有一次工间休息，俸岩保跑进林子里去撒尿，碰上一对年轻夫妻在那里耳鬓相磨，害得他慌忙中把尿都撒到了裤裆里。俸岩保就地吐了一口唾沫，嘟哝道：“一出门就踩着狗屎，真是倒了八辈子的霉。”

工间休息的哨音吹响了。俸岩保向大家挥手示意：“大家休息一会吧，该撒尿的撒尿，该拉屎的拉屎，该办事的办事，听到上工的哨子声赶快回来干活。”话没说完，就引来大家哈哈大笑。有的人实在憋不住了，顾不上笑就已经开始拉着裤子跑向树林。

因为人多，就是跑到树林里解手也要排长队。有的人走路慢，刚在树林里蹲了下来就又听到上工的哨音吹响了。干活的时候见到有人提着裤子急匆匆地从树林里跑出来，大队长俸岩保就批评：“你这是拉皮绳呀，解个手都要半天的时间。”那人回答他：“大队长，进林子解手的人实在太多了，能不能想个办法呀。”

当天下午，俸岩保就想了一个办法，派人在林子里挖了几条长长的壕沟做临时厕所，并在进入林子的入口处插上木板，写上“男”“女”两个字，以区分男厕和女厕。这样，进林子解手的人就不会四处乱跑了。可这个办法刚开始的时候还是闹出了一些尴尬，不识字的人太多，男的跑到女的那边去，女的跑到男的那边去。有的人正在解手，有异性误入，情急之下，把尿屎都拉在了裤子里。后来，有人想到了一个办法，到林子里解手时就脱下自己的帽子挂在入口的树杈上，这样就知道林子里面已经有人了。有的人还觉得这个办法不保险，干脆边蹲茅坑边哼着歌，以示“闲人免进”。上茅坑叫“唱歌”，从那个时候起就因此而得名。

大家都在热火朝天地劳动的时候，民兵连长刀兴旺背着一支半自动步枪在坝场上转来转去。这个人性格刚烈，脾气暴躁，谁也不敢跟他说话，就怕得罪他，更怕他背着的那杆枪走火。大队长俸岩保对他说：“这些干活的都是我们的乡亲，都是我们的兄弟姊妹，你的枪是用来保护他们的。”刀兴旺立即对大队长做出一个立正敬礼的姿势，回答：“是！” 刀兴旺当过几年的兵，退役回来后仍然改不了当兵时的脾气，走起路来风尘仆仆，裤管生风，见到干部模样的人都要敬礼。这样，倒让他看上去显得精神了许多。

在水库工地上劳动，从早上 8 点钟到中午 12 点钟，又从下午 1 点钟到晚上 6 点钟，中午只有 1 个小时的吃饭休息时间，一天要劳动 10 个小时。有的人才干了一天的活，手就磨出了血泡，有的人到晚上的时候，累得腰都直不起来了。有人就调侃：“干这个水库把人累死累活的，撒一泡尿都要用一根树杈撑着腰杆了。”最让大家恼火的是白天劳累了一天，晚上还要开会学习。开会的时候，首先由识字的村干部带着大家学习毛主席语录，然后再由生产队长安排第二天的活计。有人开始发牢骚：“这样下去，没等水库修好，人都得累死了。”队长耐心地给大家解释：“没办法，这是形势所迫。”那个时候，大队干部和生产队干部每天晚上都要领着大家学习《为人民服务》《纪念白求恩》《愚公移山》。很多人都不识字，听了以后头脑中也是一场雾水。开会时大家都困乏，但谁也不敢打瞌睡，那些脾气不好的干部只要发现你打瞌睡就要罚你一晚上站着。

牢骚归牢骚，第二天，工地上照样是红旗飘扬、歌声嘹亮、人山人海、尘土飞扬。特殊的年代，人们自有特别的精神风貌。正如父亲所说的那样："人活着靠的就是精神，只要精神不倒，任何困难都不会让人倒下。"

三

夜幕降临，工棚里飘荡出缕缕的炊烟，炊烟中裹挟着让人垂涎欲滴的饭菜的香味。随着下工哨音的吹响，山谷中也开始奏响起了锅碗瓢盆交响曲。

饥饿的年代，食物总能让人精神倍增，活力焕发。从工地到工棚的这段路上，人们几乎是以 50 米赛跑的速度冲向生产队所在的食堂。这个时候，指挥部的号令不管用了，在坝场上巡查的人员只能望着一双双沾满黄泥的脚杆往前奔跑而退在后面骂骂咧咧。有一次下工的哨音刚吹响，人们像一群乱蜂一样冲向食堂，把正在看表的俸岩保撞到了。俸岩保大骂："你们慌什么呀，看你们急的，比抢屎吃的狗还快。"撞到他的人自觉没趣，拔腿而逃。

打饭的人前呼后拥，司务长一声接一声地吹响哨子，让大家排好队，按先后顺序打饭。哨子都要吹炸裂了，有的人还是不自觉地要去插队，大家都担心那么多的人会不会一下子就把饭菜都打光了。可大家的担心是多余的，有几个人下多少米、煮多少饭菜是司务长经过精心计算，并且在这之前对负责打饭菜的人进行了特别的训练，要求掌勺的人能够做到打出的饭菜量和用秤盘子称出来的一样准确。为了避免误差造成的饭菜不足，还特别留有余地的在厨房里藏了一锅饭和一锅菜。多出的饭菜往往分给了食堂里搞伙食的人和最后来打饭菜的人，以后打饭菜时就不再拥挤了。这样一来，司务长也有了一种特殊的权力，谁最老实排队，谁在打饭菜时遵守纪律，剩余的饭菜就打给了谁。权力助长私心，有人反映，那些有姿色的女人打得的饭菜最多，女人的一个媚眼可以让打饭菜的司务长双手颤抖。当然，一个小时的吃饭休息时间，谁也不会故意落在后面等着那点剩余的饭菜。

大家打好了饭菜便三人一伙、五人一群地围坐在一起吃。吃饭的时候是大家难得在一起的聊天机会，有的人聊着聊着又把话题绕到了正在建设着的这个水库上来。

有人说：“水库建成后，旱地变成了水田，我们村的人就不用一年四季吃苞谷杂粮了。”

有的人说：“旱地里种的苞谷杂粮可以用来煮酒，也可以用来喂猪，那个时候，大家天天都有肉吃，有酒喝。”

在一旁听着的俸岩保接过话题：“看你们就有这点出息，水库建成后，我们不仅要解决吃饭问题，还要解决发展问题，我们要在这个水库上养鱼，在周边的山上种果树，把鱼和果子挑到街上去卖，卖得的钱一部分交给国家、一部分留给集体，剩余的分给个人。”他说：“要是没有国家支持，我们这个水库永远也列不上项目；假如没有集体做靠山，这个水库就是列上项目了，一辈子也建设不好。”那个时候，基层干部的思想觉悟真高，先国家、后集体、再个人的分配方式在他们的思想观念中已经根深蒂固。

水库工程实施了一年，集体的粮食和资金库存就捉襟见肘了。刚开始的时候，粮食和蔬菜还相对充足，吃的是两菜一汤，菜中还夹有肉片；后来变成一菜一汤，肉片也没有了；再后来就只能吃上米饭和菜汤了。由于油水不足，每个人的饭量都增加了，和以前同样打得的饭菜量总是觉得不够吃，还没到上工的时间，肚子又开始饿了。

没有桌子，吃饭的时候，大家找来芭蕉叶当“桌子”，几个人围在一起席地而坐。那时，父亲、母亲、大伯、伯母、叔叔、婶子们每天都围坐在一起吃饭。吃饭的时候，所有的女人都会用筷子把自己碗里的饭菜扒到自家男人的碗里一些，理由是：男人干重活粗活，更苦更累，不能太挨饿了。水库建成后还要指望他们犁田犁地，来撑起这个家。男人们看着自家的女人这样疼爱自己就觉得心酸。自从上了工地干起这个水库活计以来，白天像牛一样受累，晚上靠着枕头就打鼾，已经没有精力给自己的女人以肌肤之亲了。

粮食短缺，人心涣散。为弥补食物的不足，下工了，大家都纷纷跑到山林里寻找野菜，采摘野果。山上凡是能吃的，几乎都被采摘光了。指挥部也同意，为了大家能填饱肚子，只要不影响上工时间，大家可以上山采野菜，摘野果，以家庭为单位开小灶。集体大锅饭兼家庭小灶改变不了因为缺粮而饥饿的现实，澜沧江边光秃秃的山坡上长不出多少可以入口的东西。不久，山上的野菜也都被挖光了。

相对放松了管理，让大家上山挖野菜，以补充食物的不足，大家觉得水库的管理人性化了。可这样的结果，让工地上连连发生了事故。有的人就为了那口食物，丢了自己的性命。

第一年，发生了野生菌中毒事件，死了一个人。死者叫李小宝，年仅 34 岁，死时留下了 32 岁的妻子和 7 岁的女儿。

第二年，又发生了野蜂蜜中毒事件。死者叫王老三，年仅 43 岁，大儿子是个残疾，死时留下 41 岁的妻子和 2 个未成年的孩子。

第三年，发生了坠崖死亡事件。死者叫张小陆，18 岁，因为去山上挖野菜坠崖身亡。死后，留下一位 60 多岁的老母。

这三个死人的事件发生后，指挥部立即做出通告：任何人不准擅自上山采野生菌和野蜂蜜，也不准去远离库区的山崖上挖野菜，违者以违反劳动纪律、破坏水库建设处理。被处理的人，不仅要在群众会上做出检讨，还要罚工。被罚工的人，下工后的 3 个晚上在工地上加班劳动，不得休息。

李小宝、王老三和张小陆死时，人们在离水库坝场不远的山上草草地把他们安葬了。大队长俸岩保说：“他们虽然不属于因公牺牲，但是死在水库工程建设时期，要把他们的名字好好记录在案，以后集体有钱了要给他们家属一定的补助，还要给他们立碑。”

死人的事件发生后，大家都有些害怕，有的人开始想打退堂鼓了。为了鼓舞大家的士气，水库坝场的两头拉出了两副红布标语，左边是：“下定决心、不怕牺牲、排除万难，争取更大的胜利”，右边是：“鼓足干劲、力争上游，多快好省地建设社会主义”。 写这个标语的是大队团支部书记李晓男，大队长俸岩保表扬他说：“你这个小伙子，人长得帅，字也写得好看，头脑灵活，将来一定是社会主义栋梁。”

为了预防各类事故的发生，指挥部加强了对施工场地的巡查和对民工的管理。民兵连长刀兴旺带着基干民兵组成的巡查队伍白天在工地上巡查，晚上在工棚区巡逻。发现情况立即制止并报告总指挥长。有一天晚上，刀兴旺发现天黑了还有一对男女青年走进河边的小树林便带人跟踪了过去。跟踪到密林深处，看到这对男女正在亲热，被他们逮了个正着。这几个民兵用一条藤子把这对男女反捆着双手带到指挥部审问了一晚上。在返回工棚的路上，女孩差点自杀，幸好有人及时发现才没有酿成悲剧。

四

水库工地上最危险的工作是爆破。为保障安全，工地上专门成立了爆破小组，人员由 10 个基干民兵组成，专门到县武装部上进行了培训。为不耽误劳动时间，爆破时间选择在天亮上工前和天黑下工后。

尽管指挥部天天都在强调安全问题，但事故还是又发生了。有一天晚上，到了炸炮时间，防炮的哨音吹响了三次，但还有人没及时撤离现场躲进防炮洞，被飞来的石块击中了头部，当场死亡。死者叫罗金柱，炸炮的时候，他正在山上找牛，由于只顾四处找牛，没有听到哨子声。炮声停息后，人们才发现工棚里少了他，等大家在山上找到他的时候，他已经断气了。罗金柱死时 60 岁，已经算是上寿了的人，人们按照当地的习俗给他举行了简单的葬礼。

在爆破中最危险的工作是排除哑炮。爆破员张小明为排除哑炮炸伤双腿，造成了终身残疾。那一天安装的炮点是 12 眼，在爆破的时候只炸响了 10 个，于是他和另外一名爆破员就自告奋勇地去山崖上排除哑炮，由于在点炮后避险撤离的途中被藤子缠住了一只脚，还没到安全地带就被飞来的石块炸伤。张小明受伤后，指挥部立即安排人把他送到了医院。但由于医院太远，错过了手术的最佳时间，命是保住了，双腿却没了。

工地上连连出了安全事故，作为总指挥长的俸岩保吃不香也睡不着。每天晚上夜深人静的时候，总是一个人点着油灯在帐篷里思考着什么。有的时候大家都睡了，他睡不着觉就在坝场和工棚附近散心。

有一天晚上，大家都已经熟睡了，俸岩保正在工棚附近巡查，忽然听到工棚外的一个小树林里有女人哭泣的声音。这深更半夜的，听到树林里有女人的哭声，吓得他不寒而栗。俸岩保点燃了一支烟，壮着胆子走近哭声，打开手电筒一照，才发现是李小宝的妻子。李小宝的妻子哭诉着说，自从男人死后，她就整夜整夜睡不着觉，家里老的老小的小，不知道以后的日子将怎么过。俸岩保安慰她，李小宝是在水库工地上死的，大家不会忘记他，以后家里有什么困难就向大队反映，大队解决不了的会向公社反映，党和政府不会让困难群众生活不下去。

工地上连连出了事故，作为主管安全监督的民兵连长刀兴旺心里更是毛焦火燎。晚上睡不着觉的时候，他就背着枪一个人在坝场、在工棚甚至在河边上转悠。有一天晚上，他发现树林里有手电筒一闪一闪的亮光，就悄悄地跟踪了过去。跟着跟着，亮光消失了。他打亮手电筒四处寻找，结果找遍大半树林没有发现人的踪迹。他怀疑肯定又是一对偷情的男女，于是他便返回到工棚附近的路上蹲点守候，等到天都快亮了也见不着什么人影。

刀兴旺觉得这件事情很蹊跷，第二天把事情的经过报告了大队长俸岩保。俸岩保对他说，以后要加强巡逻，有人晚上到林子里偷情是小事，怕的就是有人来偷盗水库上的粮食和物资，更严重的是有人在水库工地上搞破坏。他分析，水库工程干了三四年，因为遇到重重困难，有的人已经开始想打退堂鼓，有的人因为饿着肚子可能会来偷粮食，有的人因为怕苦怕累可能会想让水库停工而搞破坏，有的人会因为对水库管理不满搞报复。

大队长俸岩保的分析不是没有道理，这件事情发生后不久，存放炸药的仓库里少了三支雷管和两筒炸药。这些爆炸物品丢失后不久，工地里就发生了一起骇人听闻的爆炸案。

那一天夜晚，当大家都已进入梦乡的时候，水库附近突然传来了一阵山崩地裂的爆炸声。刀兴旺在睡梦中被爆炸声惊醒，连忙披上衣服，吹响哨子，工棚里的人蜂拥而至。

爆炸声是从一幢废旧工棚的方向传来的，刀兴旺带着民兵前去查看。到了现场，只见那幢工棚已经被炸得灰飞烟灭。

经查实，肇事者竟然是一对偷情的男女。这对男女，一个是有妇之夫，一个是有夫之妇。上工地几年来，两个人一直保持着暧昧关系。前不久，两个人的关系被女人的丈夫发现，扬言要请人将两个人的脚手砍断。想不到，没等女人的丈夫动手，两个人便殉情自杀。

可让人预想不到的是，如此威力的爆炸不仅没炸死这两个人，硝烟散尽后，两个人竟然毫发无损。找到他们的时候，两个人还一丝不挂地躺在床板上，只是被惊吓得昏厥了。

据刀兴旺分析，用来爆炸的那两捆炸药就安放在两个人睡的床底下，这个炸药的用量引起的爆炸威力足够炸飞几吨重的石头。但爆炸时由于威力太大了，形成的冲击气流将两个人连同床板一起“吹”向了半空中，而那张床板和两个人坠落的地方正好在树林茂密处，被树的枝叶在半空中挡住了，所以两个人都没有受伤。

傣岩保就是傣岩保，很冷静地处理了这件事情。他不仅不处罚这两个人，还耐心细致地开导他们。他对他们说：“人都有感情的，关键是如何处理好感情与道德的关系，对待感情要理智，不要胡来。”

刀兴旺说：“这两个人太过分了，不管怎么说应该罚他们加班三天。”

傣岩保说：“你懂个什么呀，再处罚他们就真的要他们的命了。”

傣岩保对这件事情的处理，让人们对他有了一个全新的认识。大家都说：“他不愧是大队长，不愧是喝墨水长大的。”其实，傣岩保也只是高小毕业，只不过这个人太明白事理了。

这个案子太重大了，指挥部决定封锁消息，不向公社汇报，也不允许大家再议论。傣岩保对大家说：“这件事情如果上边追查下来，将成为整个大队新中国成立以来的最大的丑闻，指挥部里的每个人也都将受到牵连，看在乡里乡亲的份上，大家不要把这件事情传出去，就当这两个狗男女坐了一次土飞机。”

水库工地上一对偷情的男女坐“土飞机”的故事就这样带着传奇的色彩在半个世纪的时间里流传了下来，在改革开放初期反而演绎成了一段凄美的爱情佳话。现在，这两个人还活着，并且生活得很美好。

五

到了 1970 年，水库工程进入了最困难的时期。这段时间，当地政府主要支持建设小（一）型水库工程，那些小（二）型水库工程和小水塘就得不到资金支持和粮食补助了。这一年，粮食紧张、资金短缺，集体仓库里的粮食和在信用社里的存款所剩无几。为了维系正常的生产生活，经大队和生产队同意，一部分人退出工地回到村里从事粮食生产。上工地的人由原来的 1500 人减少到 700 多人，工程任务才完成过半，人员却减少了一半多。更为严重的是，由于工地上劳动强度高，消耗的能量大，食物又总是跟不上，许多人因为营养不良，身体开始出现浮肿。原来身材魁梧的大队长俸岩保也消瘦了许多，两鬓增加了许多白发。

为了解决工地上的补给困难，大队长俸岩保三番五次跑到公社上去磨嘴皮，希望能争取到粮食或其他食品。可整整一年的时间，只争取到 300 斤大米、100 斤面条和 50 斤红糖。指挥部里存放的这点食品对于水库工地上的 700 号人马讲无疑是杯水车薪，大家都为如何分配这点食品而发愁。

开会的时候，有人提出平均分配，这行不通。平均一个人还分不到半斤大米，那点面条和红糖更是连牙缝都不够塞。指挥部的意见是给最困难的生产队和最困难的人。可这个意见大家都不同意。这个时候，没有一个人是吃饱肚子的，没有哪家是不困难的。关于食品分配问题就这样搁置了下来，指挥部只能派人一天到晚地守着仓库。

在饥饿的年代，食物的诱惑往往会让人失去理性，甚至丧失了做人的尊严。

有一天晚上，已经是夜深人静了，大队长俸岩保一个人在帐篷里点着油灯看书，忽然听到门外有若隐若现的脚步声。深更半夜的听到脚步声，吓得他出了一身冷汗。他悄悄地开门一看：门外站着的是一个披头散发的女人，更是把他吓了一跳。他定了定神才看清，那女人是李小宝的妻子罗金焕。

俸岩保压低声音问：这深更半夜的，你来干什么?

罗金焕小声地回答：来找你。

俸岩保急忙把她引到屋里。

进了屋，金焕对俸岩保说：把灯吹了。

俸岩保惊慌地说：你这是什么意思？

金焕对俸岩保说：没什么意思，你这样让灯亮着，别人会发现的。

俸岩保担心别人看到屋里亮着灯会走进来看，只好把灯吹熄了。

金焕对俸岩保说：家里已经好几天揭不开锅了。大人倒是没什么，就是山茅野菜也可以熬过去十天半月，家里的老人、小孩十天半月的喝不上一口粥，恐怕就难得熬下去了。

俸岩保对金焕说：大家过的都是这日子，我能有什么办法呢。

金焕说：不对。别人家有男人，多少能找到一些吃的，像我们家这样孤儿寡母的，上哪里去找。

俸岩保对金焕说：你先回去，我再想想办法吧，我们现在这样孤男寡女的在一个屋里，别人知道了不好。

金焕说：在水库上做活，人人都像牛一样累，这深更半夜的谁还想起床看星星。

金焕这么一说，俸岩保才意识到夜已经很深了，看窗外那颗启明星的位置，少说也到凌晨三四点了。

俸岩保对金焕说：你先回去吧，明天还要上工呢，你家这个困难我一定想办法。

金焕对俸岩保说：这可是你亲口说的嘎，你可不要食言。

说着，金焕把头靠在了俸岩保的肩上，对俸岩保说：我现在就报答你。

俸岩保手足无措，正要推脱女人，不料被女人用双手紧紧箍住他的脖子，动弹不了。

俸岩保是个有家室的人，做了这件事情，让他心里不安，唯一让他可以原谅自己的是金焕已经是死了男人的寡妇。水库建设以来，也由于自己太苦太累，更没有时间回家，一两年都没碰过女人了。金焕是个可怜的人，也是个通情达理的人，对他说过，这件事情天知地知、你知我知，不会影响到他的家庭。

六

水库工地上，白天热气腾腾，晚上冷冷清清。艰苦的工地生活让人同时饱受劳累、饥饿和人性的煎熬。夜晚的生活表面上看平静如水，但平静之下暗流涌动。

民兵连长刀兴旺每天晚上都要带着基干民兵在坝场、工棚和河边上巡逻。这一天，趁大队长俸岩保到公社去开会了，他自己突然做出了一个决定，对同事说："大家都很长时间没有休息了，今天我一个人值班巡逻，放假给你们一天，回去和老婆热热炕头吧。"跟着刀兴旺巡逻的同事高兴得差点把他抬了起来，连声说"谢谢"便各奔东西了。

天黑了，刀兴旺一个人背着枪在坝场、工棚区和河边上来回转悠。今天，他之所以支开同伴一个人巡逻，也许是希望在这死水一般平静的夜晚有奇迹发生。他希望巡逻的时候有人和他打招呼、给他一个笑脸甚至对他这次独自承担值班巡逻任务的行为表示赞许。

夜幕降临，万籁寂静，晚风轻拂着芦苇。当他走到河边的时候，突然听到芦苇丛中有响动的声音。这声音听着仿佛是有人用手搅动河水在洗衣服。

月光照射下，透过稀疏的苇丛，他看到了令人心魂迷离的一幕：一位女孩正在裸露着上身沐浴。他屏住呼吸，却按捺不住急促的心跳。青春女孩迷人的曲线和她甩动的长发已经像一团火一样燃烧了他的心。他那颗激烈燃烧的心似将从胸膛上喷薄而出。

当他用手拨开苇丛正要靠近女孩的时候，被女孩发现了。女孩惊叫一声，披上衣服跑向了工棚的方向。看到女孩惊慌而逃，他带着忐忑不安的心情急匆匆地返回指挥部。

他带着羞愧而又失落的心情回到了指挥部的帐篷。这一天晚上，他彻夜难眠。刚才看到的一幕，虽然是夜晚，但透过月光他看清了女孩的面容。女孩是外村来的一个民工，名字叫菊花，今年只有 18 岁，因为家里没有其他劳动力就来水库参加劳动了。他还知道，女孩早年失去父母，有一个哥哥是傻子，家里就全靠她一个人来维持生计。一直以来，他对这个女孩也深表同情，但是水库工程家家都得出劳动力，让女孩来工地劳动也是不得已的事。

第二天下工的时候，他悄悄地摸到女孩住的工棚。看到他进来，女孩急得浑身颤抖地躲到了工棚的角落。这一天，他对女孩并没怀有什么非分之想，只是想来解释一下昨天晚上的事他不是故意的。他对女孩说："我不知道天都黑了，你还敢一个人在河边洗澡。"女孩听他这么一说就哭泣着说："我的身子都被男人看见了，这辈子我还怎么做人。"他对女孩说："没那么严重，我又没有碰过你一根手指头。"好说歹说，女孩的情绪总算平息了下来。

临走的时候，他从帆布包里掏出一块红糖递给女孩，说："我知道你家有困难，父母早就离开了你们，你哥哥又带病，你一个人撑着这个家不容易。"女孩说不要，她不能随随便便要来得不明不白的东西。刀兴旺告诉她，这红糖不是偷来的，是指挥部分给他的，大队长也有一份。指挥部里每个人就分一块红糖，剩余的东西都留着，谁最困难就救济给谁。说完了这些，刀兴旺就走出了女孩住的工棚回到指挥部的帐篷里。

话说世道沧桑，人间冷暖，刀兴旺也生活得不容易。别看他人前人后耀武扬威的，他内心的自卑和痛苦也只有他自己知道。他早年丧妻，家里有两个 80 多岁的老人，还要拉扯两个未成年孩子。因为负担重，妻子死后，一直不敢再找一个女人。他脾气暴躁，喜怒无常，很多时候都是由于家庭的烦恼引起的。因为他当过兵，公社就安排他在大队工作，让他当副大队长兼民兵连长。这以后，他的生活才有了转机，性格也改变了许多。

自从那天晚上在河边碰到菊花洗澡后，他整夜整夜睡不着觉。一方面，被压抑已久的男性的激情又被点燃，另一方面他担心女孩把这件事情说出去，被人唾弃。但他的担心是多余的，女孩注重名声，压根就不想把这件事情泄露出去。不久，这件事情平息了下来，女孩见到他的时候还主动和他打招呼。

女孩不计前嫌原谅了他，让他很感动。从此后，他对女孩产生了一种纠结不清的感情。论年龄，他比女孩大十多岁；论身份，他是大队干部，是民兵连长，女孩只是一位普通的村民。每当夜深人静的时候，他一个人静静地躺在床上，回味着那天晚上在河边看到的令人惊心动魄的一幕。女孩飘逸的长发、秀美的脸庞、光洁的肌肤像过电影一样一遍遍浮现在他的脑海中。可这一切对于他来讲，只不过是水中月、雾中花，虚无而缥缈。

正当他在烦恼中徘徊的时候，让他预想不到的事情又发生了。有一天下工后，也是在月明星稀的夜晚，女孩又走向河边洗衣服，被村里的一个老光棍看见了，便跟踪了上去。光棍看着四周没人，像野兽般扑向了女孩。听到女孩的呼救声，人们赶到河边，把强暴女孩的光棍扭送到指挥部。第二天，几个警察把光棍带走了。

这件事情发生后，刀兴旺心如刀绞，恨不得把那流氓一枪给崩了。可他没有这个权力，犯了法的人需要交由法律去解决。他所能做的就是带着民兵加强巡逻，尽可能最大限度地保卫水库施工期间的安全。

工地发生了这件事情，他带着基干民兵加强了巡逻，24 小时都有人在坝场、工棚、河边甚至附近的小树林中巡查。这段时间，女孩因为受到刺激，精神几近崩溃，几次要自杀也都因为有人及时发现，没有得逞。

有一天晚上，刀兴旺带着基干民兵出去巡逻，正走向河边的时候，看到女孩站在河岸边的一座悬崖上眺望着波涛汹涌的河水。他飞快地跑过去制止女孩跳河，可还没来得及靠近女孩，女孩就纵身跳下悬崖。看到这一切，刀兴旺飞奔过去，把枪摔向岸边，奋不顾身跳到河里救人。女孩得救了，刀兴旺的额头却被锋利的石块划破，鲜血直流。

这件事情后，刀兴旺成了女孩的救命恩人，公社还特别在年底的一次表彰大会上表彰了他。

女孩一直处在低落的情绪中，这引起了他的同情。他经常去安慰女孩，让她想开一些。他对女孩说：“人这一辈子的日子长着呢，人最宝贵的就是生命，没有了生命，什么都没了。”他还对女孩说：“留得青山在，不怕没柴烧，美好的生活还在后面呢。”

刀兴旺的话让女孩听了很感动，让女孩更感动的是他这个人。一个死了老婆的男人，这么多年来一个人拉扯着孩子过日子本来就不容易，还要这么负责任地当好干部，当好他的民兵连长。女孩觉得，他虽然性格刚烈，脾气暴躁，但也有通情达理、明了人情世故的地方。

有一天，工间休息的时候，女孩走到他的面前，悄悄地对他说，晚上有事找他一下。他对女孩说，有什么事情尽管反映，这么多年来，在这个水库干活，大家都不容易。

晚上，两个人相约着走进了水库外的一片小树林。

女孩对他说：你一个男人拉扯着两个孩子不容易，应该找一个女人了。

他对女孩说：不找了，这么多年都过来了。再说，我的负担这么重，哪个女的能看上我呢。

女孩说：如果你不嫌弃，我愿意。

他对女孩说：你还这么年轻，不要再往我这个火坑里跳了。

女孩说：我看重你的人品，你是个好人。

他对女孩说：我倒是一百个愿意，可就是我们年龄相差太大了，再说我的负担这么重。

女孩说：年龄悬殊不怕，只要感情合得来，负担重也不怕，以后日子会慢慢变好。

夜已经很深，两个人还在树林里交谈。女孩说冷。他脱下外衣披在女孩的身上。女孩还说冷。他紧紧地抱住了女孩。

水库工程在艰难中进行着，随着筑起的坝体逐渐升高，人们看到了希望。工程指挥部里的十个人，除了两个人因为患了严重风湿提前回村外，其他人都坚持到水库扫尾工程。在这个水库施工的民工，男人换女人，青年人换中年人，中年人换老年人，有序更替。

旗映江河山壮丽，人有精神斗志高。经过七年的艰苦奋战，1973 年，水库工程终于胜利竣工。

竣工典礼上，红旗招展，歌声嘹亮，人们激情澎湃，欢欣鼓舞。一对新人在大队长俸岩保的引领下，手牵着手走向水库大坝。鞭炮声、欢呼声响彻云霄，震撼山谷。

山乡修路记

一

那一年，天还没亮，村主任刀岩保就一轱辘起床吸竹筒烟。早起吸烟是他晚上失眠的一个表现，也是他这一天将要出门的一个习惯性动作。吸罢竹筒烟，刀岩保就急忙去翻箱倒柜寻找出门要带的东西。他在找什么，只有他的婆娘俸月迪心里清楚。但此时，俸月迪假装呼呼大睡不予理睬。

"小娃他妈，你把东西藏到哪里了？"刀岩保问。他的婆娘没有回答。

"小娃他妈，那存折，你放在什么地方了？"刀岩保再问。他的婆娘还是没有回答。

见婆娘故意不理睬，刀岩保发火了："烂婆娘，你早死三年要睡多少，你把钱藏到哪里了！"。

话说他的婆娘俸月迪也不是饶人的货，一个"猫逮耗子"

的姿势飞身下床扑在刀岩保的身上。平时看似性格柔弱的俸月迪此时像一个悍妇，更像人们形容的母夜叉，抓起东西就往刀岩保的身上乱打，那婆娘边打边骂："叫你喊，叫你喊！你这吃里爬外的东西，你这个败家子，一年到头你有多少时间回家，一天到晚就是钱、钱、钱，你是拿去喂狗了还是去找野婆娘了。"

这对二十多年的夫妻，到底有什么情仇恩怨，为什么要闹到如此狼狈的地步，个中缘由也只有他们知道。好在作为丈夫的刀岩保宰相肚里能撑船，横遭婆娘的打骂还连连点头哈腰向她谢罪。

都说一日夫妻百日恩，床头打架床尾和。打够骂够了，俸月迪还是把存折递给了丈夫。

每次看到这一张存折，夫妻俩的心就会像刀绞般疼痛，因为这张存折是他们的儿子用命换来的。十年前，他们的儿子到山西的一家煤矿去打工，一次猝不及防的矿难夺去了儿子年轻的生命。刀岩保背着行李千里迢迢到那家矿场去处理儿子的后事。最后，在当地政府和司法部门的帮助下获赔了十万元钱。十万元在十年前不是一个小数目，获得十万元赔偿的刀岩保夫妻尽管背负着丧子之痛，但这砖块一样厚的人民币也让他们看到了未来生活的希望。经过反复的商量，他们决定把这笔钱先存起来，日后找到什么合适的产业再用来发展。这样，刀岩保一家尽管拥有巨额存款，但他们依旧像原来一样过着清贫简朴的生活。

二

刀岩保在村里办事公道，人又老实，第二年选举村民委员会主任时，以全票赞成的选举结果当选了主任，第三年又当选上了县人大代表。那几年，一个村委会干部工资就那么三四百块钱。加之外出多、开销大，平时还得陪下乡工作队在村委会吃饭，得平摊伙食费，这点钱根本是入不敷出的，更谈不上接济家庭，改善生活状况。光是这一点，作为妻子的俸月迪也没什么意见。让她想不通的是，丈夫当了村主任后就变成了脱产干部，十天半月都不回一次家。田地的耕种、牲畜的放养以及三亲六戚的人情往来，都靠她一个女人来承担。丈夫偶尔回一次家，也是瘫软如泥，倒头便睡。俸月迪常常在夜里暗自流泪，自己有一个年轻力壮的丈夫，却要糊里糊涂地活守寡。作为女人，这样的事情是不便对外人倾诉的，泪水泡饭的日子只能自己煎熬着。日子长了，俸月迪的脾气也开始变得暴躁了。都说“三天不撬，砸锅打灶”，夫妻生活是引发家庭矛盾的诱因。为这点事情，刀岩保时常感觉到自己丢了男人的尊严。无论怎样，日子总还得过下去。刀岩保想：待公路挖好了，村里的事情料理妥帖了，他一定回家住上十天半月，好好地收拾这个体壮如牛的婆娘。

三

记得第一次到县上参加人代会以后，刀岩保脱胎换骨仿佛变成了另外一个人。开会回来后，他整夜整夜地睡不着觉，人代会上讲的那些道理和他在城里看到的新鲜事像电影一样反反复复地在他的脑海里不断呈现。从那时起，他患上了失眠症，也爱不释手地抱上了水烟竹筒。

县城所在的坝子——勐丽，多么美丽的名字，多么美好的地方呀。大街上，人们穿着的服装五颜六色，公路上，来回的车辆如鱼穿梭。大河两岸高楼林立，坝子四周稻谷飘香。城中心，白天人山人海，夜晚歌舞升平。走进店铺，各种商品琳琅满目，漫步公园，奇花异草暗香浮动。当然，只有初中文化的刀岩保是不会脱口说出这些形容词来的，只是感觉自己似乎已经置身于梦一般的仙境中，那一颗被生活苦难封冻了二三十年的心开始冰消雪融，男人身上故有的野性和激情开始熊熊燃烧。

那一天，刀岩保掏出身上所有的钱买了一套西装、一双皮鞋，拎着一瓶啤酒，鬼使神差地走进了一个灯红酒绿的地方。走进一家酒吧的门口，一群穿着暴露的漂亮女孩把他拉进了灯光暧昧的角落。女孩们左一声大哥、右一声老板，让他神魂颠倒。当他半醉半醒地回到自己住的招待所时，身上已经没有半枚硬币。

这一次进城的经历，让刀岩包真正体会到了男人有钱就是汉子，无钱就是孬种，有钱走遍天下，无钱寸步难行的滋味。

身无分文的他跌跌撞撞地走进卫生间，拉开西裤的拉链，对着马桶美美地冲了一泡尿。

让刀岩保食不知味、夜不安寝的不是城市里的那些花花世界，而是书记、县长在人代会上讲的那些话。什么城乡居民收入倍增计划、新家园行动计划、“三个一百”目标任务、产业结构调整示范县等一些道理他都不太心动，因为这些目标离贫穷的南畔村似乎很遥远。让他心动的是人代会上提出的“三条经济带”战略。“三条经济带”中的一条经济带就是沿江特色经济带。沿江地区要通过充分利用热区资源发展橡胶、紫胶、咖啡等产业，通过企业加基地加农户的方式让农民尽快走上致富路。刀岩保纳闷：县上那些当官的从没到过江边山，他们对江边山的情况怎么会这样了解？他想，当官的跟普通老百姓就是不一样，他们站得高，看得远，什么事情都瞒不过他们的眼睛，整个勐丽县的每一个旮旯要发展什么产业他们都胸有成竹。刀岩保读过初中，他知道什么叫胸有成竹。他刀岩保就是对南畔村的发展胸无成竹才让老百姓白白受穷了这么多年。看来，正如县长所讲的那样，基层干部是得解放思想了。

刀岩保想，江边山有那么多的荒山荒坡，气候又那么炎热，大集体时代就办过很多紫胶厂、橡胶厂，发展和壮大了集体经济，这些产业应该是适合的。据说咖啡也是热区作物，而且县上有扶持，农民收益高，种植咖啡比种苞谷收入要高好几倍。刀岩保细细估算了一下，南畔村现有的荒山荒坡不少于一万亩，可以耕种的缓坡地带不少于五千亩。五千亩的咖啡地，如果种植成功了，足以让南畔村的经济翻番。那个时候，人们就可以对南畔村刮目相看了。现在的问题是，路不通，农用物资运不来，将来发展出的产品也运不出去。要致富，先修路，这个道理他明白。可是拿什么钱修，光是购买炸药的钱至少也得一二十万元。修这一条路至少得建造五十多个涵洞，光是购买水泥的资金就需要八十多万元。这样一算，修这条路，至少得花一百万资金。南畔村群众勤劳朴实，积极性高，靠农民投工投劳都行，可购买水泥的资金又要到哪里去找。一个这样的小村，国家会投资吗？看来这个问题光是一两个报告解决不了问题，得在人代会上提议案，才能引起有关领导和部门的高度重视，把南畔村公路列入县、乡党委政府的议事日程。

年年写报告，年年提议案，南畔公路终于正式开工了。那天，南畔村群众杀猪宰羊，敲锣打鼓，县长参加了开工仪式，刀岩保亲自燃放了十串鞭炮。吃晚饭的时候，由于连连给县长和参加仪式的各部门领导敬酒，刀岩保醉得一塌糊涂。那天晚上，刀岩保做了一个甜甜的梦，不过梦见的不是酒吧女孩，而是自己的婆娘。梦中，他开着小车，拉着俸月迪，沿着新修的公路巡视。他频频地向路边的群众招手致意，围观的群众不断地为他鼓掌欢迎，那德性俨然是中央领导视察三峡工程。刀岩保想，如果真有那么一天，他一定要亲自开着小车进城。到了城里，再去那个酒吧潇洒，去商量那个叫阿花的女孩，高薪聘请她来当咖啡厂的会计。他想，城里的那些老板都时兴请女秘书，他作为一个堂堂皇皇的村主任，请一个女孩在厂里当会记，靠诚实劳动取得合法收入，这难道不也是解决年轻人的就业问题吗。

自从这条公路开工后，刀岩保仿佛变了一个人。村子里，他把自己当成救助百姓于水深火热之中的父母官，工地上，他把自己当成指挥千军万马奔赴战场的将士。哪里有困难，哪里就有他出现，哪里有需要，哪里就有他的声音。上工第一天，他毫不犹豫地把存折上的钱取了五万用来购买炸药。这一次“私款公用”好说歹说，婆娘算是饶过了他。但背着他把余额五万元的存折藏起了。婆娘这样做也是为他们留点后路，儿子没了，将来靠谁养老，不留点积蓄怎么能行呢。

四

事情不像刀岩保想象的那么简单。公路开工不到一个月，一些村民就打退堂鼓了。理由很正当，态度很也坚决。快要过年了，得上山砍砍柴火，进城买买年货，两三家凑合杀杀一头年猪。再穷也要过一个安稳的年。大家的这个要求被他拒绝了。刀岩保决定：今年过年只放两天假。大家要准备的年货派人进城统一购买，大年三十用半天的时间杀年猪，用半天的时间拉柴火，初一，全村快快乐乐过大年。大年初二收假上工地，小年十五元宵节取消。尽管很多人有意见，但最终还是被刀岩保说服了。他给大家讲：今天多受的苦是为了明天更多的甜，公路挖通以后，运输靠车辆，犁地靠机耕，再发展几年，马都不用驮东西，牛都不用犁地了。

在澜沧江边的悬崖峭壁上开挖公路，其艰难程度可想而知。首先是安全问题，劳动的人一不小心会失足摔伤或被滚落的石头砸伤。为了安全起见，刀岩保把全村的劳动力分成十个小组，每个小组不到一百人。每个劳动小组保持一定的施工距离，以免施工时误伤其他的人。每个小组又有严格的分工，有施工经验的人安排在险要的路段，体力强壮者负责开凿石头比较多的施工段，体力差一点的负责开挖土方。妇女负责平整已经开挖过的路面，年龄大一点的负责大家的后勤保障。未成年和六十岁以上的老人不准上工地，负责在村里从事一些常规的劳动生产，保证开挖公路年景不缺粮。整个工程统一劳动时间，统一就餐，统一休息，一律听从哨音信号。爆破是最危险的事情，刀岩保专门请来县上的专家培训了爆破队，还自告奋勇地承当起了爆破队队长的职责。危险的爆破点，他自己去点燃导火索。有一次去排除一个哑炮的时候，他险些被飞来的巨石击中。婆娘骂他：你这是不要命了。刀岩保若无其事地笑道：布朗人年年都求神拜佛，哪能随便遇到灾祸呢。

为解决工地上的生活保障，全村六个村民小组，五百户农户，大家有钱出钱，有粮出粮。拿不出钱粮的，拉一头猪，抓几只鸡也可以，由村民理事会统一按市场行情折价。会计和文书一个管账，一个管钱，清清楚楚地记好账目，一个月公布一次。向上级争取的工程款拨付以后，按轻重缓急逐步兑现个人欠款。本年度兑现不了的记利息，由会计代表村子给农户打一个欠条，欠条上同时要有他这个主任签上“情况属实”四个字。大家知道，刀岩保历来说话算数，他们投进去的钱是不会打水漂的，都踊跃地为这条公路捐款捐物。

山上林密草深，蚊虫叮咬，为防止疾病，刀岩保派人到城里买来药品，还让村医二十四小时驻扎在工地指挥部里，发现疫情立即就医。那位年轻的女村医是这个村里唯一的文化人。省城卫校毕业，又勤奋好学，毕业后虽然没有在城里找到工作，但回到村里开了一个门诊，生意十分红火，前来找她看病的人要排队预约。年纪轻轻的，成了村里的首富，村里的那些小伙子对她望尘莫及，不敢高攀。据说，她跟城里一个小伙子有来往，那小伙子条件也很优越，还开着一辆轿车。但谁也没见到过他们走在一起，也就不知道那个小伙子长得怎么样。

山上的生活是寂寞的，每到晚上，小伙子们都要换上干净的衣服到女村医住的草棚里来聊天。女村医给小伙子们讲山外的世界，讲城里人的生活。她讲，在昆明，城里人的高楼比江边山的大树还密，城里人的小车比江边山的黄牛还多，城里花枝招展的姑娘比江边山的画眉和孔雀还漂亮。城里人吃大米饭吃多了就爱吃江边山的苞谷饭，吃大鱼大肉吃腻了就爱吃江边山长的山茅野菜。但是，女村医讲，城里也有不如乡村的地方。城里没有乡村的蓝天白云，青山绿水，城里的太阳是乌黑的，像从不洗脸的男孩，月亮也是昏黄的，像带病的女子。城里人虽然住在豪华的房子里，但热天吹不到风，冷天烤不了火，打一个喷嚏就得花钱住院。更不好的是城里人只讲金钱，不讲人情，贫穷人没亲戚朋友，日子过不下去就只能当乞丐。女村医讲，城里人没有真正的爱情，所有的爱情都跟房子、车子和票子有关，所以她不会为城里的生活所感动，决意一辈子坚守在自己的乡村。有朝一日，乡村也会和城市一样富裕，乡村人也会和城市一样过上体面而有尊严的生活。女村医的话让年轻人们听得如痴如醉。小伙子、小姑娘们现在才算真正认识了什么叫知识，什么叫人才，像女村医这样的人就是有文化、有知识的人才。刀岩保人前人后赞美女村医：你就是我们村的偶像，你就是我们村的骄子，你是新时代农村青年的楷模。姑娘红着脸对他说，主任过奖了，我就是说说自己的心里话而已。村子的发展和希望还要依靠你的带领，未来美好的生活还要靠你带着大家去创造，你的担子重若千斤。一个是回乡青年，一个是乡村干部，对建设家乡，创造美好生活，他们都有共同的向往。

五

让刀岩保想不通的是定了的项目，资金却迟迟得不到落实。于是他找了书记、找乡长，找了局长找股长。为了找工程补助资金他不得不放下架子一次次求人。第一次进城找人他买了几斤核桃，第二次进城他带了几大瓶蜂蜜，第三次进城他花了上千元钱买野味。然而，一次次艰难的付出，这些钱都打水漂了。他知道，这些钱可都是老百姓的血汗钱呀，其中有一部分还是他个人存折上那份儿子用命换来的钱。可是，不找人不行，不打点不行，老百姓不是常说磕头还要烧高香，下豹子还要贴羊油吗。当那十万元的存折只有五万元的余额的时候，为了找人，他又打起那张存折的主意来，于是发生了婆娘和他斗打的那一幕。

那一天，存折拿到手了，他决定以“非正常”手段攻克讨要工程补助款这个难关。常言道：手里有钱，心里不慌。揣着五万元钱的刀岩保精心设计了三套要钱的方案，同时要找三个关键性人物。第一套方案是直接送钱，把三万元钱分别装在三个牛皮纸信封里分别送到三个局长家中。经过考虑，这个方案不行，这是直接的行贿受贿，党纪国法不允许，再说人家也不一定敢要。第二个方案是约一个高手，出钱请一个人和这三个局长打麻将，靠高手灵敏的手脚送牌，故意输给三个局长。这个方案看来也不行，这是聚众赌博，再说万一那三个局长赢了钱拍拍屁股走人怎么办。第三套方案是社会上流传的所谓“一条龙”服务。自己请客，让三个局长享受县城最昂贵的特殊服务。这套方案看来可行，只要不是扫黄打非特殊时期，没人去管。这样的事情，天知地知，你知我知。

那一天晚上，刀岩保和三位局长酒足饭饱后，像当年他第一次“出山”一样摇摇晃晃地走进了一家豪华歌舞厅。进得包厢来，一群时髦的女孩便排队进入，彬彬有礼地给刀岩保和三位局长大人鞠躬。四个人装模作样地推辞了一下还是叫了四位坐台的女孩。

这是一次心惊肉跳的经历，也是一次心幻神迷的经历。这次经历让刀岩保对自己的人性进行了重新审视。他不知道自己这样做是对还是错。作为村委会主任，农民的儿子，他觉得自己的行为已经触犯了党纪国法，已经严重违背了社会道德。但是不这样做他又能怎么办？为了那条百年期盼的公路，为了那一百万元的工程补助款，为了自己儿子用生命换来的那十万元钱。他不这样做，南畔村摆脱贫穷的梦想能实现吗！

回到工地以后，刀岩保陷入深深的痛苦和自责中。由于劳累过度和长时间失眠，他终于在一次排除哑炮的行动中晕倒在一处悬崖边上了。真是老天开眼，那么巨大的爆炸威力，多少石块从他身边飞过，他居然因为一棵大树的隐护而毫发无损。醒来后，工地上所有的人都已经围在了他的身边。多少人为这一场惊心动魄的事故惊呆了。于是有人开始研究起刀岩保的八字命运来。研究的结果是刀岩保的祖上是当地有威望的“昭色”。昭色是布朗族地区主管祭祀活动最高级别的神职人员。昭色说的话谁也不敢违背，昭色过路，孤魂野鬼都怕他三分。布朗族的这个宗教习俗给刀岩保死里逃生有了一个合理的解释。但村民更科学的说法是，刀岩保年轻时代曾经参加过乡上的一个水库工程，那时他就是爆破手，曾经排除过多少哑炮，他懂得遇到突发事故时该怎样避险。

这场事故虽然没有酿成什么大祸，刀岩保后来也逐渐恢复了强壮的身体。但心中总有一种不安的感觉。这种感觉来自那次进城留下的阴影。多少个夜晚他都要眼睁睁地遥望天上的星星拷问自己，但是对于那次带着三位局长吃喝玩乐的行为总是不能找到合理的解释。他也曾经委婉地咨询过那位见多识广的女村医，类似的事情应该怎样看待。女村医的回答也让他感到深奥莫测。女村医告诉他，要成就一番事业是要付出代价的，不是生命就是灵魂。刀岩保想，自己带领群众把这条公路挖通了，大难不死，身体上苦点累点，但算不了多大的付出，更没有付出生命，难道：自己的灵魂已经付出了吗？什么是灵魂，灵魂就是老百姓说所的道德和良心吧？除了道德和良心是不是还有人们所说的尊严？

刀岩保越想越后怕，因为他曾经听女村医说过这样一句话：人要是失去了灵魂就如一具行尸走肉。行尸走肉就跟老百姓说的孤魂野鬼差不多。女村医还说过，身体病了可以用药医，灵魂有病无药可治。

得不到女村医满意的答复，刀岩保又去问村里现年九十多岁的老布岗。老布岗是布朗族村寨德高望重的族长，年轻时代曾经到傣族大佛寺里去学习傣文、诵读经书，在佛学方面有很深的造诣。虽然现在不讲什么宗族观念了，也很少有人求神拜佛了，但老布岗在民间的影响仍然很大，村里的大小事情有时还得请他指拨。作为民族头人，他主要管理触犯村规和遇到天灾人祸时应该如何补救和化解。老布岗告诉他：心病得靠心药医，医治的最好办法就是心底无私、心无杂念、心想他人、一心为公。世界上最好的“心药”就是“公”字。只要你时时处处“公”字当头，一切罪过都可以救赎，一切矛盾都可以化解，点亮心烛，眼前就会出现一片光明。

当刀岩保问老布岗，那现在该怎么做时，老布岗告诉他：解铃还须系铃人，心病还须心药解，你的心病在这条路上，路挖好了，你的病自然就好了。

女村医和布岗老人说的话似乎都有道理。一年的时间，刀岩保一心一意扑在工地上，从此以后不再进城要钱。奇怪的是，以前他几乎每个月一次进城催促工程款，腿都要跑断了就是要不到一分钱。现在他不进城了，那一百万元的工程款反而根据工程进度源源不断地拨来了。此时，刀岩保心中的阴霾渐渐消散，像澜沧江上空的那片蓝天一样，阳光明媚，晴空万里。

2000 年春天，勐丽县最后一条乡村公路——南畔公路通过验收顺利通车。当第一辆汽车开进村子的时候，人们前呼后拥地围了上来。刀岩保抚摸着车头喃喃自语：车呀，你这个宝贝东西，我等你很久了。

第三章　时光深处的故乡

乡村公地

记忆中，我们村子坐落的那个山梁宽敞而平坦，天空高远而辽阔。村子周围，古树成荫，竹木成林。农家房前屋后、村寨道路两旁、学校周围、晒场附近都有我们少年时代自由玩耍的空间。站在村中的任何一个地方，放眼眺望远方的天空和山林，带着童年的天真和浪漫，任由思绪驰骋山外的世界。

房子高了，村子瘦了，天空不再那么高远，大地不再那么辽阔。三十多年来，随着人口的增加和分家户的不断出现，一幢幢民房在村子坐落的这个山梁雨后春笋般地拔地而起。不知从什么时候开始，村寨越来越拥挤，道路越来越狭窄，村寨的每一寸土地全被混凝土封闭。原有的空地被民房挤占，许多属于集体的“公地”仅仅留下了模糊的界线和残存的遗址。

色　坪

色坪，位于学校的那个位置，是我们村子从事集体祭祀活动的地方。据说这个地方过去曾经是一片茂密的原始森林，是飞禽走兽和各路神灵栖息的地方。每年的春节、插花节、开门节、关门节等大大小小的节日，主持祭祀活动的昭色都要带着村民来到这里祭拜，祈求风调雨顺、村寨平安。

既是色坪，就必然有祭坛。祭坛的位置设在校园东侧的一棵古老的大榕树下。据说，这棵大榕树已经有 500 多岁，与这个村搬迁到这个地方的历史一样古老，过去可能是以这棵树作为标志来祭祀的。这棵树被村民视为神树，树干上绕着叫魂的红线，树枝上挂着祈福的经幡，每年朝圣者不绝，香火不断。

村寨所有的“公地”都有管理者，色坪的管理者是主持祭祀活动的昭色。昭色在村寨里没有任何报酬，也不收取村民的供奉，他为大家所做的事都是义务的。我们村的昭色是一位七十多岁的老人，他只是在祭祀活动的时候充当神职人员，平时也和大家一起参加生产劳动。

20 世纪 50 年代初，这片森林逐渐被砍伐，人们在这里建起了学校，但作为村民从事祭祀活动的祭坛还保留着，学校这个地方仍然叫色坪。

在人们心里，宗教信仰与文化教育似乎并不存在矛盾。村民在祭坛里祭拜神灵，学生在教室里上课读书，一边是香火袅袅，一边是书声琅琅，二者互不干扰。村民从不因为学校上课而取消祭祀活动，学校也从不因为村民在这里搞祭祀活动而停课。

20 世纪 70 年代，这所学校还仅有一幢联排四间的草房，四周是一片宽展的平地，平地外围是几座起伏相连的小山丘，山丘上长着几棵樱桃树。初春时节，燕子飞过天空，春风吹过山谷，樱桃树下落英缤纷。

那个时候，学校的房子虽然是草房，整个村寨的人口也不算多，但学校办班从一年级办到五年级，一个 60 多户人家的小村子竟然也有到 100 多个在校学生。这个地方成了整个村子最热闹的地方，是我和村里的伙伴们自由玩耍、放飞梦想的乐园。

我读小学的时候，是这所学校学生最多的时期，加上周围村寨来就读的学生，全校一共有 120 多个学生。那个时候，色坪即学校这个地方是整个村寨最具人气的“公地”。学校的“六一”活动在这里举行，村里的群众大会在这里召开，逢年过节的娱乐活动在这里开展，县城来的电影放映队在这里放电影，文工团下乡在这里演出。上课的时候我们在这里读书，下课了我们在这里玩耍。白天可以在空旷的平地上玩游戏，晚上可以在隐蔽的树林里捉迷藏。每到县上的电影队下乡来放电影或文工团下乡来演出，我们更是比遇到节日还兴奋。

那个时候，乡村生活很单调。别说看电视，连电都还没有通。色坪，在电影队进村的时候作为临时的露天电影场，给我和童年的伙伴们留下了美好的记忆。

听说电影队要进村了，老师就带着我们把校园的每个角落打扫得干干净净。看到马帮驮着电影放映机进村，我们便成群结队地去迎接。等放映员把电影幕布拉好了，我们还没来得及吃晚饭就从家里扛着板凳来号位子。当放映员宣布要正式放映了，放映场上响起了阵阵的掌声和欢呼声。放映时间里，大家聚精会神地看电影，没有人在场地上走动和喧哗。要是有人在悄悄地说话，便会遭到旁人的指责。看一场电影，受到电影里的人物和故事情节所吸引，与电影里的人物同悲同喜，受到许多教育、熏陶和启迪，一场电影会让我们沉醉在梦一般的情景中。像《地道战》《地雷阵》《狠狠打击侵略者》《铁道游击队》《渡江侦察记》《闪闪的红星》《洪湖赤卫队》等电影里面的人物和故事情节，时隔 30 多年后的今天，犹如昨天发生的事一样历历在目。

看过一场电影之后，我们喜欢学着电影里的人物和故事，在这个宽阔的平地里玩起“演电影”的游戏。为了公平，伙伴间要交换模仿电影里面的“好人”和“坏人”。轮到自己演英雄人物的时候，心中就会感到无比的自豪。轮到自己演反面人物的时候要把对反面人物的憎恨表现得淋漓尽致，把“坏人”演得丑陋无比。在对电影期盼的日子里，我们就是用玩“演电影”的这种游戏来打发时光。

电影队要出村了，每个人的心中都会产生依依惜别的深情。这一天，我们会早早地来到村头为电影队送行，一直目送着放映员和他们的马帮走出村寨，直到他们的身影消失在密林深处。

除了每年能看到一两场露天电影，我们还不时有幸观看县里的文工队的下乡演出。听说文工队要来了，大家都把村寨打扫得干干净净，男女老少都穿上了节日的新衣，以最热情的方式迎接远方的客人。为了给文工队备办伙食，村里在色坪这个地方搭起锅灶，全村人都放下手中的活计来帮忙。男的砍柴挑水，女的烧火煮饭，老人和小孩把家里的大米和蔬菜送来。有的人还把自家都舍不得吃的水果摘来给文工队员们吃。

出生在离县城遥远的乡村，城里来的人总会引起我们的好奇，让我们总是想接近他们。进村的那一天晚上，文工队在学校的教室里打起通铺住了下来，吃了晚饭我们就迫不及待去看他们。一个村子三四十个小孩，踮起脚跟围在他们的窗口下观看，像悬挂着的一群蝙蝠。等他们要吃饭了，我们会自觉地跑开，像鸟群般散去。这些城里来的人很和蔼，有时还会一人一颗地给我们分水果糖。

这些文工队员本来人就长得好看，一经化妆整个人仿佛又变了一个模样。看着他们对着镜子描眉画脸，我们就在想：哪一天我们也找来胭脂在自己的脸上涂抹一下，说不定我们也会好看得多。后来，我们尝试着用吐沫黏湿红纸往脸上一贴，感觉还真的有那个效果。

文工队进村的时候，色坪作为晚上演出的临时露天舞台，给我们那一代人留下了难以忘怀的记忆。

物质上的贫困并不会磨灭人们在精神上的追求。在那个年代，电影演员和文工团演员都是乡村青年崇拜的偶像。每次文工队进村都会让我们村那些情窦初开的少男少女们像丢了魂似的痴心妄想。乡村人一年四季面朝黄土背朝天，几年也没有机会进城。看那些化了妆、穿着演出服装的文工队员，男的个个长得英俊潇洒，女的个个长得妩媚动人，怎能不让人心动呢。在那些年代，是文工队下乡演出把先进文化带进了乡村，也把青春的美丽带进了这个偏僻遥远的山寨，这才使乡村青年永远怀揣着期盼和梦想。

我们村有一个男孩，喜欢上了文工队里一个叫阿芳的女孩，当然这仅仅是他一个人的单相思而已。自从文工队进村以后，他就魂不守舍，整天都用半截铅笔在白纸上胡乱地画着这个女孩的画像。每到日落西山的黄昏，他就一个人走到村口旁驻足眺望通往县城的那条山路，这是文工队出村时他最后一眼看到那个叫阿芳的女孩的地方。村里的老人说，这个人肯定是被妖魔迷魂了，应该给他叫魂。但更多的村人说，文工队女孩身上是不会有妖魔的，不能迷信，要多开导他，不要让他痴心妄想。

在漫长的等待中，这个男孩变得疯疯癫癫的，一听到村里的女孩唱歌就会号哭，一个人坐在家里也会喃喃自语。

幸好，他最后没有真的变成疯子而是去当兵了。回来的时候，他带来了一个外省姑娘，姑娘长得眉清目秀，但就是做不了我们那个地方的农活，也吃不惯我们那个村的人吃的苞谷饭。他的父母反对他和姑娘成亲，对他说："一个女人不会做农活，也不会吃苞谷饭，怎么能在乡村生活一辈子呢？”后来，他悄悄带着这个姑娘离开村庄远走高飞了。这个听着像编造出来一样的故事是发生在我们村的一个真实事情，这个男孩就是我们村第一个把外地的汉族姑娘娶进村的人。在后来的十多年间，他们的故事被传为爱情佳话。包产到户以后，那些思想进步的青年开始效仿他们，在外村外族间通婚。

色坪，既是人们从事祭祀活动的场所，又是学生上学读书的学堂，应该代表光明和神圣。但也曾在特殊的年代发生过悲情故事，在乡村历史中留下令人无奈的叹息。

20 世纪 60 年代中期的一个夏天，这里发生了一起荒诞的悲剧。那一年，外地来的一位老师与我们村的一个姑娘因为发生所谓的“不正当关系”而被抓起来批斗。两个人承受不住社会舆论的压力和批斗会上的侮辱，导致那位姑娘自杀和那位老师被捕入狱。

据说那个外地来的老师和我们村的那位姑娘都是未婚青年，谈恋爱实属正常的事。但在那个人性被扭曲的年代，正常的事也不正常。他们谈恋爱并没有出现未婚先孕，按理说不该导致后来的悲剧。但许多悲剧并不是由事件本身导致的，而是人为造成的。听说这两个人有不正当关系的男女是被我们村的一个人现场抓到的，这个人就是我们村当时的民兵排长刀世保。刀世保是我们村当时的红人，村里开的各种批斗会都是他组织和操纵的。他把这两个人抓来批斗的时候，不仅对人家恶语相向，还把人家的手反剪起来拴在树桩上。批斗会上，他依仗权力对人家进行人身攻击和侮辱。当着众人的面，把稻草塞到人家的嘴里，还把大粪泼到人家的身上。批斗会结束的当晚，姑娘就自杀。第二天，外地来的那个老师以流氓罪被公安机关抓走。

许多人对这件事情愤愤不平，但敢怒不敢言。关于这件事情，在村里悄悄流传着一些话，说民兵排长刀世保曾经喜欢过这个姑娘并向她求过婚，但姑娘没有答应。刀世保几次要对这个姑娘行不轨都没有得逞，于是对她怀恨在心。这样，刀世保才对这两个人如此报复。

当然，这是发生在60年代中期的事情，到我们读书的70年代中期，这件事情似乎已经被人们遗忘。色坪这个地方集宗教祭祀、文化教育、娱乐场所于一体，仍旧是我们这个村子人气最旺的地方。

四十多年后的今天，学校仍在，祭坛仍在，色坪仍然叫色坪。只是这个地方已不再拥有宽敞的平地，拥挤而狭窄的校园被先后盖起的民房所包围，祭坛龟缩在校园一角，无言地昭示着历史的悠远和世道的沧桑。现在这个地方，每年只有三十多个学生来读书，祭坛也只有昭色一个人来打理，村民都不到这里来祭拜了。现在的这个昭色是我们村的第八代昭色，看上去有七十多岁到八十岁。有一年回老家，他对我说："现在的年轻人既不读书，又不求神拜佛，总有一天会把自己的魂都丢掉的。"

晒　场

晒场，位于我们村的东南角，是大集体时代晾晒粮食的地方。这个地方有一块平整宽展的大院场，可以足够铺开四五十张晾晒粮食的篾笆。旁边盖着一幢联排四间的草房和一间简易棚。四间草房是烤房，简易棚是晒场管理人员居住的地方，全村的粮食都在这个地方烘烤和晾晒。

负责管理晒场的是我们村的保管员四爷和他的助手艾生。四爷看上去 50 岁左右，身上穿着一件黑色的中山装，头上戴着一顶鸭舌帽，嘴里经常含着一根半尺长的竹节烟杆。这人性格和蔼，说话客气，深得村人敬重。艾生 30 岁左右，经常打着赤脚，光着臂膀，年轻气盛，做事干净利落，村人都有些敬畏他。两个人看上去配合默契，对晒场的工作一丝不苟，认真负责。

每到秋收季节，这里呈现出无比繁忙的景象。地里掰来的苞谷挑到这里来烘烤，田里收来的稻谷运到这里来晾晒，放眼望去，偌大的一块平地闪烁着金灿灿的光芒。童年时代，我和村里的伙伴们经常到晒场上去玩耍，和大人们一起享受着阳光的温暖和谷物的芳香。

每年到集体上公粮的时候，大家都来晒场里帮忙。晒场上，有的负责对苞谷棒子脱粒，有的负责把稻谷里的瘪谷扬去。大家都希望能在过年前完成公粮上交任务，交了公粮后把年货也买回家，欢欢喜喜过大年。这个时候我们就去凑热闹，跟着父母到晒场上去玩，用脱粒过的“苞谷骨头”搭积木。用苞谷骨头搭出的积木有高山、有河流、有道路、有桥梁，更多的是我们想象出来的各种各样的房子。

晒场上，男人和女人的汗味，苞谷和稻谷的醇香混杂在一起，在嗅觉上给我们留下了乡村人身上特有的气息。后来，这种气息成了留在我们鼻尖上最刻骨铭心的乡愁。无论是下乡工作还是回家过年，看到农人在田野里劳作，鼻尖上闻到这种熟悉的气息都会想起故乡的父老乡亲和兄弟姐妹。

阳光下，四爷的助手艾生光着紫棠色的臂膀，汗流浃背地守候在晒场边，不让我们靠近晒着粮食的篾笆。他说我们脚底上带着泥土，会把粮食弄脏了。我们对艾生这个人怀恨在心，总想寻找机会报复他。有一次，我们躲在晒场旁边那幢粮仓的墙角下，用捡到的苞谷籽粒做“子弹”，拉起弹弓射击他。那“子弹”不偏不斜正好打在他的额角上，他的额角肿胀起了一个鸡蛋大的血泡。艾生气得像一头发怒的狮子，拎起一个棍棒追赶我们。他虽然没有追赶到我们，但从此我们与他结下了冤仇，很长一段时间都不敢到晒场上去玩。

有一天，艾生突然改变了以往的态度，找我们和解。他说，有的时候是他的脾气不好，让我们不要计较，随时都可以到晒场上玩，只要我们不穿着鞋子去踩踏粮食就可以了。刚开始，我们对他的转变感到很吃惊，后来才明白了他主动找我们和解的用意。那一天，晒场上晒着一大堆苞谷籽，晴朗的天空突然乌云密布，下起了倾盆大雨。我们去的伙伴多，帮着他把十多张篾笆上晒着的苞谷装进了口袋，收进了粮仓。晒场上的苞谷都是集体的粮食，我们保护了集体的粮食不被雨淋，心中自然有一种光荣感。艾生说，这件事情他要报告给生产队长，让生产队长表扬我们。从此以后，我们与他结成了友好的关系。

收苞谷的季节往往正是山区雨水最多的季节。被雨水淋湿了的苞谷棒子容易发霉，需要搬进烤房里烘烤。我们看到四爷和艾生把院子里堆积成山的苞谷棒子结成苞谷串，然后一串串地搬进烤房，挂在烤杆上。一杆杆、一排排的苞谷串子挂好了就开始在下面生火烘烤，被烘烤过的苞谷散发出诱人的醇香。

烧火用的柴都是一根根木桶一样粗大的麻栗树柴，烧出的炭火温度高，燃烧速度慢，但不会燃烧出大团的火焰，会慢慢把苞谷烤干而不会把苞谷烤煳。烘烤苞谷是耐磨时间的活计，一杆杆苞谷棒子要烤五六天甚至十天半月才会把里里外外的籽粒都烤干。

下雨的时候，我们在外面就着雨水在地面积起的水潭玩“打水仗”，不小心把衣服淋湿了就跑到烤房里脱下衣服烘烤。我们都已经是懂事的小男孩了，不敢在人前脱掉裤子光着下身，艾生就对我们说：“把裤子也脱下来烘烤吧，要不然‘小麻雀’会生病的。”我们以为艾生是想捉弄我们，让我们丢丑，于是就对他说：“你先脱下裤子让我们看看。”艾生对我们说：“奶臭的娃娃没见过大人的‘家私’，看见了会把魂吓破的。”

四爷和艾生轮流在烤房门前守候，时不时要进到烤房里挪动柴块，调节火候。我们看到他们的脸被火烘烤得像猪肝一样黑里透红，脖子上和臂膀上都挂满了晶亮的汗珠。有一次，艾生的腿部不小心被柴块划破，让我们撒尿浇在伤口上，说童子尿可以消炎。我们都自告奋勇地脱下裤子把尿撒在他的腿上。过后，他哈哈大笑地对我们说：“这回我可是见到你们的‘小麻雀’了，再不听我的话，我就告诉你们班的小女生。”我们知道他抓住了我们的把柄，从此以后都不敢得罪他。

四爷虽然年纪不算很大，但因为他是我们村保管员的特殊身份，村人都把他当作德高望重的长老，村里有什么事情都要找他商量。有一次，我们村在山上放养着的一群牛糟蹋了邻村的苞谷地，因为赔偿问题引发了两个村的矛盾，是他把事情摆平了。四爷说：“我们村的牛糟蹋了你们村的苞谷地，就按苗棵计算产量来赔偿你们的损失吧。”邻村的人说：“这样不行，你们村的牛糟蹋了我们村的苞谷地，是你们有错在先，应该按这块地往年收得的苞谷产量来赔偿我们的损失。”四爷回答：“这样也可以，那这块地的苞谷今年就由我们来收了。”邻村觉得这样赔偿被我们村占便宜了，就反问四爷说：“你们让牛糟蹋了我们村的苞谷，是你们有理还是我们有理？”四爷回答他：“牛是不会讲道理的，人总该讲道理吧。”邻村的人听后，觉得四爷的话中有话却无言以对，最后答应按损失的苗棵来赔偿。过了几天，四爷带着我们村的人到邻村的那块苞谷地上去补苗并向邻村人承诺，等秋后收了苞谷一定挑着晒干的苞谷去赔偿他们。邻村看到这情形一改往日的态度，恭恭敬敬地对四爷说：“你们都把苞谷苗补种了，就不用赔偿了吧。”两个村的人从此后和好如初。

四爷和艾生又回到了烤房和晒场，几十年如一日地坚守在他们的岗位上。有一年，在烤房里烘烤苞谷的时候，挂满苞谷棒子的竹竿断了，沉重的苞谷堆压在了艾生的身上，造成他的手臂骨折而终身残疾。因为身带残疾，艾生一辈子也找不到媳妇，成不了家。后来，艾生与四爷相依为命，在晒场上度过了一生。

现在四爷已经有 90 多岁了，艾生也已经是 60 多岁的老人，看上去，两个人的精神还算好。晒场那个地方除了留下他们居住的那间老房子，其他地方已经先后被建盖起来的民房所取代。四爷对村人说："如果我们都死了，老房子的这块地基就留着做我们村的小晒场吧，以后哪一家房子太拥挤没有院子可以在这个这个地方晒苞谷。"

有一年，我回老家去看望四爷和艾生。临别时，四爷抚摸着我的手嘱托我："吃苞谷饭长大的人就是像金黄的苞谷籽一样带着金命，希望你以后走上金光大道而不要忘了家乡的小路小河。"

晒场，作为乡村的"公地"，在过去的几十年间发挥了不可估量的作用，这个地方晒出的苞谷养活了几代人，也养大了这个村庄。

粮　仓

我们村的西南角有一座大粮仓，屋檐翘角斗拱，以恢宏的气势矗立于古老的村庄，放眼望去，像一座壁垒森严的碉堡。

粮仓坐西向东，盖成联排四间，用八棵粗大柱子支撑屋架，横梁和椽子用质地坚硬的原木穿斗出来，墙壁是木板壁，屋顶也是用木片铺盖的，比村民住的房子要大四五倍。

粮仓盖成“干栏式”建筑，主要是为了防潮。这种粮仓一物两用，阁楼上那层用来存放粮食，接地的那层用来关牛。旁边还有两间耳房，用来存放集体的劳动工具。这座粮仓几乎囊括了我们村所有的集体财产。

每到秋收时节是乡村最繁忙的季节。大人们挑着沉甸甸的粮食，赶着运粮的骡马步履匆匆地走向粮仓；院场上等候过秤的粮袋像一列列接受检阅的队伍，粮仓里堆积起来的粮食像连绵起伏的山丘。看着这么多的粮食，人们全然忘记了乡村还会有贫穷和饥饿。粮食是乡村人唯一的生活来源，家中有粮，心里不慌，满仓的粮食托起了全村人的生活希望。

每到这个季节，我们也会去赶热闹。热心地给卸下鞍子的骡马喂料，帮助保管员拣拾掉在地上的粮食，把散落在院场边上的稻草打扫干净。粮仓的板壁上，下乡知青用排笔写着的那两行大字让我们从小就受到社会主义思想的熏陶。每次到粮仓去玩，我们都要对着板壁读那两行大字：深挖洞，广积粮，不称霸；鼓足干劲，力争上游，多快好省地建设社会主义。

运到这里来存放和保管的每一担粮食都要经过我们村的会计和他的另一名助手过称。过称有两个作用，一是给运粮的村民记工分，另外是对当年收到的粮食产量进行登记造册。

这两个人出身好，群众信任，在村民心目中具有崇高的威望。他们不仅要负责秋收时节的粮食登记和平时的粮食保管，年底分粮食的时候也由他们过称。会计打得一手好算盘，秋收结束，一个村收到多少粮食，全村人一年的生活光景如何，通过对粮食的过秤和数字的汇总，他便了然于心。

土地是农民的命根子，粮食是乡村人的生存来源，村寨的粮仓寄托着全村人的欢喜与忧愁。有一年，我们村下了一场暴雨，把沟坝头冲毁了，许多稻田被洪水淹没，村民都担心全村人又要缺粮了。会计胸有成竹地对大家说："虽然一部分稻田被洪水淹没了，但今年雨水好，苞谷产量比往年多收了一成，粮食总产量并没有减少，所以大家不必担心度不了年关。"

开仓分粮的时候，是我们最喜悦和幸福的日子。看着父母把分到的粮食一袋袋挑回家，我们会高兴得手舞足蹈。分粮的那一天，父母会给我们煮上一顿喷香的白米饭，还会杀上一只鸡，以后全家人才会掺和着杂粮吃。我们能长成这样强壮而不羸弱的身躯，全靠粮食喂养，我们感激粮食，感激粮仓。

这两座粮仓的外面有一块大院子，也是我们儿时最喜欢去玩耍的地方。秋收到了，大人们源源不断地把粮食运送到这里来存放，地面不免撒落了一些谷粒。这些谷籽粒会引来成群的麻雀和一些斑鸠，我们就约起伙伴去捕捉。

捕麻雀的时候，我们首先把周围撒落的谷粒打扫干净，然后再把这些谷粒成堆地放置在我们准备捕捉的地方，最后在谷堆上面用系着长线的小竹竿撑起一盖簸箕。当这一切都布置好了的时候，我们就牵起线的一头在粮仓旁隐蔽，屏住呼吸等待麻雀飞来觅食。看到成群的麻雀飞到簸箕下面觅食，我们迅疾拉起连线让簸箕倒下罩住麻雀。

捕麻雀是一种令我们兴奋而又刺激的游戏。我们把捕捉到的麻雀关在笼子里给它们喂水喂食，在与麻雀的友好相处中打发无聊的时光，等我们与它们玩腻了再把它们放生。如果能捕到斑鸠更是让我们兴奋不已。我们把斑鸠关在笼中饲养起来，经常捉一些蚂蚱来喂它，同时每天给它喂一点茶水。喝过茶水的斑鸠会有茶瘾，十天半月就养熟了，白天把它放出去了，晚上又会飞到主人的身边。

包产到户以后，土地、牲畜和农具都分到了一家一户，生产出来的粮食也都是各家各户的，集体的粮仓已经失去了存在的价值。过了几年，这座粮仓由于年久失修，屋顶开始坍塌，建造粮仓的板壁和柱子也相继被村民拆去做了柴火。

乡村还是那个乡村，土地还是那片土地，人民还是那里的人民，只是乡村的粮仓已经在大地中消失。现在这个粮仓的遗址还在，周围的平地不断被村民建盖的房屋和牲畜圈舍挤占，粮仓的地基变成一座杂草丛生的废墟。废墟中，蔓生的狗尾草在风中摇曳。

乡村匠人

铁　匠

我们村靠老水井那个地方有一个铁匠铺，一年四季都会传出叮当叮当的打铁声。每天清晨，是这摆钟一样有节奏的声音把沉寂的村寨唤醒。

经营铁匠铺的是我们村的老五大伯，村人都叫他铁匠老五。铁匠老五常年披着一件旧马褂，身材短粗、臂膀浑圆，青筋突露的双手像一把张开着的老虎钳。打铁的时候，他一只手抓着铁块，一只手抡着铁锤。一锤砸下去，势如霹雳，火花四溅。

铁匠老五有一个徒弟，是他的一个侄儿，看上去还只有十四五岁，炼铁的时候负责帮他拉风箱，我们村人都喊他小炉匠。小炉匠皮肤白净、脚手细长，拉炉的时候，脸色通红，汗水淋漓。

铁匠老五把收来的废旧钢板、铁块打制成锄头、镰刀和斧头，把铸铁放在炼炉里熔化成铁水浇铸成犁尖和耙齿，一堆废铜烂铁就变成了一件件崭新的农具。等这些农具分送到村民手中的时候，一年的春耕生产也就开始了。

铁匠活是一门讲究学问的手艺。铁匠老五经常给他的侄儿小炉匠传授打铁的要诀：打铁的时候要讲究“猛火烧”“冷水淬”“轻锤敲”，不能马虎；一把菜刀要经过切铁、焊钢、生火、锻打、成形、淬火、调口、砂磨、上把等工序，每道工序都不能马虎。小炉匠听后感觉到一头雾水，对铁匠老五说，打铁还要讲究这么多，打的又不是金子银子。老铁匠说，农具就是庄稼人谋生的家什，金贵着呢。

铁匠活是精细的活计，这就是通常讲的活“粗”艺不粗。打一把锄头，要经过三道工序：首先，“生火”——就是要让铁张开一张“嘴”，把钢“衔”在口中，再通过火的煅烧让铁和钢揉在一起，将钢焊在锄头口上。其次，“淬火”——就是将火红的锄头放入装有冷水的木盆中，让铁质更坚硬；三是磨牙，打出来的锄头刃口参差不齐，得用錾子錾齐，弄不好就会崩掉一小块，成为“缺牙锄”。最后，还要用砂轮打磨，让锄口的锋刃恰到好处，太钝了挖不了土，太利了容易歪缺。

铁匠是乡村的艺人，深得乡亲们的敬爱。村民有一个习惯，请铁匠老五打农具的时候都要带去一点礼物，也算作是付给他的报酬。礼物不在贵贱，主要是表达主人的一点心意。送去的礼物可以是一升米、一斗苞谷，也可以是一袋茶、一包烟。铁匠老五一般不收钱，说收乡亲们的钱就太见外了。对于贫穷人家，铁匠老五是不会收他们礼物的，无论收与不收礼物，他都对送来的农具精打细磨。

锄头、砍刀、斧头等农具放置久了就会生锈，用的时间长了，锋口就钝了，可以拿到铁匠铺里“淬火”后继续用，重新“淬火”的农具和新的差不多。新打的锄头笨重，挖地的时候费力，我们小孩一般只用经过多次“淬火”的旧锄头。

铁匠活计是最枯燥而又辛苦的劳作。一块生铁要打造成一件农具需要千锤百炼，打铁人也就是在这千锤百炼中磨炼出了铁一般的毅力。铁匠老五的手臂上到处都是被铁水灼伤的疤痕，长着老茧的手掌像松树皮一样粗糙，常年打铁让他变得弓腰驼背，但他从未有过要放弃打铁的念头。他对村人说：一天不握铁锤手就发痒，一日听不到叮当声心就发慌。

童年时代，村里的铁匠铺伴随我们度过许多快乐的时光。小时候，我和村里的伙伴喜欢去铁匠铺里玩。在铁匠铺里，我们可以捡铁水洒落在地上冷固成的铁砂，用来做弹弓子弹。铁匠老五跟我们开玩笑说，打弹弓的时候小心一点，千万不要射瞎了小鸟的眼睛。其实他是想说，我们根本不会射中小鸟。我们不服气，有一次把用弹弓打到的小鸟拿给他看。他说，以后不要再用铁珠子射小鸟了，铁珠子有毒，打到小鸟也不能烤了吃。

铁匠房里，小炉匠在一边拉风箱，老铁匠在一边铸农具。在风箱的噗噗声中，铁炉里的一坨铸铁由青变红，慢慢化成沸腾的铁水，最后倒在模具上变成各种形状的农具。这神奇的变化让我们突发奇想，能不能让铁匠老五为我们铸造一些小动物，铁匠老五满足了我们的要求，在地上挖出一些奇形怪状的小洞，用铁水慢慢地浇铸下去。等铁水冷却之后，一群栩栩如生的小动物就呈现在我们的眼前。这些铁制的小动物有小羊、小马、小牛，也有小狗、小猫、小兔。我们把玩着这些小动物走村串巷，打发无聊的时光。

改革开放以后，随着商品经济的不断发展，上街就可以购买到现成的农具，乡村再也听不到打铁的声音。

石 匠

一个村会做石活的人很多，但真正能称得上石匠的没有几个。我们村就只有那么三四个石匠，一年四季都专门为村里的人打石头。

建房的时候用的石料最多，砌堡坎用的方块石、垫柱子用的柱脚石、打地基用的基础石全靠石匠打制。柱脚石要打成圆柱形的，成开口大的花瓶状，既稳固又美观；砌堡坎的石头要打成方块形的，每块石头要打出“锯齿”，砌出的堡坎才不会坍塌；基础石要打成棱角形的，支砌下去的石头才能相互咬合、对缝相扣。盖房用的石料一定要用坚硬的马牙石，不能用磨刀石和片片石，否则容易风化和被水浸软。

在我们村，石匠不是专门的职业，平时还要犁田犁地种庄稼，哪家需要盖房子了就要专门去请石匠。请石匠不仅要带烟酒茶作为见面礼，石头打好了还要给石匠家送去一些粮食作为报酬。有的人家也做换工，请石匠打石头的时候耽误了几个工日，盖房子的主人家就去还几个工。

我们村有两个石匠不仅会打建房用的石料，还会打制舂米用的杵臼和磨面用的石磨。那个时候，乡村人家都要有一只石杵臼和一对石磨，除了平时舂米和磨面，过年的时候要用石杵臼舂粑粑，用石磨磨豆腐。乡村人认为，过年不舂糯米粑粑不磨豆腐，就是吃鸡鸭鱼肉也没有年味。

艾罕大伯是我们村手艺最好的石匠，专门打一些石杵臼和石磨卖给村里的人。每天早晨，天麻麻亮，艾罕大伯就带着錾子和铁锤走往他的石场忙活，太阳出来了就叮当叮当地敲打起来。一块庞大而不规则的石头经他一天天劈削和凿打，慢慢变成了圆柱形的杵臼和圆盘形的石磨。成型的杵臼和石磨还要用錾子一点点地轻敲细凿、刨光打磨，直到满意为止。

做石匠是辛苦的，每天都要头顶烈日、背弯如弓、汗如雨注地对着顽石挥锤不止。一天到晚打石头，臂膀就像撕裂般疼痛，每到天阴下雨，腰都直不起来。艾罕大伯一生与石头打交道、做石匠活，常常对人说："砍树莫砍弯腰树，做人莫做石匠人。"尽管他嘴里这样讲，但从骨子里似乎对石头有着特殊的感情，每看到一个石头，他都要上前去用手抚摸，发现好的石头，就像看到一件宝贝一样，想方设法把它盘了出来。

一副石磨要用几十年甚至上百年。使用的时间长了，磨齿会慢慢被磨平，磨面的时候不仅费力而且磨出的面粉粗糙，这样就需要经常锻磨。锻磨就是用錾子重新修凿磨齿，锻磨的时候要眼明心细，弄不好会把原来的磨齿敲掉。艾罕大伯锻磨的时候像打枪瞄准一样，一只眼睛睁大，一只眼睛眯闭着，手中的锤沿着磨齿的纹路轻敲细打，时不时要鼓起腮帮吹去磨齿上积起的粉尘。有时，吹出的粉尘飞进睁着的那只眼睛里，用手一擦并擦出泪来。

艾罕大伯一辈子做石匠，打了无数的杵臼和石磨，可以称得上是石匠大师，但没有留下一个传承他手艺的徒弟。不是他不愿意教，而是年轻人不愿意学。年轻人都觉得做石匠活太苦太累，也赚不了多少钱。

过去乡村没有电，更没有碾米机和磨面机，一到晚上，村寨里就会响起此起彼伏的舂米声和磨面声。这些声音伴随着乡村的鸡鸣狗吠让乡村的夜晚也充满着生动的气息。随着时代的进步和社会的发展，粮食加工机器普及到了乡村，回荡了几百年的声音在乡村大地渐渐消失。时光周而复始地转动和轮回，然而，乡村人的生活却无法再走回到石磨转动的那些时光。

木　匠

乡村人盖房子要盖成“四梁八柱”的木架房。屋面用柱、梁、檩、枋等构件形成的框架来承受，墙面用土坯支砌出来，起围蔽、分隔和稳定柱子的作用。这种房子采用榫卯结合的方式来穿斗木架，木材本身具有的柔性和榫卯节点上具有的可活动性，使建造出来的房子有良好的抗震抗风性能，因此民间有“墙倒屋不塌”之谚言。

木匠常用的工具有斧、斤、锯、凿、钻、刨、曲尺、直尺、墨斗等。民间中传说，鲁班是中国古代最著名的工匠大师，这些木匠用的工具就是他发明的。这些工具有灵魂，墨斗线还可以辟邪，女人是不能去触摸这些工具的，否则盖出的房子会倒塌。

盖房子要请手艺娴熟的木匠。只有这样的木匠才能使用手中的工具把一堆复杂的建筑材料榫是榫卯是卯地做出来。

我们村有七八个木匠，有两个是师傅，其他人是他们的徒弟。哪家人盖房子先要拎着烟酒去敬师傅，然后再由师傅去约请做木活的徒弟。过去盖房子请木匠不付工钱，也不给粮食，只请木匠来家里吃饭。房子盖好了，再让家里的劳动力去木匠家做活还工就可以了。

木匠活计有严格的分工，有的劈柱，有的锯梁，有的负责木料的凿、钻、刨，每一道工序都在师傅的指点下进行，所以，师傅具有较高的威信。当地民族称木匠师傅为“摩埋”，“摩”是大师的意思，“埋”说的是木料，“摩埋”指的就是木匠师傅。“摩埋”在民间中有传奇的色彩，让人感到神秘，我们村的人说，有的“摩埋”会施法术，让一根柱子在平地上站立起来。

我家盖房子的时候，父亲请了两个木匠师傅和他们的八个徒弟，都是我们村的人。放学以后，我就约着伙伴们去木料场里看木匠们做木活。我们去看他们做木活的时候，木匠师傅常常对我们说："看人要看切肉，不要看劈木。"意思是告诉我们，看人切肉人家还会递给你一块肉吃，看人劈木不小心木片会飞打在自己的脸上。

天一亮，木匠们就开始在料场里忙活，父亲给他们送去香烟和茶水，顺便帮他们打下手。父亲说，木匠师傅们辛苦，烟和茶是不能断的。木匠们做木活可真是技高艺巧，娴熟自如，一棵粗糙的木料经过几下挪移翻转，该方的方，该圆的圆。用推刨推过的木料和砂纸打磨出来的一样，用手摸上去滑溜溜的。

天黑了，木匠们才回到我家来吃饭。有客人来吃饭，家里的伙食自然是要改善一些，对木匠师傅更应该好好招待。这段时间里，母亲把藏在缸底的腊肉拿出来煮了，还泡了黄豆磨成豆浆做成豆腐脑。

竖柱的这一天，一个村子的人都来帮忙。鸡还没叫，母亲就起来蒸糯米饭。这一天，一定要蒸糯米饭这是有讲究的，说用糯米饭黏过的柱子盖出来的房子才会牢固。早上开始竖柱的时候，首先要把糯米饭黏在拴着红布的柱子上，然后再把糯米饭分给大家吃。等木匠师傅"起——"地喊一声，大家就齐心合力地把房架竖起来。那个时候盖的还是草顶挂墙房，当天竖柱当天就盖好，晚上就可以点着火把进新房了。

2000年起，我们村开始有人盖起了第一幢楼房，随后的几年间，人们就纷纷地跟着盖起了楼房。从那个时候起，建房用的木料被钢筋混凝土代替，木匠这一特殊的行当终于退出了乡村的历史舞台。

泥瓦匠

20 世纪 90 年代初，乡村纷纷拆除茅草房和土坯房盖起了砖瓦房。适应乡村建设的需要，四川来的泥瓦匠以浩浩荡荡的规模走进了乡村。有人形容，凡是有人烟的地方就有四川人。这些四川人多数来做泥瓦匠和盖房子。过了几年，四川人把做砖瓦的技艺和盖房子的技术传授给了当地人，有的在当地安家落户，有的领起当地的姑娘回到了四川。不得不承认，四川人为乡村的发展做出了卓越的贡献。

不几年的时间，我们村的一些人就掌握了烧砖瓦的技术，村里盖房子的时候就自己烧起了砖瓦。但烧砖瓦毕竟是一门技术活，不是每个人都能掌握的。烧砖瓦用的泥巴要取无砂石、黏性好的黄泥，取来的泥巴要用耕牛反复踩踏，使其细腻、柔软。然后再把这些泥土放在模具里压制成砖坯或瓦片。这些砖坯和瓦片要晒干了以后才可以在窑子里煅烧。煅烧时要掌握好火候，火候不足，烧出的砖瓦没有硬度；火候太猛了，烧出的砖瓦就会变形。火候掌握得不好的人大有人在，把一窑子的砖瓦烧废掉的情况时有发生。所以，烧砖瓦还得请砖瓦匠。

我们村有两个砖瓦窑，有四五个砖瓦匠，一年四季专门给盖房子的人家烧砖瓦。一幢房子要用一两万片瓦，四五万块砖，就算是一片瓦一毛钱，一块砖三毛钱，也是很大一笔收入，砖瓦匠成了我们村最先富裕起来的人。

砖瓦匠虽说有一笔收入，可是做的活计比牛还累。白天要汗流浃背地砸砖坯，晚上也要汗流浃背地在砖瓦窑上守候。每天晚上熬夜守砖窑，眼睛被熬得红彤彤的，和害火眼病的人一样。砖瓦匠给人的印象是衣服油腻腻的，脸庞脏兮兮的，头发乱蓬蓬的，就像街头巷尾的流浪汉。尽管如此，砖瓦匠作为乡村的匠人仍然受到人们的尊敬。

近十年来的时间，上级有号召，政府有扶持，乡村轰轰烈烈地干起新农村建设，一幢幢楼房在乡村大地像雨后春笋般拔地而起。盖楼房虽然也用砖块，但这些砖都是在城里的大砖厂买来的红砖，村寨里没有人再烧砖，乡村的砖瓦窑也都变成了废墟。

乡村“摩雅”

我们这个民族称乡村医生为“摩雅”。 在过去缺医少药的年代，“摩雅”在民间中扮演着“治病救人”的角色，他们医德高尚、医术高明，乡村人在遇到疾病和伤痛时把生命的希望寄托在他们身上。

“摩雅”贺党是我们村的草药医生。他身材敦实、浓眉大眼，身穿黑色土布衣服、头戴瓜皮帽子，嘴里经常含着半尺长的竹节烟杆。他和蔼可亲、心地善良，村人都很敬重他。村人大凡遇上婚丧嫁娶、乔迁新居之类的隆重事情都要请他到场。在宴席上，主人要请他入正堂、坐上座，吃饭前一家人合起双掌、屈膝跪地接受他念的祝福语。

贺党被村民视为神医，自己却把自个儿当作平凡人，虽然已经 60 多岁了，但每天都还要出去做农活。出门的时候，他经常背着一只竹篓、带着一把锄头和一把砍刀，做完了当天的活计就上山挖草药。贺党挖药草时的姿势和神情看上去像挖金子，看到药草眼睛就发亮，盘出药草就像获得宝贝一般，把一捆草药小心翼翼地放在竹篓里，像是把一个婴儿放在襁褓中。

贺党一年四季上山采药，风里来雨里去，让清贫的日子弥漫着药香。他家的屋子旮旯和阁楼上全都堆满了风干的藤蔓根茎和草根树皮，这些都是他平时上山采来的草药。

老家地处澜沧江领域的崇山峻岭中，这些地方海拔高低悬殊、立体气候明显、植物资源丰富，草药种类之多数不胜数。在千百年的实践经验中，人们把一些常见的中草药名及功效编成了朗朗上口的顺口溜："腰痛吃杜仲，头痛吃川芎/打得满地爬，快寻祖师麻/家有地榆皮，不怕烧脱皮/马齿苋，地绵草，痢疾腹痛疗效好/甘草外号叫国老，解毒和药本领高/屋有七叶一枝花，毒蛇不敢进人家/不怕到处痛得凶，吃了元胡就要松/知母贝母款冬花，专治咳嗽一把抓。"我们这些不识草药的人都叫不出这些药名，只知道有一种草药叫"大百解"的。据说这种药可以治百病，头痛发热吃"大百解"，呕吐腹泻也吃"大百解"，食物中毒吃"大百解"疗效较好。人大凡吃五谷杂粮都会生病，乡村人没有不吃过"大百解"的。

贺党没有读过书，不会讲汉语，但他进过佛寺念过经，他会用说唱的方式把这些中草药的生长习性和药物功效唱出来，那声音悠扬悦耳、委婉动听，让人们听后便会如身临其境地进入百草芬芳的中草药世界。

少年时代读过一篇课文叫《针线包是个传家宝》。摩雅贺党的传家宝是一只装药的布袋。贺党出门看病的时候背着用土布缝制的一只药包，这只药包不仅陈旧而且有一层厚厚的污垢，可能是几十年都没有洗过了。村人说，贺党的祖辈就是医生，这个药包从他老爹那一代就开始传下来了，贺党那只药包上黏着的污垢都可以当药用了。

贺党的那只布袋之所以能称为传家宝，是因为那布袋里装的不仅是山上挖来的草药，还有一些珍贵的“药引子”。他给村民看病曾用过的“药引子”有牛黄、朱砂、大烟、虎骨等，有时还会用到银锭子和“雷楔”。这些东西稀奇珍贵，价比黄金，人们都不知道他是怎么去找到这些东西的。据村人讲，贺党年轻时候到缅甸、泰国去拜佛求经，估计这些东西就是在那些地方找来的。我见过贺党药袋里装着的那块所谓的“雷楔”。这东西看上去像博物馆里收藏的原始人用的那种石斧，民间将其传说为老天霹雳时掉下的“雷楔”，估计是一种含有某种元素的可以入药的磁矿石。

贺党看病的时候都要经过“望闻问切”四道程序。按现在中医的解释，望就是观察病人的身体状况，包括面色、舌苔等；闻是听病人的说话、咳嗽、呼吸，并嗅其口中或身上是否有异味；问是询问病人症状，以及患病史等；切是用手把脉或按腹部诊察是否有异常。贺党不会用语言表达所谓的“望闻问切”，但他每一次看病都遵循这四个程序，每一个程序都做到一丝不苟。贺党最擅长的是把脉，看病的人说，他把的脉精准无误，两根手指放在病人的脉管上就知道得的是什么病。有人还说，贺党的手似乎有一种“魔力”，触碰到病人的手时，有一种微弱的电流通达全身的感觉。

贺党开的药方有时真的很神奇。有一次父亲病了，正好是农忙季节，也知道贺党家正忙着铲苞谷地，就没有及时去叫他来看父亲的病。父亲病了三天，实在是忍不住了，就让我去叫贺党。我跑到他家的时候，他刚好上山去做农活了。我又跑到山上去叫他，他正在苞谷地里除草。贺党听说我父亲病了，立即放下手中的锄头急匆匆地跟着我赶了回来。到了我家，贺党问床上躺着的父亲：“哪里不舒服了？”父亲答：“全身酸痛、发寒怕冷，还想呕吐。”贺党用手探了探父亲的额头，又让父亲伸出舌头查看舌苔，对父亲说：“你这是得重感冒，病情拖久了，得下一点猛药。”当时我就在想，“下猛药”这该得吃多少药，父亲的病才会好呢？可让我想不到的是，贺党给父亲配了一服草药，让母亲用土罐熬了药汤给父亲喝下。父亲是在太阳刚要落山的时候才喝下药汤的，天还没黑定，服药不到一小时的工夫，父亲的病情就有了好转。第二天，父亲就出去做农活了。

贺党作为乡村草药医生，时刻都把病人的生死安危系在心上，只要有人上门请他去看病，再苦再累也要出诊。有一次，母亲在半夜突发急病，上吐下泻、腹痛不止。我去叫贺党的时候，他已经躺在床上睡觉了。见到我来请他去给母亲看病，他连忙起床，跟着我来到了家。那一次，母亲得的是急性肠胃炎，他开了药方，让我们熬了药汤给母亲服下。喝了药汤，母亲的病痛开始有所缓解，但他还是放心不下，就陪着我们观察母亲的病情，一直熬到天亮。

贺党看病从不收钱，他专门为人看病只为化解村民疾苦。条件好的人家请他去看病会请他吃上一顿饭，以表达病人家属的感激之情。吃饭的时候，他不会忘记给主人念诵上一段祝福语，让病人早日康复，全家安康。

我家 6 口人都先后因病请贺党来家里看过病。吃过他开的草药后，不久就都医治好了。那时，家里穷，没有好饭菜招待他，他从不计较这些。看上去，越是粗茶淡饭，他越是吃得津津有味。他还会安慰我们：“肉伤胃肠，酒伤肝脏，吃粗茶淡饭，身体才会健康。”

贺党看病有时也用“神药两解”的办法。遇到久拖不愈的病人，看病的时候在给病人服药的同时还要念咒语，有时还要给病人叫魂。贺党念咒语的时候用的只是一碗清水。让主人盛来一碗清水，对着这碗清水念一些消灾解难之类的咒语，然后让病人喝下，不久，这位病人的病情就有了好转。贺党叫魂的时候用的是鸡蛋、盐巴、茶叶、米粒和五色丝线。把这些东西放在碗里端着，从村口有岔路的地方一路喊着回来，一直喊到病人家里。到了病人家门口，他喊一声“回来了”，全家人跟着喊：“回来了。”进了门，把叫魂线拴在病人的手腕上，叫魂仪式就算完毕。有一次我生病，母亲说我可能是“走胎”了，就请贺党来给我叫魂。那叫魂声迂回跌宕、空旷苍凉，仿佛穿越时光隧道、大江大河和千山万壑，最后回到村庄，回到我温暖的家。叫魂可能起到心理治疗的作用，经他这么一叫，我的病似乎好了许多。

贺党早年丧妻，因为看病出诊，与外村一位年轻的女子结下了美好的姻缘。外村有一个女孩得了一种怪病，脚底溃烂化脓，请了多少医生，医了几年都没有医好。女孩无法忍受自己的病痛，多次欲寻短见以求解脱。女孩的父母放出话来，如果哪一个人能找到医生治好女儿的病，他们不要一分彩礼就把女儿嫁给他。贺党听到这个消息以后，对女孩的遭遇深感同情，他决心医好这个女孩的病。当然，他最初的想法并不是要娶女孩为妻，只是想早一点把女孩的病医好，减轻女孩的痛苦。经过仔诊断，贺党认为这女孩得的是骨髓炎。一年的时间，他上山找遍了各种草药，配制了十多种偏方，最后终于把女孩的骨髓炎医治好了。

女孩的父母信守承诺，一定要把女儿嫁给他。贺党对女孩的父母说，他治病图的不是要娶女孩为妻，只要能把女孩的病治好了，也算尽到了他作为一个乡村“摩雅”的职责。再说，自己与女孩的年龄相差实在是太大了。女孩则说，如果贺党愿意娶她为妻，她就愿意嫁给他。这几年来，她已经被病痛折磨怕了，将来如果自己的病再发作，也好让他医治。就这样，这个女孩成了贺党的第二个妻子，一直陪伴他度过无数艰难的日子，直到他生命的最后时光。

贺党作为乡村的草药医生，自己却治不好自己的病。他的病可能是肺结核，一年四季咳嗽不止。他知道肺病是不能抽烟的，但他却断不了那草烟，无论咳嗽得多么严重，他总是离不开那竹节烟杆。

他最后在病痛中离开了人世，陪伴他入土为安的也只有那竹节烟杆。

年味里的乡愁

杀年猪

杀年猪是家乡隆重而又古朴的年俗，时间选择在正月到来前的半个月左右。这段时间，气候不热，吃剩的肉用来挂腊肉不会变质，同时离过大年的时间也近，剩下的猪肉可以在过大年时吃。

杀年猪要算日子，属猪和属虎日不能杀猪，这两天的日子不吉祥，以后养猪不顺。无论是过去还是现在，杀年猪的时间，全村统一在一个吉祥的日子里进行。

杀年猪的日子是我们乡村孩子翘首以盼的日子，这一天终于可以饱饱地吃上一顿肉了。能吃上肉是一方面，关键是我们还可以借大人杀年猪的这天也好好玩上一天。大人们把猪杀好了后，我们就争着去抢那猪尿泡。把猪尿泡洗干净，放在光滑的石板上搓揉，让那猪尿泡又薄又亮，用一根稻草往猪尿泡里吹气。等猪尿泡吹得又鼓又圆的时候，在猪尿泡的尿管处用线扎紧，再拴上一根长长的线，一只白色的气球就做好了。拿着猪尿泡气球到村头空旷的晒场上去放，看谁的气球飞得高、飞得远。气球每飞上一个高度，都会迎来我们的一阵欢声笑语。

乡村孩子的气球是用猪尿泡制成的，也许城里的孩子们闻所未闻。但我要说的是，那猪尿泡气球带给我们的欢乐是城里的孩子无法体会的。想想看，一个村子百来户人家都统一在一天杀猪，一百多只气球同时在一个村庄上空飘浮，那场面是何等的壮观？最令人喜悦的是飘浮在村庄上空的不仅是气球，还有伴着酒肉飘香的袅袅炊烟。

杀年猪的这天，天边刚刚泛起鱼肚白，猪叫的声音就此起彼伏，村寨坐落的这个山谷就像吹响号角一样。杀年猪作为村里人享受丰收成果、品味生活富足的象征，其内涵已赋予了浓浓的年味。年猪的肥瘦和大小代表主人在这一年里的富裕程度，前来帮忙和吃饭的人越多则越体现主人的大度与宽容，因此，人们总是把养得又肥又壮的猪留到过年的这个时间。杀年猪的时候，哪一家的年猪叫的声音最洪亮，来帮忙和来吃饭的人就越多，主人就越是感到自豪。

等太阳爬到村对面那个山头的时候，炊烟袅袅的村寨上空已经弥漫着肉味的飘香了。这个时候，我们已经开始垂涎欲滴。乡村的年味从杀年猪开始，如果这一年没有年猪杀，那么，这个年也就没有味了。因此，还没来得及把猪养大的人家，要花钱去买猪，没钱也要去借。为的是一年能闻到一次肉的香味，也为孩子们的期盼与欢乐。

这个地方的人们虽然很穷，但懂得烹调美食的技艺，就是一个猪肉也要做出几大碗来。橄榄生、炒血肠、猪耳朵猪脚猪嘴猪舌头拼盘凉片、茴香煮猪血汤、猪肝瘦肉腰花杂炒、辣椒飘汤白片、大蒜煮猪肚、小树理肺散煮猪心肺、糯米煮猪血、冬瓜煮排骨、酸笋煮骨头生等等。这些用猪肉烹调出来的菜肴要比饭店里卖的菜肴好吃得多，拍摄《舌尖上的中国》的那些人如果有幸光临我们这个村寨，也许会说，中国再也找不到如此美食了。

待所有的菜肴都准备停当了，请客吃饭的时间也就开始了。家家在同一天杀猪，家家都要请客吃饭，哪怕你吃不了，去喝一口酒，去尝一尝橄榄生，主人家也高兴，这是千古不变的习俗。对来不了的老人，主人要亲自把饭菜送到家中，个别户因为家庭困难或者其他原因不得杀年猪的，每家每户都要割一块猪肉送去，这就会出现不杀猪的人家挂着的猪肉比杀猪的人家还多的情况。家乡人就是如此的善良淳朴，杀一头猪也会让你感动。

猪也杀了，客也请了，剩下的事情就是塞腊肠、挂腊肉、剁骨头生，这是留给年轻人的事儿。村里的姑娘、小伙们这家忙完了忙那家，从不分彼此，许多年轻人就在杀年猪这样的活动中约定赶年街的事。为此，他们赶年街也是有约而去的。

家乡人的生活并不宽裕，人们的生活也很简朴，杀年猪的这一天是一年中唯一能够大酒大肉奢侈消费的一天。即便是计划经济年代要向供销社交一半的猪肉，杀年猪也要喝大碗酒，吃大块肉，这个习俗早就已经形成。为此，在我童年的印象中，家乡并不是那样的贫穷，从杀年猪的那一天开始，一直到过大年和小年十五，甚至到撒秧时节，剁肉的案板就没有停止过响声。

赶年街

临近除夕的那一个街日是家乡的年街，比往日的任何一街更热闹。无论村寨离那条山街有多遥远，到年街的那天，人们总会把山街踩得尘土飞扬。

家乡的街场坐落在马鞍山西北面的中山地带，四面开阔，地势平缓。20 世纪 90 年代初期，街面上已经铺起了混凝土，街道两侧也盖起了一排排的商铺。年街这一天，赶集的人如潮水般从四面八方涌来，买年货的也有，凑热闹的也多。从城里运来的烟酒糖果、衣帽鞋袜、烟花爆竹、福帖年画毫不客气地装进了山里人的背篓。

赶年街，买的是年货，图的是高兴，有钱没钱尽管去赶街。把该买的年货买了以后，一个村子的人会聚在一个餐馆里吃饭。饭吃好了，个个争着去买单。你不必担心自己囊中羞涩，外出打工的人会自告奋勇地站出来买单，并要求大家给他一个面子。这个人也许不会有多少钱，但他既然打工回来敢在这条山街上路过，他就一定已经是准备好了请客的饭钱。

这一天，你会在远离县城的山街上看到一群打扮时髦的男孩和女孩，无论男女都把头发染成黄色、红色或者其他颜色。他们的发型千姿百态，有的像发怒的刺猬，有的像公鸡尾巴，有的像红色的云朵。你不必惊讶，也不必用异样的眼光看他们，他们从遥远的澜沧江畔走进五彩缤纷的“北上广”，难免会让自己的外表涂抹上一点城市的色彩，但他们的内心深处仍然装着乡村。走进这条山街，他们会用地地道道的乡村方言和你交流。

女孩穿的服装也很前卫，超低胸、超短裙，让白嫩的肚皮和大腿尽情沐浴春天的阳光。这个时候，你才会发现，乡村的女孩也如此妖艳。

这些都是到城里打工归来的年轻人，也是改变家乡面貌的一支主力军，他们不仅带来了城里人有的摩托、电视和手机，还带来了城里人的思想和生活方式。那些第一次走出家门去赶街的小男孩和小女孩在山街上算是大开了眼界，琳琅满目的年货让他们眼花缭乱，不同穿扮的人群让他们感到稀奇。从赶年街的这一天起，他们在心中就已经萌发起了迈出大山的梦想。

等太阳偏西的时候，赶街的人渐渐地散去了，比毛驴更多的大小拖拉机像码柴一样载着人和货在街的出口处喘息。随着通达工程的不断推进，更多的出租车和小中巴可直达村寨，这种违章载人的现象可能会少些。

家乡的年街热闹而又和谐，古朴而又充满现代气息，无论时代怎样变化，赶年街从古至今永远是家乡人的一件盛事。

守年夜

大年三十，亲人团聚，家乡的除夕之夜充满温馨。当星星撒满天空的时光候，夜幕下的村寨已是爆竹声声，火花飞扬。

守年夜是家乡古老的习俗。据说，如果贪图睡觉不守夜，田地是会坍塌的。其实，家乡人保持守年夜的内涵并不仅在于此。

外出打工和出去参加工作的人由于路途遥远，平时活计和工作繁忙，往往在今天才会到家。长久离别，一夕团聚，有讲不完的话，道不尽的情，于是一家人便围着火炉一起熬夜。一家人围坐在火塘边，回顾过去，展望未来，开始规划新一年的生活打算。这一年，要挖哪块地，要种哪片田，要养几头牛，要卖几头猪，房子要不要翻修，姑娘要不要嫁，儿子要不要娶，一切有关乡村人的大小事情都可以酝酿。

这一天晚上，参加守夜的不仅是一家中的人，老人的茶友，孩子的伙伴也会来参加守夜。平时邻里关系好，热情好客的人家，在年夜里人气也更旺。当年新盖房子的人家，由于房屋宽敞，家具新洁，会赢来许多客人。小伙子、小姑娘多的人家在今天晚上更热闹。守年夜不是白守，有茶喝，有酒品，有糖吃。夜深了，还要煮汤圆、烤粑粑、炒酒菜，这样的年夜谁不想守呢？最重要的是守年夜这天晚上，老人可以谈古论今，年轻人可以谈情说爱。守年夜，大家图的是热闹，谁也不会在意一位女孩在老人面前对自己心仪的男孩投去暧昧的眼神。

守年夜在天黑之后的一个多小时就开始了。老人们把茶罐往火炭里烤热，放上一撮好的茶叶，边烤边抖动茶罐，待茶叶泛黄散发出微煳的香味并冲入开水，满屋便弥散起了雷响茶的清香。通过一两道洗涤，把茶水倒入瓷盅，按年龄大小依次敬给客人，同时自己也倒上一盅，与客人慢慢品味。老人们端起茶盅，总是有讲不完的故事。他们回忆年轻时候的岁月，感悟今天生活的美好，觉得生活就像茶叶一样，苦涩中带着清香。年轻人们对老故事不感兴趣，就边打扑克边喝酒，随着酒精的挥发，大脑的兴奋，聊起来便吹个天南地北，海阔天空。茶和酒都是大脑的兴奋剂，于是有的人玩得开心，忘了回家，待鸡叫头遍才想到该起身了。

乡村的除夕之夜，在温馨的同时充满了魅惑。正值青春期的男孩和女孩，守着守着便守到了村边的竹林里去了。年夜酝酿亲情、友情也酝酿爱情，被年夜的火塘烘烤过的恋情更纯真，被年夜的烈酒熏陶过的爱情更热烈。

请年客

请年客是家乡最隆重的年俗，也是所有年事活动中最关键的环节，筵席的规模大小和席上菜谱的丰盛与否可以反映主人在这个村里的贫富和族亲关系的疏密。请年客作为一种风俗，没有讲排场，摆阔气，搞攀比的意思。无论贫贱富贵，没有人会受到歧视，越是穷一点的人家，做客的人们越要去光临。去做客，大家图的不是吃，图的是高兴。请年客在家乡民俗中称“吃百家饭，请百家客”，其目的是为体现亲戚朋友与邻里之间的礼尚往来，也为过年营造一种喜庆、祥和的气氛。

请年客从大年初二开始，一直到初三、四，根据各家的具体情况确定请客的时间。有个别人家因情况特殊还可以放在小年十五来请。请客的重点对象是男女双方的父母、已经分家出去的兄弟姊妹以及父母的直系亲属，其次是具有族亲关系的亲戚。村寨里当年结婚的新人和即将结婚的新人，无论有无族亲关系都要请，村里所有外出工作的人员和长期在外打工的人员必请。这样一来，请年客便请了大半个村子的人家。

要请客吃饭必须在请客前一天到对方家提前预约，否则会视为不诚意。只要请到，没有哪家推辞的，就是再忙也要派出一个人去赴约，大人小孩均可。因为家家都在过年的这两天请客，事实上去吃饭也只是去品一个味罢了。吃饭的时候，安排的座次很讲究，老人在正堂的正中位置，其次是男女双方的长辈，再次是来的客人。家中除了老人和作为家长的长子之外，一律等所有的客人都招待好了方能吃饭。吃饭的时候，男女不同席，在待客期间，年轻一点的女人都要在一旁伺候。吃饭前，坐在中堂的老人要给主人家念祝福语，主人家的家长要对念祝福语的老人下跪，以表示对长老的尊重。无酒不成宴，吃饭前主人要给客人一一敬酒，客人可以不必回敬，但第一杯酒要喝完。因为客人多，吃饭时不一定要同时入席，先来先到，从早到晚都可以吃。因此，请客的时间一般是一整天。家乡热情好客的习惯被外界所称颂。

我的家乡没有什么名胜古迹，也没有什么值得炫耀的地方，只因热情好客而闻名村外。如果在过年的时候，有外村的人到这个村里来玩，那他一定是不醉不归了。

过年关

年关，过年要经过的“关口”。顺利地通过这几道关口，过年才会幸福平安、喜庆祥和。过去老家贫穷，缺衣少食，说“年关”讲的是年末岁首要渡过的生活难关。现在，农村的日子好过了，吃穿不愁，说“年关”是指要应对那些烦琐累赘的年俗，心情不好，身体不佳，这年还真的还过不好。

回老家过年要经过几个关口：一是“入口关”，二是“出口关”，三是“出手关”。

所谓“入口关”说的是吃喝问题，肠胃不适，身体不佳，这年也过得不安逸。“吃百家饭，做百家客”是老家亘古不变的年俗。无论你是端“铁饭碗”的还是外出打工挣钱的，无论你是高官贵族还是平民百姓，也无论你是本乡本土的亲戚还是来自异地他乡的朋友，只要过年时你到了这个村寨，一律都要被请到家家户户去吃饭喝酒。

老家人对请客吃饭问题从来没有时间观念，从大年初二到初五、初六甚至到小年十五都要请。被请的人只要还没有走出这个村子就不得以任何理由拒绝，否则会被视为看不起请客的主人家。每天请客吃饭的时间从天亮到天黑。百来户人家的这个村子，每天到 20 户人家吃饭，吃遍整个寨子的饭菜，一般要用五天的时间。这么多的人家请客吃饭，吃不了也没关系，表示一点“意思”就行。所谓的“意思”就是非得喝主人家给你敬的一杯酒。每家一杯酒，就是酒量再好，不喝醉也会喝得面红耳赤。不过，醉了也没关系，主人家会给你泡上葛根解酒汤，还会安安全全地把你送回家。

一天到晚到这么多的人家吃喝，苦点累点没关系，最烦恼的问题是老家这个地方民居太拥挤，房前屋后没有建造茅坑的地方，公共设施又还不配套，这么大的一个村子只在学校附近建有一个公厕，想“方便”时实在是很不方便。还好，这是个民族地区，村寨周围森林保护完好，想“方便”时请一个人在一旁“放哨”，悄悄钻进林子，在大树根下就地解决就行。实在找不到“放哨”人的时候，“方便”时边行事边唱歌或者吹口哨提醒“闲人免进”也行。老家人把这种“方便”方式叫“看风景”。所以，你想出去方便时告诉主人一声要出去“看风景”一下就行了。去“看风景”你必须注意一个问题，不要钻进那个地方的神林和水源林，否则主人家又要麻烦着请人帮你叫魂赎罪了。

所谓“出口关”说的是言谈礼仪问题，不懂民族语言和风俗习惯，过年也会出现不愉快的事。老家是民族地区，各种礼仪繁杂，语言禁忌太多，过年时不同辈分的人在一起言谈举止更是讲究。在老人面前不能提到“死亡”二字，在妇女面前不能提到“出生”二字，在男人面前不能提到“插秧”，在女人面前不能提到“犁田”，在光棍汉面前不能提到寡妇婆，在寡妇婆面前不能提到光棍汉，在盲人面前不能提到太阳、月亮、星星等有光之物，在聋哑人面前不能提到吹拉弹唱等有声之事，在穷人面前不能提到金银财宝，在富人面前不能提到吃喝玩乐，在山上不能讲鬼神，在家里不能提野兽。为了把好“出口关”，你得请一个当地人陪你吃饭当翻译。好的翻译会恰如其分地把你的汉语翻译成民族语言，还会对你的口误加以纠正，让当地人听得入脑入耳。

所谓“出手关”讲的是送钱送物的礼仪。当地人请客吃饭你是不必送礼的，这么多的人家请你，你想送也送不完。不过，如果你是本村人并且是刚结婚成家的，第一次回家过年就得给三亲六戚送上一份“见面礼”。这礼不送不得，并且不能漏送了族亲关系中的任何一家亲戚。接了你新婚的“见面礼”，无论你工作居住得有多远，到以后你孩子出生时，他们一定会抱着两个大母鸡去看望孩子，你家里有大事小事什么的他们也会前去帮忙。礼物不在多少和贵贱，礼轻人意重，礼到情到即行。一个百来户人家的这个村子，要得去送礼的族亲人家起码有三十多户。送礼送双不送单，一般是每份礼物两包糖、两包烟、两包茶、两瓶酒。这包也不是多大的包，用红纸包好就行。我看到有一对新人给我家送来“见面礼”，那包糖一共只放着八个水果糖。看来送礼人是经过精心计算的，我家共有四个人，送八个水果糖，每人分得两个，是个双数，吉利。八，这个数表示发财的发。凡是送过见面礼的人来年会得到丰厚的回报。

每年回老家过年，这些亲戚都要给你送些腊肉、香肠、糯米之类的东西，让你返回时满载而归。如果你还是未成家的小伙子或小姑娘，要过这一关还有点麻烦。返回时会有成群结队的小姑娘和小伙子来送你，一直要把你送出村外的三五里路。送人也不是白送，你得给来送的人回礼。这礼就是钱物。外地的小伙子给当地的小姑娘回礼可送钱也可送物，外地的小姑娘给当地的小伙子回礼不必送钱，衣袋里装满糖果，发给来送行的小伙子们即可。

为什么要把老家这一些古朴的年俗说成“年关”，这是因为凡是回老家过年都要经历当地人的这些厚重礼仪。不入乡随俗，当地人会认为你失礼。而入乡随俗了，如果弄不清当地人的一些礼节又会出现一些尴尬之事。有一次回老家过年，因为吃喝多了闹肚子便跑到村边的林子里去“看风景”，由于方便时没人“放哨”，自己又不知道唱歌或吹口哨以示“闲人免进”，让一位小姑娘不小心闯入林中，时隔二十多年后的今天，当年的那位小姑娘，现在已经是十五岁孩子的母亲了都还不敢和我搭话。

回老家过年要过的这“三关”看似烦琐而复杂，其实也有章可循，到了村子，自然会有那里的亲戚给你一一做交代。

我自以为是最熟悉乡土民俗的本地人，这年算是过了，可回老家过年时还是在年的“关口”上碰了壁。

老家的年俗总是流淌着浓浓的乡愁，这也是故乡总让我魂牵梦萦的地方。

第四章　乡村少年成长记

乡村少年的成长记

上学记

我八岁那年才开始读小学一年级。父亲说我个头小，年龄大一点再去读书，小伙伴不会欺负；母亲说年龄太小了去读书，记性还没长好，老师讲什么都记不牢；姐姐说，如果不去读书，可以帮她砍柴、挑水、喂猪和一起上山放牛。

其实，他们说的都是借口。事实是，我七岁那年本来是要去读书的，却找不到一套能适合穿出门的衣服。那是 1974 年的秋天，那年我穿的衣服补丁摞补丁，穿的裤子一蹲下去就开裂，去山上放牛的时候，经常在伙伴面前“走光”。那年，家里连给我买一支铅笔和两本字本的钱都没有。母亲本来是要抱两只母鸡到街上去卖的，准备把鸡卖了以后给我买一条上学穿的新裤子。可到了街天的时候，其中一只母鸡病了，没有卖成，我读书的事就这样被耽搁了下来。

八岁那年，我终于可以去读书了。上学那天，我穿着一套洗得干净的旧衣服，背着母亲缝制的书包，雄赳赳气昂昂地走向学校。到了那所学校，老师热情地迎接我们，同学们欢天喜地。

我们的校园坐落在村旁一处宽阔平整的山坪上。校舍是一幢三间相连的草顶挂墙房，四周用竹篱笆做围墙，门口悬挂着用排笔写着红字的木板校牌。校园中央用竹篙立着一根旗杆，五星红旗在蓝天白云下飘扬。

我们的老师是一位叫金凤的汉族女老师，人很热情，长得也漂亮。她把我们喊到一起，对我们做了简单的交代，要我们做好上课前的准备。她告诉我们，听到上课的铃声敲响就要很快走进教室，老师进来了要起立、敬礼，老师向同学们问好，学生要回答老师的问候。

能够来读书，大家心情都很激动，互相欣赏着同学穿来的衣服和背着的书包。

“当——当——当”，上课的钟声敲响了，我们像一群小鸟一样飞进教室。因为跑得太快，有的同学让帽子掉在了地上。

老师走进教室，我们四五十个新同学已经在教室里等候。看到老师进来，同学们立即从座位上站起。

老师喊：同学们好！

我们答：老——师——好！

老师示意我们坐下，开始上课。所有的同学睁大眼睛、手托腮，故作全神贯注的模样。

老师对我们讲：同学们，从今天起，我们就要天天在一起上课了。以后，我就是你们的老师，你们将成为我的学生。在学校这个温暖的大家庭里，我和大家的关系就像大姐姐和亲弟妹一样。我们要互相关心、互相爱护、互相帮助，希望大家好好学习，天天向上，长大了，做一个对祖国、对人民、对家乡有用的人才。你们是祖国的未来、民族的希望，布朗山寨的美好明天寄托在你们的身上。

老师讲得真好呀，她的讲话让我们激动得热泪盈眶，心里充满着无限美好的憧憬。老师讲完，教室里爆发出我们响亮的掌声。

第二天，老师教我们排列队形。我们四十多个学生在操场上排成四排，跟着老师学“稍息”“立正”“向前看”“向左转”“向右转”“向中看齐”“齐步走”。

这是一系列复杂的“军事动作”，我怎么学也学不会。老师喊“稍息”的时候我“立正”，老师喊“向左转”的时候我向右转，老师喊“向前看”的时候我左顾右盼，老师喊“向中看齐的时候”我把旁边的同学挤了一个踉跄，老师喊“齐步走”的时候我把前面同学的鞋子都踩掉了。

学了一段时间的队形排列，老师就开始教我们做广播体操。广播体操的动作比练习队形更难，我最怕老师把我喊到前排。一到前排，我就紧张得两腿直打哆嗦，心好像是要跳到嗓子眼一样。这个时候，我就开始害怕去上学了，一去上学就要天天都做广播体操，一做广播体操，我的头皮就发麻，脖子就淌汗。

做广播体操让我出了一次洋相，至今都感觉到羞愧难当、无地自容。上学的时候，母亲给我缝了一条新裤子，这条裤子又宽又长。能穿新裤子虽然让我很欢喜，但裤子的宽大与我的体型不协调，让我穿着总是感觉到很别扭。我怪母亲把我的裤子缝得太大。母亲说缝大一点好，小孩子长得快，要不然过一两年就无法穿了。

宽大的裤子没有裤带，母亲就找了一条麻绳给我系上。一条麻绳裤带从早到晚勒着我的小肚子，把我的肚皮勒出了一圈紫红色的凹痕。都说“绳子断在细处，事故出在松处”，我的洋相就是出在细绳子拴在松裤子上的。那天做广播体操，我刚好被老师叫到前排，做到“跳跃运动”的时候，我蹦跳了三下，麻绳裤带“啧”的一声就断了，我的裤子掉了下来，露出了白生生的屁股。老师禁不住蒙起嘴笑，同学们更是笑得前仰后倒。

回到家里，我跟父母大哭大闹。我说我不读书了，宁愿上山放牛。父亲告诉我，裤子掉了有什么大不了的，男子汉大丈夫能屈能伸，他和我一样大的时候，还没有裤子穿呢。母亲也对我说，只有好好读书，才能识汉字、懂汉文，将来有出息了就能走出山旮旯、找到金饭碗。母亲还说，把书读好了，以后就能过上好日子，吃上汉人吃的大白米饭，住上汉人住的大白瓦房，穿上汉人穿的漂白衣衫。

听了父母的话，我又硬着头皮去上学。刚开始的时候，老师把我的座位安排在前排，过了几天，老师又把我的座位安调到了中间。我出了一次洋相，给我调了位子，看来这是老师对我的呵护。

上课的时候，老师经常对我们提问，要我们举手回答问题。我不喜欢回答问题，但有的时候还是得轮到我。有一次上语文课的时候，老师提问我："禾苗"的"禾"字怎么写？我回答老师："一撇写在木字头，变成禾苗栽地头；禾苗长得肥又壮，田里站着一条牛。"我刚回答完就引来同学们的哄堂大笑，原来是我在慌忙中把识字歌背错了。老师说："田里站着一条牛不就把禾苗吃光了吗？"最后老师做了纠正，说"禾苗"的"禾"字应该是这样写的："一撇写在木字头，变成禾苗栽地头；禾苗长得肥又壮，田野一片绿油油。"

最让我头大的是上算术课。我对数字不敏感，连自己有几个手指头都数不清。有一次，算术老师提问我："5＋5＝？"我掰开手指头数了大半天数不出来，老师就提醒我："两个巴掌的手指头加起来是多少？"慌乱中我回答老师："两个巴掌的手指头加起来是 10 个巴掌的手指头。"我刚回答完又引来同学们的哄堂大笑，连老师也蒙着嘴要笑喷出来。老师又问："你说两个巴掌加起来得 10 个巴掌的手指头，那你说 10 个巴掌的手指头是多少？"这个时候，我无语了，小学一年级的学生哪能数得清 10 个巴掌的手指头呢。老师说："如果你能数清 10 个巴掌的手指头加起来是多少，那你就可以小学毕业了。"这个时候，有一个聪明的小女生站起来举手要回答问题，那个女生说："老师，我知道 10 个巴掌的手指头加起来是多少。"老师惊讶地问："那你说是多少？"小女生回答："是千手观音。"老师批评那女生："是鬼手！"自作聪明的小女生面红耳赤。这个女生之所以能够说出"千手观音"这样的时髦名词是因为她爸爸就是个教书的，并且还在县城。县城里的许多新鲜事就是她讲给我们听的。

当然，我也有聪明过人的地方，那就是虽然记性差一点，但理解能力强，写出来的作文常常被老师夸奖，还把我写的作文当作范文拿到班上去读。有一次，老师出了一个作文题目，要我们写《我的妈妈》。记得写那篇作文的时候，我开头是这样写的："妈妈的'妈'字左边是女人，右边是匹马。一个女人一匹马，两字合起读妈妈。妈妈干活像匹马，一年四季种庄稼。锄禾日当午，汗滴禾下土。谁知盘中餐，粒粒皆辛苦。农民伯伯最辛苦，天下妈妈最伟大，我听老师话，认真读好书，将来报答她。"我记得这篇作文我一共写了满满的 3 页小楷纸，当老师把这篇作文读完的时候，教室里爆发出雷鸣般的掌声。

我上学背的书包是妈妈用父亲的旧裤子布料缝制出来的。父亲有一条已经不能再穿的旧裤子，但裤管上的布料还没有破洞。妈妈就把裤管剪下一尺半左右的一截，用线缝上裤管的一头，又在开口的那边缝上两条背袋，一个书包就这样改制出来了。为了让书包好看，妈妈还用红色和蓝色的布条给这只书包镶了边，并在书包的正面用红布缝了一颗五角星。这只书包看不出是用裤管改缝出来的痕迹，我很佩服妈妈的聪明智慧和心灵手巧。

有一次课外活动，金凤老师带着我们上山去摘桃子，她看着我背着一个书包就让我把她摘的桃子也放进书包里，说等回到学校再拿出来分给她。我对金凤老师说：“老师的桃子不能装进我的书包里。”金凤老师问我为什么？我说我的书包是用父亲的裤子缝出来的，父亲穿过的裤子脏，不能用来装老师吃的东西。金凤老师说：“你的妈妈真聪明，能把旧裤子变废为宝。”我对老师说：“我们老师更聪明，能把差生变废为宝。”金凤老师问我：“怎么说这样的话？”我说：“我虽然学习差，但老师经常关心我，以后我一定会进步的。”听了我的一席话，金凤老师惊讶得瞠目结舌，她对我说：“你快要变成一只精灵了，好好读书，将来必定能成就大事业。”那年我才十一岁，读小学三年级。

冬天到了，天气很寒冷，但因为家里贫穷，我们也只能穿着单薄的衣服去读书。为了抵御寒冷，每个读书的孩子都准备了一只火盆。火盆有的是用废旧的锅盖做的，有的是用缺边烂口的瓦盆做的。火盆里烧的木炭是我们上山在炭窑边上捡来的碎木炭。天还没亮，我们就一路走，一路甩动着火盆去上学。火盆里燃着的火炭一闪一灭的，看上去如传说中的鬼火。

拎着火盆去上学这是乡村孩子的发明，这一发明让我度过了 70 年代最寒冷的冬天。但有的时候，我们也会因为带着火盆去读书而尴尬。记得在一个阴雨连绵的冬天，我们在教室里烤着火盆里的炭火上课。上着上着，忽然闻到教室里有布料被烧焦的气味。老师问：“是谁的衣服被火烧着了？”听了老师的提醒，大家都连忙低下头去看自己的衣服。真是不看不知道，看了吓一跳，是我的裤管被火烧通了一个大洞。我举手回答老师：“老师，是我的裤子被火烧了。”我的回答又引来同学们哈哈大笑。回到家里，母亲责怪我：“怎么那么不小心呢，好好的一条裤子，让火烧通了。”我反驳母亲：“谁叫你把裤脚缝得那么长，弄得我走路的时候总是踩着自己的裤脚。”每当讲起这些，母亲就会流泪，她说：“那个时候穷，几年也没能给你们缝上一条裤子，好不容易缝上一条裤子，想让你们多穿上几年。”那个时候，无论是衣服还是裤子，哥哥穿了弟弟穿，姐姐穿了妹妹穿，新三年旧三年，缝缝补补又三年。

在我们班里，我可能是家庭最困难的学生。因为我常常看到别的同学书包里装着麦面粑粑，而我的书包里只能装着红薯。但我书包里装着的一件东西却让全班同学羡慕，那是一支“英雄牌”自来水钢笔，是一位曾在我家住过的上海知青送给父亲的。上学的时候，我左磨右磨才把这支笔从父亲的手上要来。那时候，老师还不让我们用水笔，只让我们用铅笔和圆珠笔，但我就是要每天带着这支笔在同学面前显摆。有了这支笔，我去上学读书似乎就增加了许多底气。我用一块红布把这支笔包起来，放在书包里面，每天都要伸手去摸无数次，这支笔从早到晚都带着我的手温。每天放学的时候，同学们都要跟我套近乎，看我书包里用红布包着的这支笔。连老师都说，这样好的笔他们都没有用过。读小学四年级的时候，我们终于可以用水笔了。记得也是从那个时候起，我的学习成绩开始一天天进步，到了小学五年级毕业，我竟然以全班第一名的成绩考取了我们乡的那所初中。

读到初二的时候，学校组织我们参加全县中学生作文竞赛，我写的作文以优异的成绩获得了一等奖。

最后，我要把这篇作文再抄出来与大家分享，让现在的青少年知道我们那时是怎么热爱学校、热爱老师和热爱学习的。

我的那篇获奖作文，题目是《山谷中，那五星红旗飘扬的地方》，全文如下：

山谷中那五星红旗飘扬的地方，矗立着一幢用栗树丫杈撑起的草房。一排长出了白菌的枯木树桩，参差不齐地围着房前的院场。

我和故乡童年的伙伴，就在这里读书，在这里游玩。我们用稚嫩的小手放飞风筝，也放飞着山里娃童年的梦想。高低走调的歌声唱着我们对成长的渴望，歪歪斜斜的汉字书写着我们对未来的向往。那不足三十平方米的茅草房，虽然并不宽敞明亮，但却歌声飞扬，书声琅琅。

年轻的老师是城里来的姑娘，说话的声音像春风一样轻柔，微笑的脸庞似桃花般灿烂。她教我们识读“太阳”“星星”和“月亮”，也教我们朗诵“天空”“陆地”和“海洋”。用手风琴伴读的每一篇文章，都会激起我们对美妙世界的幻想。虽然不曾见过飞机、火车和轮船，但大山阻隔不了我们对外面世界的向往。

每一节课前我们都要向老师起立、敬礼，并且重复着同一个内容的宣誓。我们践行着自己的誓言：好好学习，天天向上！

9月的山村，瓜果飘香，稻穗金黄，我们却告别了故乡，告别了草房。带着母亲的嘱托，老师的愿望，走出了山谷，走出了五星红旗飘扬的地方。

山谷中那五星红旗飘扬的地方，校园里花草繁茂、桃李芬芳，这里迎来了一批又一批的年轻老师，又送走了一批又一批的少年学子。多少老师已经从乡村调往城市，多少学生已经实现走向城市的梦想。可我们的老师，现在已是鬓发染霜，却依然在那五星红旗飘扬的山谷中守望。

这就是我上学读书的故事，也是无数乡村少年在中国 70 年代的成长记录。

放牛记

有人说，少数民族“会说话就会唱歌，会走路就会跳舞”。

其实这都是忽悠那些喜欢猎奇的城里人的。我们小时候连饭都吃不饱、裤子都穿不上，哪有心思去唱歌跳舞呢。在城里的孩子上幼儿园的这个年龄，我们乡下的孩子为了混得一日三餐，只能乖乖听大人话，每天屁颠屁颠地跟在牛屁股后面去放牛。

七岁的时候，要去挖地还举不起锄头，去挑肥还扛不动担子，只有去放牛。去放牛跟着牛走路、看着牛吃草，不要让牛去糟蹋庄稼、去踩干沟，晚上齐齐整整地把牛赶回家。这就是乡下孩子七岁以前的活计。

我们在澜沧江畔的村寨成长，从小就培养出了像猴子一样敏捷的身手，会攀缘悬崖峭壁。再陡的坡，那四只脚的牛会走，作为人，我们也可以手脚并用跟着牛去爬。

我最早的放牛年龄不是七岁，而是四岁。四岁我就开始跟着爷爷上山去放牛，就学会挥舞手中的竹鞭让“齐步走”的牛们改成“跑步走”。哪头牛懒洋洋的想走不走，一竹棍下去，它定会扛起头撒开腿往前冲。

到了我七岁的时候，虽然还没有牛屁股高，但牛们看着我手持竹鞭的威严，不得不服从我的指令。我让它们“向左转”，它们决不会“向右转”，我让它们“向中看齐”，它们决不会“拉开队形”。有个别牛不听话，要它走左边那条大路它偏要往右边的小路走，我的竹棍够不到打它，只能掰开一块土团子冲在它的脊背上，让它乖乖走到左边的大路上来。太阳快要落山了，所有的牛必须服从命令听指挥：“向后转、向前看齐、齐步走。”我们必须在天黑前把牛群赶回村子，不要让大人担心。

一群牛少则五六头，多则十几头。太少了不够放，太多了顾不过来。每头牛都有自己的名字，纯毛色的牛以毛色命名，黑的叫黑乖、红的叫红乖、黄的叫黄乖、杂色牛叫花乖。之所以每头牛都带“乖”可能是要让牛听话。一般来讲，没有进行过耕犁训练的牛不怎么会听人话，但会看人的手势，你对它举手它就知道你要打它。所以，赶牛多半得靠牛鞭。

牛和人一样，都有集体意识，要让牛服从命令听指挥就要选出领头牛来。领头牛不仅体力要强壮，还要会呵护和引领牛群，放牛人只要把那条领头牛管住了就管好了一群牛。要给领头牛戴上一只铃铛，让牛群听着铃声走。作为放牛人，无论牛群走得多远，听到铃声就找到了牛群。

放牛人常常要经受风吹日晒雨淋。下雨的时候，作为干活的人是可以休息一天两天的，但牛必须天天放出去吃草。不让牛吃草就等于不让人吃饭。人是可以饿着一两天不吃饭的，牛不能饿着，因为牛比人苦，干的活计比人重，庄稼人犁田种地全靠牛。

宋代诗人雷震写过一首关于牧童的诗：“草满池塘水满陂，山衔落日浸寒漪。牧童归去横牛背，短笛无腔信口吹。”清代诗人袁枚也写过一首关于牧童的诗：“牧童骑黄牛，歌声振林樾。意欲捕鸣蝉，忽然闭口立。”古代诗人笔下的放牛娃，常常是在风景如画的地方骑在牛背上放牛，他们吹着笛子唱着歌，享受着童年别样的快乐。我从小就放牛，未曾见过诗人描写的这般情景，只是经常会听到这样一首歌谣：“放牛娃娃累又苦，整天跟着牛屁股，肚子饿得咕噜叫，错把牛屎当晌午。”这首歌谣就是大人们专门唱给放牛娃娃听的。编这歌谣的人也真是坏透顶了，放牛娃娃这么可怜，还乱说他们错把牛屎当晌午饭。

四岁的时候，我曾跟着爷爷到过两个地方去放牛。当时我很不明白爷爷为什么要带着我把牛放到这个地方。一处是我们村的坟山林，另外一处是叫旧寨箐的地方。

坟山林离村子不远，可能就是两里地左右的距离。那天爷爷带着我把牛赶到坟山林去，我的心就有点发毛。到了那里，爷爷让我看好牛，自己则在一边做篾活。有一头牛很不听话，总是往草深林密的地方钻，我就拎起一根竹棍去追赶。追着追着，那头牛钻进了密林深处。看着一座座长着荒草的坟茔，坟茔旁丢着一些旧盆烂碗，我就害怕得心怦怦直跳，两腿也禁不住颤抖。我一边追着牛一边喊爷爷，直到我的喉咙嘶哑得喊不出声音了，爷爷才匆匆忙忙地赶来到我身边。我哭着对爷爷说：“爷爷，我们把牛赶回去吧。”爷爷对我说：“牛还没吃饱呢。”

那一天以后，我再也不跟爷爷到坟山林里去放牛了。在我幼小的心灵中，坟地是埋死人的地方，有死人的鬼魂。小时候经常听大人讲鬼怪故事，自己明明知道这世界上并没有鬼，老师也讲过不怕鬼的故事，但我就是偏偏怕鬼。

那一个叫旧寨箐的地方离村子也只有一两里地。那一次我和爷爷把牛赶到旧寨箐，爷爷就给我讲：这个地方曾经是我们村建过寨的地方，后来因为一场大火烧了寨子就搬迁下来了。

爷爷说，我们村从这个地方搬迁下来，已经是一百多年前的事了。

我和爷爷把牛赶到旧寨箐，我才发现这个地方的山地与别处不一样。有的地方还可以看到旧村落遗留下的残垣断壁，枯枝烂叶覆盖的黑土里埋着一些残砖碎瓦。一百多年的时间了，这里自然变成了草深林密的荒山。山上有成片的竹林和一排排剑麻丛，这两种植物可以证明这是人类居住过的地方。既然是人居住过的地方，就有人间烟火的痕迹，这样的地方能给人以安全感。刚开始的时候我并不怕，爷爷在一边做篾活，我就把牛赶到青草茂盛的地方。后来遇到的一件事情把我吓得几乎脸色发青、魂飞胆丧。我赶着牛走着走着，忽然感觉到脚被什么东西绊了一下，一看是灰白灰白的球状的东西，再仔细看，是人的头骨，我丢下牛群拔腿就跑。我带着爷爷来到这个地方，爷爷证明了我的判断。他对我说：不过是一块骨头，都快变成土了，有什么怕的。

后来我长大了一些，问爷爷为什么要带着我到这两个地方去放牛。爷爷是这样对我解释的：他老了，而我还小，远的山路走不了，只能带着我在离村子不远的近处放牛；再就是这两个地方人们不常去，水肥草嫩，是放牛的好地方。父亲的解释与爷爷的说法完全不一样。父亲对我说："你爷爷就喜欢去这两个地方，他说这两个地方都是先人们在过的地方，他对这些地方有感情，就是不放牛也经常去做篾活。"父亲的说法让我百思不得其解。

七岁以后，我不再跟着爷爷去放牛，而是跟着伙伴们去放牛。这个时候，我独立的“放牛生涯”才算正式开始。

我们村东西南北四个方向的山上都有很好的放牛场，要到哪座山上去放牛，由我和伙伴们一起商量和选择。

东南方向有一座山叫黄家箐。山顶上有一块平地叫豹子坪，平地上有一个水潭叫干龙潭，这是放牛的好地方。在这里放牛，山地平坦、水草丰茂，我们还可以躺在草坪上看蓝天白云，也可以站在山顶上眺望悠悠流淌的澜沧江。这个地方流传着一个故事，说很久很久以前，一头水牛曾经在这里和一只豹子打架，豹子被水牛用弯角顶翻并摁在地上。豹子要反抗又被水牛重重地踩踏一脚，最后豹子被打得落花流水，带着满身伤痕狼狈逃窜。这时，正在龙潭里戏水的一条龙看到了，对水牛说：“都说豹子是山中王，看来不过如此，以后这个地盘就归你了。你不仅要保护好自己，还要保护好你的主人。”后来，这里成了放牛场，只要豹子来，水牛都会发出震荡山谷的吼叫声，豹子听到水牛的叫声就不敢再靠近了。

东南方向还有一座放牛山叫杧果箐，我们喜欢到这个地方放牛。这个地方虽然草深林密，但也有可以供我们睡觉休息的平地。更让我们喜欢的是山上有野杧果树，杧果成熟的季节，我们可以边放牛边爬上树去摘杧果，在饥饿时大饱口福。

西北方向有一座放牛山叫老熊箐。山名虽然叫老熊箐，但早就没有了老熊。虽然没有老熊，但有野兔、貂鼠、野鸡、画眉、斑鸠等这些我们最喜欢的动物。有的时候还会看到成对的白鹇挂在树上打秋千，也会看到公孔雀对母孔雀展翅开屏。放牛的时候，我们用草绳结成扣子去下野兔，带着猎狗去追野鸡、斑鸠，再笨的放牛娃也会捉到钻进草丛里的画眉。

东北方向有一个放牛山叫红土坡。山顶上有一块宽展的平地，可以容纳四五十头牛吃草。站在山顶上不仅可以看到九曲十八弯的澜沧江，还可以极目远眺澜沧、景谷、双江、沧源、耿马等我们还叫不出名的八个县城，这是放牛娃娃快乐的天堂，是我们放飞梦想的地方。山顶上有一棵地质队留下的标志桩，是用水泥浇铸出来的，刚开始的时候，水泥桩旁还插着一面小红旗。我们第一次看到这面红旗的时候，心潮澎湃，激情满怀，敬仰那些不知来自何方的地质队员，能如此翻越崇山峻岭，不辞千辛万苦来到这里。

我说的这些放牛山离村子都比较远，赶着牛走至少要一个多小时，有的甚至要走两个小时。但我们就喜欢到这些地方放牛，这些地方山宽地广、牧草丰盛，是我们心中的“大草原。”

对于我们这些山里娃来讲，放牛既有乐趣又充满艰辛。在童年的经历中，给我们留下了一辈子无法磨灭的印象。

我们山里的放牛娃娃与古代诗人描写的牧童不一样。我们的形象是：头戴斗笠、身披蓑衣、腰里别着一把柴刀、手里握着一根竹棍。我们出去放牛从不带笛子，顶多是脖子上挂着一副弹弓，放牛出去和赶牛归来的时候，我们也不骑在牛背上，只是挥舞着竹鞭跟在牛的后面。牛一生要为人犁田犁地，本来就很辛苦，如果我们再去骑它们，是会遭大人斥骂的。

牛是人类最好的朋友，一生为人类服务，但有时也会干坏事。有一次我和伙伴到黄家箐去放牛，看着牛们津津有味地埋头吃着青草，我们就脱下蓑衣铺在地上，摘下戴着的笋叶帽盖在脸上，放放心心地躺在草坪地上睡大觉了。等我们醒来的时候，我的三头牛不见了。我约着伙伴到处去找这三头牛，几乎翻遍了这座山的沟沟箐箐，连牛铃声都听不到了。这下我着急了，对伙伴说："我的牛丢失了，这该这么办呢？"伙伴安慰我："不要着急，那三头牛肯定是回家了，我们提前把牛赶回家吧。"伙伴说得没错，这三头牛是提前返回来了，返回的路上还把一家人的苞谷地糟蹋了个精光。那天晚上，那家人找到我家，要我家赔偿他家苞谷地的损失，父亲气得用赶牛的竹鞭打了我一棍子。那天以后，我开始对这三头牛怀恨在心。

都说牛是最善良的动物，有的时候也不是这样。有一次，我和伙伴到红土坡放牛，因为那一天我拉肚子，走路就无精打采的。到了半山坡，我实在是走不动了就拽起牛尾巴，让它拉着我走上一程。想不到，那牛可能是烦我了，在我拽着它尾巴走路的时候，猝不及防地踢了我一脚。像铁棍一样坚硬的牛脚踢在我的细脚杆上，疼得我两眼冒金星。

又有一次，牛正在甩着尾巴吃草，我看到一只血吸虫叮在牛背上，就用棍子去挑。想不到，那牛又旋起它那条长长的尾巴重重地打在我的脸上。牛尾巴正好打中我的一只眼睛，使我顿时感觉天昏地暗。回到家后，我就问父亲："这牛，我又没有错，它怎么会用尾巴打我？”父亲对我说：“它不是有意要打你，它是在用尾巴去打咬在它身上的蚊虫。”

土地是农民的命根子，牛是庄稼人的得力帮手，庄稼人爱牛就像爱土地一样。从小放牛长大，尽管被牛用脚踢过、用尾巴甩打过，但我们始终对牛充满着深厚的感情。哪头牛要是生病了，我们都要精心呵护，它走不动路，我们就上山去割草来喂它。过年的时候，蒸好的糯米饭首先要捏上一团喂牛，然后我们再吃。农忙季节，为了给耕牛补充营养，还要喂它盐巴水和酒糟。从那时候起，我们就知道，牛不仅会吃草还会吃饭，只是没有更多的饭来喂它们而已。

读小学的时候，每到放假还得上山放牛。上学的孩子边放牛还要边看书，偶尔让牛去糟蹋庄稼是难免的事。这个时候，父母也不会更多责怪我们，只是要我们小心看管好牛。为了管好牛群，我们有很多办法让牛不要离开我们的视线。牛每天都要喝一次水，我们就在放牛场附近挖一个大水潭，下雨的时候让雨水积满水潭，这样的一潭水十天半月也不会干。牛喜欢吃盐巴，放牛的时候，如果实在找不到有水潭的地方，我们就用盐巴涂在石头上，让牛去添，这样牛就不会走远了。

中学时代，流传着一首台湾校园歌曲——《走在乡间的小路上》，至今我们还记得那歌词：“走在乡间的小路上／暮归的老牛是我同伴／蓝天配朵夕阳在胸膛／缤纷的云彩是晚霞的衣裳……”每当唱起这首歌都让我们对童年时代的生活充满着无限的怀念。

四十多年后的今天，我已经从一个七岁的放牛娃变成了“五十而知天命”的人，我的两鬓已经悄悄染上了白霜。每次下乡，走在乡间的小路上，我还会看到一些放牛娃，还会见到我童年的身影。看到这样的情景，中学时代唱过的那一首台湾校园歌曲便又会在耳畔萦绕。

人老了，什么都会忘记，就是永远忘不了童年时代放牛的那段时光。

串山记

大山深处有人类赖以生存的丰富资源。春回大地、万物复苏，各种可以食用的野菜、野果、野花、野根茎开始萌芽；夏季到来，阴雨绵绵、土地湿润，山间竹笋和野生菌破土而出。民间有一句俚语：“山饱家空”，说的是乡村青黄不接的时候正是山林的野菜、野果和野生菌丰盛的季节。

乡下人有一个说法：“山里的东西，一动就是肉，一绿就是菜”，“大凡天上飞的、地里长的、水里游的只要是无毒都可以当食”。山里人靠山吃山，在贫困的年代要向山林索取一部分食物补给，所以要去“串山。”

“串山”也叫“赶山”“巡山”，“串”的目的是要到山上寻找可以吃的东西。而山上的东西并非人工种养，出去了有可能找到“山珍”，但也不一定会有收获。

每到这个季节，我和村里的伙伴们放学以后就放下书包，像鸟群一样飞进山林。一群娃娃闯入森林，鸟群四散。

哪座山会有哪种野菜，那片林会有哪种野果，鸡纵会在哪一块地里长，蘑菇会在哪一片林子里出，全靠我们往年积累的经验去判断。那些读书不成器的娃娃最有经验，是伙伴群中的“串山王”。

在没有钱，就是有钱也买不到白糖的年代，乡村人以蜜代糖。为了能吃到蜂蜜，我们经常到山上去寻找“挂蜂”。“挂蜂”是一种野蜜蜂，蜂娘比人工饲养的家蜂要小一些，因蜂群悬挂在树枝上做饼而得名。

要找到挂蜂首先要在有水源的沟箐里找到一只飞来喝水的蜂娘，然后顺着这只蜜蜂飞回的方向一路跟踪，直到它飞到它们筑巢的地方为止。挂蜂喜欢在枝叶浓密的树上筑巢，不仔细看不容易找到。如果挂蜂在高高的树干上筑巢，找来的树杆都够不到它，那只好望蜂兴叹了。

蜜蜂受到惊扰会飞来蜇人，采饼前要提前做好防范。简单的防范方法就是脱下衣服包裹头部只露出眼睛，然后再披上一件雨衣遮蔽住全身。这一切做好以后，就找来一根长树枝，在树枝的一头绑上一把干草，用火点燃干草，再把火苗吹灭。把火吹灭的目的是要靠火烟把会蜇人的蜜蜂驱散，等蜜蜂都飞走了才能慢慢把树枝上的蜂饼取下来。

一只蜂饼大的有一两斤，小的才有六七两。运气好的时候，会拿到两三只蜂饼。回到家里，用芭蕉叶包好蜂饼挤出蜂蜜，用石板架在火塘上煎一盘苦荞粑粑，全家人就可以享用苦荞粑粑蘸蜂蜜了。苦荞粑粑蘸蜂蜜是乡村中令人垂涎的美食。吃过苦荞粑粑蘸蜂蜜的人，吃在嘴里，甜在心上，一辈子都会留下甜蜜的回忆。

鸡㙡和蘑菇号称是乡间的山珍。雨季来临，鸡㙡比别的野生菌要早出十天半月，错过了时机，鸡㙡就烂在地上了。山上经常出鸡㙡的地方一般是有固定“坛子”的，找不到“坛子”就找不到鸡㙡。因为大家都认识鸡㙡坛子，所以去采鸡㙡要起得早。去晚了，鸡㙡坛子里的鸡㙡就被别人拿走了。天还没亮，我们就挎着竹篓上山去找鸡㙡，运气好的时候，找到的鸡㙡可以装满一竹篓，运气差的时候，只会找到两三朵鸡㙡，甚至连一朵鸡㙡也找不到。

采得鸡㙡来，用刀片刮去根部的泥土，再用清水洗净便可烹饪。鸡㙡可炒可煮，均为美食。鸡㙡烂饭香甜可口，堪称佳肴。鸡㙡分小鸡㙡和“大黄朵”，小鸡㙡只有杯盖大小，口味更佳，大黄朵状如小伞，没有小鸡㙡好吃。

鸡㙡、蘑菇出自深山密林，吸纳天地之灵气、日月之精华，一年能多吃上几顿鸡㙡菜肴，人都会更加神采奕奕。

那个年代，人们为了吃饱肚子只顾忙着盘田种地，园圃地里有几棵果树，那果子还没来得及成熟就被小孩偷摘精光。为了能吃到水果，等秋天到来，我们就去串山摘野果。澜沧江边的山上最多的是野杧果树，野杧果香、酥、脆、甜，就手剥掉绿皮就可以啃吃。野杧果长在高高的杧果树上，丰盛期的杧果树用双手都合围不过来，小孩是攀爬不了的。这也不用担心，因为成熟的杧果遇到一阵轻风就会掉下来，去串山摘野杧果，不用爬树，在地上捡掉下来的杧果就可以了。捡来的杧果吃不完还可以背到街上去卖。一竹篓杧果可以卖两三块钱，卖了杧果，读书用的书纸笔墨钱就不用愁了。

去串山还可以上山捉鸟、下河捕鱼。在缺少肉食油腥味的年代，如果能捉到一只斑鸠或捕到一两条河鱼，也算给全家人打了一次牙祭。

串山是有趣而又快乐的，但串山人的苦也只有串山人自己知道。跋山涉水、穿越密林之苦不用说，每次去串山不是衣服被树枝撕烂就是脚手被荆棘划破。串山的季节多半在雨季，破烂的蓑衣遮蔽不住全身，串山回来，整个人就变成了落汤鸡。

串山的经历给自己留下了一辈子的记忆。人到一定年龄容易多愁善感，每次回家，心中总会升起无限的感怀。隐隐青山是故乡，回想当年泪汪汪。

走进老家的山街

一

每年春节回家都要经过家乡的一条山街。到了那条山街，就会遇到老家的人。无论回家的路有多遥远，走进那条山街，顿然会感到一身轻松，心情愉悦。久违后的亲情总会让心底生起母爱般的暖意。

那条山街即便不繁华，却也十分热闹。不同年代的建筑鳞次栉比地分布在街道两侧，以淳朴的方式彰显着一个小集镇或久远或现代的历史。商铺多半是瓦屋顶和铁皮棚，对于离现代城市遥远的山村人来讲，这样的小集镇算是一个“城”了。这个小集镇就是乡政府所在地——大文山。

居住在这个小镇上的人早早地就在这里摆摊，沿街撑起一长排红伞。阳光下，色彩鲜艳的红伞映红半边山街，琳琅满目的商品让人眼花缭乱，招揽生意的吆喝声和驴叫声此起彼伏，双卡录音机播放的流行歌曲让人心潮澎湃。这是 20 世纪 80 年代初在改革开放中崛起的山街。

这条山街过去是七天一个赶集日，后来改成五天。把赶集日由七天改成五天，仿佛让乡村人与城市的距离缩短了许多。一辆辆小货车载着乡村人稀罕的农用物资和生活用品小心翼翼地驶入人群拥挤的街道，同时也把城市的气息载入这个小山街。城市与乡村的分水岭在这里变得界线模糊，许多乡村人走进这个小山街以为自己走进了城市。

那个时候，各村到这条山街上还没有通公路。我们村离这条山街最远，来这里赶街要走两三个小时的山路。到了街上，已是阳光灼热的正午。

老家人淳朴但也爱面子，来到街角要找一个僻静的地方，到一个公家的单位扭开人家院子里的水龙头洗一把脸，同时把一路拎着的塑料凉鞋套在肥厚的脚掌上。老家人很识抬举，说出门要有出门的样，赶街要有赶街的样，不能灰头土脸，赤露双脚在人家的地盘上丢人现眼。

最让老家人尴尬的是不敢进入街上那些白墙青瓦盖出来的厕所，老家人那个时候住的还全部都是茅草房，他们怀疑，那比人住的房子还好的地方能去拉屎拉尿吗？内急了就只能远远地跑到离街上足足有一里多地的一片小松林里去解决。明明厕所就在街道旁边，墙上也写着男女二字，老家人总说上街内急不方便。

老家人相对固定地选择在街道的一角集中摆摊，一个村子里来的人在同一个地方做买卖好相互照应。老家人摆摊的地方，旁边有一棵老杧果树，也许是树太老了，只见开花不见结果。杧果树虽然高大，但没有几片叶子，也起不了多少荫凉作用。但毕竟是一棵树，树是可以依靠的，在这棵树下摆摊，也许心情就会安稳许多。我们这些从城里回来的人，要找老乡就到杧果树下找，那棵杧果树上稀稀拉拉地挂着老家人的蓑衣、斗笠和用土布缝制出来的挎包。

老家人到街上摆摊自然没有遮阳用的红伞，男的头戴一顶笋叶帽，女的头绕一块蓝头巾，以抵御阳光的灼热。没有货架，在地上铺一块塑料布或蛇皮口袋，背来的山货就在塑料布或蛇皮口袋上码放着。

这条街位处山梁的风口处，山风吹来，尘土飞扬，露天摆摊的人不时要拉起衣角蒙住眼睛。老家人说，经常到这里赶街会害风眼病。我曾到中缅边境上采访过邻国的战事，老家人这身行头坐在那里讨生计，禁不住让我联想到战争国家逃离家园的难民。不过，这里我要说明一下，老家人赶街卖东西是为了更美好的生活，老家人是永远不会逃离自己家园的。

老家人带来的东西多半是卖不了几个钱的山货。有竹编的背篓、簸箕；有草编的筶帚、扫把；有地里种的瓜果蔬菜；有山上挖来的黄筋、毛薯。十天半月也会有人上街卖上一头小猪或几只土鸡什么的。那个时候，老家人还没有所谓的商品意识，上街卖东西只是为了换取生活必需品。

在那个年代，卖一头黄牛，算是一桩大买卖，一两年才会偶尔遇到一次。不是生活所迫，迫不得已，老家人是不会卖黄牛的。因为我要远离家乡外出读书，为筹集盘缠，父亲曾在这条街上卖过我家的一头黄牛。我记得父亲把牛赶出圈门的时候，母亲曾经悄悄地流下眼泪。父亲在街上把牛卖了回到家的时候告诉母亲：我家的这头牛找到了一个好人家，那家人也是种田种地的，不是做牛生意的，买牛为的是犁田犁地，不是买去杀了卖肉。我和母亲都相信父亲说的是真话。因为父亲说，买牛的那个男人和他一样宽脸庞、厚嘴唇，臂膀健壮，手掌上有老茧，脚上也穿着一双塑料凉鞋。

老家人怕生，讲汉语又不流利，在街上卖东西总不敢吆喝，见到那些穿扮时髦一点的城里人（其实是镇上的人）来买东西还会畏畏缩缩、躲躲闪闪。明明是最生态、最新鲜的瓜果蔬菜，价格也很便宜，非要等到太阳落山了还卖不完。那个时候，镇上也有卖蔬菜的女人，为保持蔬菜新鲜，她们用饮料瓶装着水，不时地在蔬菜上喷洒。我们老家人不会搞这一招，他们知道，那被太阳晒过的蔬菜，再往上面喷水，不仅重量会增加，储存一定时间就会变质，煮出来也不好吃了。在蔬菜上喷水那是缺德的事。

那时老家人上街卖点东西不算做生意，按质论价，找点小钱贴补家用而已，他们从不算计自己卖的东西要赚多少钱。我是本村的人，老家人对我很亲切，只要我路过他们面前，他们就要一个劲地往我的包里塞些能生吃的瓜果类的东西。在街上，我从不敢与老家人提“钱”字，给他们钱，他们会觉得伤了我和他们的感情。有时拿了他们本来要卖成钱的东西，总觉得实在过意不去，就硬是往他们包里塞几颗糖果、几块饼干，他们舍不得吃，小心翼翼地藏在包底，带给家里等着解馋的孩子吃。

我最喜欢吃老家的黄果，那可以卖 5 毛钱一个的黄果，让人咬一口就会从心甜到肺。记得我第一次带着自己心仪的女孩回到老家的那条山街的时候，来卖黄果的四姨妈硬是塞给了我们每人一个黄果。那女孩吃后，甜美的笑容比黄果还灿烂。香、酥、脆、甜是家乡老品种黄果的特点，在后来的日子里，吃到这种黄果总会让自己想起那段遥远的初恋。

老家那个地方没有什么更多值钱的东西，急需用钱的时候不得不卖上一点本来就不够一家人糊口的粮食。苞谷是老家人的主粮，镇上的人却是用来喂鸡的，把苞谷卖给小镇上的人，小镇上的那些女人吃了自己喂养的土鸡肉，个个长得比下蛋母鸡还红润。

一担百来斤的苞谷从 20 多公里地的村子挑来到街上卖，价格好的时候可以卖 50 元左右，价格低的时候就只卖得 30 多元钱，按现在的物价，还不够买一只母鸡。若是路上突然遇到下雨，苞谷被雨水淋湿了卖不出去，就只能又挑着比来时更沉重的苞谷担子回家。

镇上的人说，在街上哪些人是我们老家那边来的人看一眼就能认出。他们说，我们老家那边的人皮肤黑、眉毛黑、牙齿黄、嘴皮厚，不穿黑衣服本来就够黑了，再穿上黑衣服，个个都像武打片里的黑衣班一样。但镇上的人不欺生，对我们老家人评价很好，他们说我们老家那边的人实在，卖东西从不会短斤少两，买东西也不会讨价还价，多给一分钱从来不要，少给几毛钱也没什么。他们说老家的乡亲们“人黑心不黑”。

镇上的人还说，我们老家那边的人，即便是不穿着黑衣服，听口音就能认得出来。老家人说话总是带着浓浓的方音，刚中带柔，刚柔相济。男人讲话带着铜锣的铿锵，女人讲话像风铃一样轻柔。最有特点的是呼唤同伴的时候，那轻柔绵绵的尾音不像是在说话而像是在唱歌。老家人与汉人交流，一半是汉语，一半是本民族语言，要附带一定的手语，对方才能听懂。曾经到我们村下过乡的工作队员说，到这个村子和村民交流要学会用手来说话。这个村的少数民族土语就是在上十年也学不会的。

镇上的人还说，我们老家那边的人，不用看服饰，也不用听声音，凭气味就能闻得出来。他们说，路过老家摆摊的地方，老远就能闻到一股酸笋味。

老家人喜欢吃酸笋，凡煮菜和炒菜都要放酸笋。那种笋子是澜沧江边深箐沟里生长的一种竹笋，老家人称江竹笋。笋子萌发的时候，从山上砍来，去皮，剁碎，腌制在坛子里，过一两个月就可以当菜食用了。过去生活困难的时候，煮菜、炒菜没有油，在煮和炒的菜上配放一勺酸笋，那菜便会酸甜可口，清香回味。酸笋菜增加食欲，解暑清肠，直到现在，老家人都还在吃，汉族人说酸笋是江边山人的锅底油。酸笋这东西，好吃但味重，吃过酸笋的人，一天到晚汗液中都会散发出酸笋的气味。村子里，晚上准备出去约会的小伙子和小姑娘一般都不会吃酸笋的，那酸笋味会坏了他（她）们亲热时的气氛。

所谓赶街就是赶集，老家人上街赶集，赶的是乡村人的柴米油盐，赶的是乡村生活的酸甜苦辣。一代又一代的老家人上街赶集，赶出了乡村的历史，也赶出了乡村人的命运。

村里的三大伯，都 60 多岁了，还经常挑着担子步行三个多小时来街上卖东西。三大伯身材高瘦，脚杆细长，走起路来裤管生风。据村里的人说，我们村到县城至少也有 100 多公里路。1958 年，三大伯还年轻的时候，从我们村步行到县城挑橘子苗，当天就可以返回。从县城返回到村子的时候太阳都还没有落山。

三大伯是我们村子里弄竹编的巧手，会编背篓、簸箕、筛子，还会编大大小小的竹篮。据说三大伯编的一种用来存放菜籽的竹箩，手工非常细密精致，这种竹箩用来盛水都不会漏。三大伯编的背篓，村里的女人们特别喜欢，他编的背篓用料精挑细选，做工认真细致，背在身上柔滑舒适。

三大伯白天做农活，晚上编背篓从不点灯照明，凭手感就能让锋利的篾片在指间飞针走线地穿梭。三大伯练就的这一双好手也是为生活所迫。他的妻子十几年前就过世了。家里上有八十多岁的老母，下有三个正在读书的孩子，一家人的生活担子全部压在他一个人的身上。按他的话说，这背篓里装的是一家人的温饱和冷暖。

三大伯有一年编背篓，不小心让竹片划破了手指，伤口严重感染，得了破伤风。那一年，三大伯整整病了三个月。家里的人都劝他别在编竹器了，但他还是照样编。他说，日子就像编背篓一样，是一圈一圈地编出来的。不编这背篓，那日子还将怎么过。

三大伯心地善良，生活困难的人家，他就是拿不到一分钱也要把编好的背篓送到人家家里。那些拿过背篓的人家也是懂得知恩图报的，没有钱就用一些苞谷、黄豆满满当当地折抵给三大伯。在大集体年代，三大伯家都不会断粮，真是应了乡村人的那句话：天干三年，饿不死手艺人。

三大伯编的竹器在街上也好卖，那些小镇里的女人抚摸着三大伯编的竹篮，左打量，右掂量，像抚摸着孩子的脑瓜。小镇上的女人称三大伯是篾匠大伯，她们说，篾匠大伯的手指细长细长的，可以绣花绣朵。三大伯不以为然，不好意思地摩挲着满是老茧、比冬瓜树皮还粗糙的手掌。

三大伯的这双手掌留下了一道道篾片划破的伤痕，这些伤痕与掌纹纵横交错，使乡村人向来用以预测命运的掌纹变得杂乱无章。不过三大伯不相信命运，只相信规则。他说，命运也是有规则的，就像这竹篓里的一圈圈篾片，编成什么样的竹篓全在掌控中。事实也证明了这一点。三大伯编竹器卖得的钱都用在三个读书孩子的身上了。三大伯的三个孩子一个考取了大学，一个考取了中专，一个高中毕业后回家务农，三大伯家率先成了我们村的秀才家庭。老家人都说，三大伯的孩子真是箩比筐圆、笋比竹高。

村里的老四哥，每街都要挑着松明子到街上卖，村人给他取了一个外号叫“明子老四”。松明子是用来点火照明的，在不通电的年代，家家户户都需要。后来通电了，只是烧火煮饭时用来助燃。通电后的十几年，电饭锅还没有普及到的那个小镇，大家都还在烧火煮饭，明子在街上也是好卖的。海拔高的山区也有松树，但那些松树不会长明子，就是长出明子也点不着火。只有我们澜沧江边一带才有能长出肥明子的松树，明子在街上算得上是一种稀缺货。

卖明子的人不仅是老四哥一个，但老四哥卖的明子最好，别人的明子一担只卖得 3 块钱，老四哥的明子可以卖四五块钱。老四哥卖的明子都是从澜沧江边向阳地的松林里砍来的，这些明子，质地坚硬，松脂多，起火时容易点燃并且耐烧。小镇的人喜欢老四哥卖的明子，两袋烟的工夫，一担明子就卖完了。

老四哥读书读到高中，回家后不太会经营农活，地里的庄稼伺候得也不怎么好，种出的粮食经常不够吃，一段时间里，情绪很低落。但老四哥毕竟读过书，眼界也放得开阔。他相信天无绝人之路。他喜欢到人迹罕见的江边松林里赶山，一上山准能砍到别人打着明子火把都找不到的肥明子松树。老四哥就这样每天每月上山砍明子，卖明子的收入足够贴补家用，是明子照亮了他的生活。

老四哥膝下有一男两女，后来都外出打工去了，他们过不惯明子火把照出来的生活，喜欢灯火辉煌的城市。三个孩子三条路，走着走着，分别走进了北上广。三个孩子在外面成家，几年都不回来一次，偶尔回来一次都跟父母讲起普通话来。老四哥的小女儿回来那年，村子已经通了电，女儿对他说，这都什么年月了还在砍明子卖。他告诉女儿，那电灯虽然光亮，但那光很冷，只有明子火把照着的人家才是温暖的。老四哥一个人在家的时候，从来不开灯，就是要看一些农事方面的书也要点燃明子火把看。他说，一辈子就习惯了点明子火把照明，那电灯太亮太刺眼。

村里的老五舅卖的东西和别人不同，他卖的不是山货，是乐器，也不是什么稀罕的乐器，就是山里人能够就地取材的二胡和竹箫。他经常上街卖自己做的二胡和竹箫。有的时候，一天到晚也卖不出一把二胡和一支竹箫。

在这条山街上，虽然人们不太喜欢他卖的东西，但他想得开，正如他自己说的那样，乐器这东西是清闲的时候用来玩的，人连饭都还吃不饱，哪能想到玩呢。

老五舅读过初小，喜欢音乐，乡村寂静的夜晚总能听到他的箫声和二胡声。老五舅家里很穷，都三十多岁了还找不到婆娘。晚饭后人们都出去找伙伴玩去了，他不喜欢出去，就在家里学着拉二胡，后来又学着吹起了箫。他拉的二胡和吹的竹箫旋律幽怨而凄美。听到他的二胡，老年人会流泪，年轻人会伤感，不懂事的小孩也会瞪大好奇的双眼。他吹奏出的箫声更是愁肠婉转、如泣如诉，那划破夜空的箫声仿佛要把星辰摇落。

老五舅后来找了一个外村的女人，听说那女人不检点，和一个赶马人不明不白地来往。老五舅听到风声后，不再拉二胡和吹箫了，就闷在家里天天喝酒。家里的苞谷全部都拿去换酒了还不够他一个人喝。后来，老五舅得了酒精肝，患了肝癌晚期死了，人们再也听不到箫声和二胡声。一段时间里，整个村寨仿佛陷入死一般的寂静。

在赶集的人群中，最孤单的是驼背阿婆。驼背阿婆年轻的时候并不驼背，是苦难的生活压弯了她的腰背。驼背阿婆早年死了丈夫，一生无儿无女，没有男人，生活就更艰难。每到赶集的日子，驼背阿婆就要佝偻着身子背着香蕉到街上卖。驼背阿婆一个街日卖三四串香蕉，一串香蕉可以卖得一两块钱。卖了香蕉后，就买些盐巴、酱油之类的东西回来，日子就这样打发着。

驼背阿婆虽然一生无儿无女，但心地很善良，遇到哪家孩子馋了，就递给一个香蕉。我们村 80 多户人家，没有哪家孩子没有吃过驼背阿婆园圃地里种出的香蕉。我们村只有驼背阿婆的园圃地里种着香蕉，在饥饿的年代，是驼背阿婆的香蕉让我们苦涩的乡村有了些许的香甜。

驼背阿婆上街的时候从不穿鞋子，不是穿不起，是怕穿着鞋子走路打滑。因为年老体弱，身体又带残疾，赶集路上总是落单在后，等背着香蕉到街上的时候，已经是别人吃午饭的时间了。

驼背阿婆现在还活着，去年已是 106 岁，是我们村最长寿的老人。驼背阿婆现在还能自己走路，也还能自己煮饭吃，虽然列入“五保户”，更多的也不麻烦村里的人。对于百岁老人，现在政府都有补助，看上去，现在的驼背阿婆好像已经不驼背了。

老家人赶街赶到一定的时候，该卖的东西卖完了就要约着一起吃午饭。米饭是从家里就带去的，在街上买上一碗米粉或一碗牛肉汤就凑合着在一起吃。

那条山街卖的牛肉汤作料充足、麻辣爽口、味美汤甜。那个时候，一碗牛肉汤才五毛钱，老家人在街上吃一碗牛肉汤不算奢侈。我吃过那牛肉汤，确实要比现在吃的牛肉汤鲜美得多，以至让我至今在任何一条山街上闻到牛肉汤还会回想起当年。我参加工作后的第一年回家路过那条山街，正好遇到老乡在街上吃午饭，那天吃饭的人很多，足足有十五六个，我掏钱为他们买了十几碗牛肉汤，老家人在感激中吃得酣畅淋漓。

那一天请老家人吃牛肉汤，是我一生中从未遇到过的最自豪、最幸福的事情。一碗牛肉汤竟然让老家人念念不忘地夸奖我心系百姓冷暖，关爱父老乡亲，小小年纪就像人民群众的父母官。那个时候，我不过是县委宣传部的一个小小的办事员而已。

路途远，老家人赶街赶到下午四五点钟前就要赶快返回。回来晚了，黑灯瞎火的，摸不着路。老家人上街有一个习惯，去的时候可以有先有后，但回来的时候，大家一定要一起回来。这也是老古辈就留下来的习俗。出门在外，哪个人因为水土不服，有什么头疼脑热的，大家好有个照应。这样一来，上街的时候就要有一个组织者，老家人戏称这个人是“街长”。“街长”是大家临时推荐的，一般是年轻力壮一点的男人。“街长”对大家很负责，会安排年轻人帮助老弱病残的赶街人挑东西，路上自己要走在最后一个，不让村里任何一个赶街人落单。有一次，驼背阿婆上街崴了脚，是“街长”和村里的一个年轻人轮换着背回到家的。后来，这个“街长”成了我们村的村长，另外那个年轻人也成了我们村委会的文书。都说好人有好报，村里的人都说，这两个人之所以有今天全都是托了那位驼背阿婆的福。

赶集日是乡村最热闹、最温馨的日子，这一天，上街的人都要买上一小瓶酒和一小块肉给在家里等候着的老人和孩子打一点牙祭。夕阳西下、夜幕降临，整个村寨剁肉的案板声此起彼伏，故乡的炊烟中弥漫着酒肉的飘香。

二

除了江边山地的那些路，我和老家人走得最多的就是去往山街的那条路了。那条路是我去读中学的必经之路，也是老家人进城的必经之路。我得感谢这条山路，是这条路改变了我的命运，也是这条路打开了老家人眺望山外世界的窗口。

老家人沿着这条路走到了山街，这才发现：乡村人不一定要死守村庄才能生存；把家里养的猪赶到山街上去卖，同样可以买到布匹和粮食。老家人还发现：乡村人之所以贫穷是把生产出来的粮食和饲养出来的猪、鸡便宜地卖给了城里的人，城里人又把杀出来的猪肉和用粮食酿出来的酒昂贵地卖给了自己。这一发现使老家人不顾路途的遥远频繁地走进那条山街。

去赶山街的这条路从我们村尾出发，途经三四个村子，跨越两座大山，沿途还要过两条大河，全程 30 多公里。大人一般要走三个多小时，我们小孩要走四个小时，遇到河水暴涨的季节，要等候天晴水退或绕道而行，起码要走一天。

20 世纪 70 年代以后，我们村已经有许多人到山街的这所中学里去读书，通过读书，找到了工作，走出了山外。到我读书的那个年代，村里已经有三四十个人在外面工作。这些人有的是在县上、乡上当干部，有的是在工矿企业当工人，有的是在学校里当老师，端的都是铁饭碗。他们令人羡慕的身份和职业都让我们这些正在读书的孩子充满了向往。

我有一个叔叔是在县里的一个部门当干部的，他每年要回家一两次，每次回来都会来到我家和我父亲聊天。这位叔叔对父亲说：时代在发展、社会在进步，我们乡村人没有文化是不行的，再穷也要供孩子读书。这位叔叔给家里买来一些糖果的同时，还给我带来一些他看过的书。我记得这些书都是那个年代最流行的书，其中有《钢铁是怎样炼成的》《青春之歌》《林海雪原》等文学名著。从那个时候起，我开始爱上了文学。

这几本书来之不易，我也知道爱惜。晚上睡觉的时候，我把它们小心翼翼地放在枕头边上，白天出门的时候，我用一张油纸把它们包裹起来然后再放进书包。在看书前把手洗干净，决不让它们染上一丝污垢。后来，我养成了看书前洗手的习惯，看书的次数多，洗手的次数也多，我发现我的双手，尤其是掌心和五指比别的同学的更白净。别的同学的手不是黏着鼻涕，就是粘着污垢，唯有我的小手是干净而又光滑的。父母说，这双手不是干农活的手，让我好好读书，靠书吃饭。“靠书吃饭”，在那年那月那地方，那是何等的奢侈。

也许是受到那几本书的影响抑或是受到父母的那句话的刺激吧，青少年时代，我就喜爱上了读书和作文。在读初二的时候，我破天荒地收到了五元钱的稿费，老师和同学都对我刮目相看。有一年我参加全县中学生作文比赛获得了一等奖，大文中学的全体师生在一个雾蒙蒙的早晨为我举行了隆重的颁奖仪式。那天早晨，彭绍闵校长和李智贵老师紧紧地握着我的手，一股暖流通过我的五指和掌心流过我的全身。

我是 1980 年到这所中学读书的。那个时候，我们那个地方虽然已经开始包产到户，但是由于澜沧江边的自然环境恶劣，生产生活条件差，我们村还是很穷。农村人别说用钱，就是饭也都还吃不饱。开学的那天，我还穿着补丁衣服去报到。读中学的时候，因为每个星期都要回家拿伙食费，我不得不拖着疲惫的身躯走这 30 公里的山路。其实，我走的不仅是 30 公里。那个时候，我星期六下午回家，星期天早上就要返回我读书的那所中学，一个星期来回一共是 60 公里。

从村子出发，跨过一条河，翻过一座山，过了大概是一个小时，我和村里出来读书的伙伴就到了一个叫土城村的布朗族寨子。这是一个古老的布朗族村寨，村寨周围草深林密，古树遮天蔽日，我们走的路正好经过这个村寨的神林下面。这片神林是一片古老的原始森林，民间把它传说得神乎其神、阴森可怕。每到这里，我们都要在拴着红线的神树下磕头祷告，祈求一路平安。

据说，这片神林非常灵验。周围的村寨，凡有病有灾、凡婚丧嫁娶、凡不能生儿育女、凡庄稼受灾、凡饲养牲畜不顺都要去求拜。只要去神林求拜了，一切都会化险为夷，转危为安。有一次我得了一场重感冒，久治不愈，父母请村里的巫师给我掐算了一下。巫师说，我可能是触犯了神林。经过仔细回忆，我才想起，那一次我确实是在神林下面随手折断了一根树条做行路用的拐杖。第二天，父母抱着公鸡、拎着供品，带着巫师到这片神林为我祷告。也是很奇怪，此后，我的病情立即好转，第三天我就能够按时去上课了。

走过了这片神林，我们就要去爬行一座叫“马蜂腰”的山峰。这座山是这条路要跨越的最高山峰。与布朗族村寨的海拔高差有 1000 多米，从山脚到山顶至少要走一个半个小时。这座山也被老家人视为神山，山上的每一棵古树、每一道沟壑，甚至是每一条溪流也都充满了传奇的色彩。爬这样的山不仅要有好的身体，还要有耐心、有毅力，否则，下午 5 点钟以前不能按时到山顶，就要一路摸黑着下山。长大了以后我才知道，这座山算得上是我家乡的一座名山，历经百年的民族起义、解放战争时期的剿匪战役都以这座山峰为据点，这是兵家必争之地。

直到现在，森林中还可以看到打在树上的弹痕和战壕的遗址。

爬到山顶，我们要休息一段时间，调整好身体，恢复了体力以后才开始下山。常言道：上山容易下山难。下山的时候，头顶冒汗，两腿瘫软，走路时用发抖的双脚一步一探的动作像患小儿麻痹症的人在走路。经过一个小时左右的下坡路，我们才走到了相对平缓的路段。在一个叫“陶二寨”的地方有一座古桥，桥上建有凉亭。桥下的小河碧波荡漾，流水潺潺。我们可以在凉亭上休息一段时间，吃着家里带来的干粮，欣赏小桥流水的风景，解除一路的疲乏。

从“陶二寨”这个地方再走一个小时左右的平路，下午6点钟左右，我们就赶到读书的那所中学了。这个时候，已经是夕阳西下，红霞映天的傍晚了，各村寨来的同学也都纷纷汇聚到了中学校园。匆匆忙忙地吃了晚饭后，高音喇叭里播放出的台湾校园歌曲《走在乡间的小路上》，伴随着晚自习的钟声又在我们耳畔萦绕。

冬日的暖阳

一

那年冬天，地处澜沧江边的南矮村一连下起了十多天的土黄雨，半个多月的时间里没有出过太阳，老天整天哭丧着阴沉沉的脸，长着枯草的田埂上覆盖起一层盐粒似的白霜。这个季节正是翻耕轮歇地的节令，透过灰蒙蒙的冬雾，可以依稀地看到江边山的缓坡地上密密麻麻地分布着扶着犁铧耕地的男人和跟在后面用锄头松土的女人。在那个大集体时代，生产队长在地头敲响的铜锣便是号令，一声令下，犁铧如梭，银锄飞舞。山坡和河谷中，赶牛的吆喝声和劳动的号声此起彼伏。耕牛与犁铧，男人与女人，土地与人民，在苍茫的大地上演绎着劳动的赞歌。这是到了 20 世纪 80 年代初期还可以看到的澜沧江西岸农民原始耕作的图景。

1981 年 1 月，这是有史以来江边山最寒冷的冬天。这一年冬天，从未下过雪的江边山的天空竟然纷纷扬扬地飘起了鹅毛般的雪花来。尽管犁地和松土这样的体力活计可以让人们出一点汗，增加一些体内的温度，但从江面上吹来的冷风还是禁不住让人打起寒战来。由于天气过于寒冷，村里老、弱、病、残的人都不再下地干活了，只有体力强壮一点的劳动力出去挣工分，每家都有留在家中烧火煮饭的人，村子里从早到晚都飘散着袅袅的炊烟。再苦的日子也要过，再难的生活也要熬，也许这便是所谓的人间烟火。

因为苦熬了半个月的土黄天，有的人开始借天气指桑骂槐地发牢骚了。经生产队干部集体研究，决定利用白天时间全村放假烤火开会一天，地点选择在生产队的会议室里进行。“放假烤火开会”看来是这个地方的一大创举，既可以让大家休息一天，还可以开会和烤火取暖，做到了休息、开会、烤火三兼顾，这就避免了本村与其他村的人在劳动竞赛中“劳动不积极，思想有问题”的嫌疑。这个事情决定后，队长下达命令：每户人家的男人必须带来一块麻栗树柴，在会议室的大院里分别燃烧三堆篝火，全村男女劳动力全部围着火塘参加开会，没有特殊情况不得请假。这样一种体现人性关怀而又别开生面的会议形式在这个村的历史上还是第一次。乡村人一年四季都要忙着地里的庄稼活，很少用白天时间开会。既然在白天时间开会了，会议内容肯定非同一般。

会议室外的那个露天会场里，随着柴火噼里啪啦的炸响声，三堆大火熊熊燃烧起来。在那个“抓革命、促生产”的年代，利用白天时间烤火开会可真是难得的享受。于是，那些平时懒散惯了的几个人便以烤火为由在火堆旁摆起了各种滑稽的“造型”来，那坐立的姿势有的像猴抱冬瓜，有的像箐鸡摆尾，有的像水牛打架。因为人多，大家都争着靠近火塘取暖，你推我挤的，场面难免有些混乱。队长大声吆喝：“严肃点！今天的会议有重要的内容，要传达中央精神。”有人听到这话就在一旁哈哈大笑：“队长，你大字不识一个，怎么传达中央精神呀？”队长回答：“今天的会议很重要，由我们村的支部书记亲自来传达上级的指示精神”。听说支书要来，大家都不敢放肆了。村支书是一名当过兵回来的退伍军人，不仅有高小文化，还见多识广，别看他快 50 岁了，凭他虎背熊腰的身材和当兵时练就出来的好体力，他一个人可以搬得动簸箕一样大的石头，挑一百多斤的担子他连眼睛都不眨一下。在这个村里，他对工作认真负责，办事公道，人人都敬畏他三分。这个人说话语言也很刻薄，对于那些懦夫懒汉之类的人他会毫不留情地骂道：“庄稼人好吃懒做，不想干活，那就去喝西北风吧。”不过，这个人口毒心好，哪家有大事小情的他都要去帮忙，大家都清楚，他一个月 15 元的工资多半都是用来接济那些困难人家生活的。按他的话说，“花这点钱去赢得民心，值得。”这是一位好干部，据说他在任的这十多年，再困难的时期也没有饿死过人，村里上交公粮的任务年年完成，那些贫困户、五保户都是他帮扶的重点对象。

那时的村干部精神面貌和个人魅力就是非同一般。支书进来了，人们都像迎接上级领导一样不约而同地站起来。支书就是支书，其仪表风度就是和别人不一样。他穿一套中山装，戴一顶草绿色的军帽，五个纽扣扣得整整齐齐的，上衣袋里插着两支钢笔，下面的衣袋还别着一本红皮笔记本，手上捏着一张报纸，活脱脱一个中央首长的模样。他没有和大家一起烤火，而是直接走到用一根龙竹搭成的“主席台”上坐下来。会议正式开始了，主持会议的队长宣布：“让我们用热烈的掌声请支书做重要讲话。”于是，会场里发出打响笆一样的掌声。

这年冬季，江边山破天荒地下起了一场大雪，大家都说这是瑞雪兆丰年。队长也说，这次开会就是要传达党和政府给人民群众带来的福音。在这之前，他就在村里放出消息：“最近，村里要召开一个十分重要的会议。”会议究竟怎么重要，他闭口不讲。他说：“这么重要的会议，只有支书才有权利传达。”

支书带着激动的表情和洪亮的声音开始讲话了：“乡亲们，今天我们召开这个会议非常重要，我们要传达农村改革的新政策。这个政策涉及千家万户和我们每个农民的根本利益，根据上级的决定，农村要实行家庭联产承包责任制了。”刚开始的时候有的人对这个新政策含混不清，一头雾水。他接着就给大家解释：“所谓的家庭联产承包责任制就是包产到户，把田地按产量套面积计算出来，以家庭为单位，根据人口的多少来划分田地，全村所有的田地除了留下几亩做集体机动用地外，其他的全部承包到一家一户。这样搞以后，会激发大家的积极性，提高劳动生产效率，增加粮食产量和经济收入，多劳多得、少劳少得、不劳动者不得吃，生产出来的粮食交够了国家的，留足了集体的，剩下的就是自己的了。”经支书这么一讲，闹嚷嚷的会场开始变得鸦雀无声。会场安静下来后，支书开始拿出报纸一字一句地宣读。支书边读边讲，会议一直进行到放牛小孩赶着牛群进村的时候都还没有结束。人们边烤火边听支书讲话，没有一个人中途离开过会场，整个会议沉浸在暖融融的气氛中。

讲着讲着，突然有人站起来喊道：“大家快看，太阳从西边出来了！”支书以为有人要开始起哄，故意破坏会场秩序，并用命令的口气大声地对那个人说：“你给我坐下！中央精神关系到你的吃饭问题，如果弄不明白，你这一辈子就等着做穷光蛋吧。”那人抱着头羞愧地坐了下来。

经这个人这么一喊，支书也不由自主地用左眼瞄了一下西山头，这时他果真看到一轮太阳像小姑娘羞涩的脸庞一样冒出了西山顶。看到这情景，他兴奋地对大家说：“乡亲们，老天真的出太阳了，天气要开始暖和了。”这个快要落山的太阳好像使出了浑身解数，慢慢地挣脱了厚厚的云层，把金色的光芒洒向村头的那一排农舍，洒向村外那一片苍翠的松林中。

这天夜晚，整个布朗山寨灯火通明，人们沉浸在对未来幸福生活的美好憧憬之中。但对于包产到户，有的人还是心存疑虑：“这包产到户不就是像过去一样搞自由单干吗？这不等于辛辛苦苦三十年，一夜回到解放前了吗？”支书给大家解释：“包产到户与搞自由单干不同，包产到户以后土地所有权仍然是集体的，农户拥有的只是经营权和管理权，再说，生产出来的粮食还要卖成钱以后给集体交提留，保障最基本的集体经济。”有的人就说：“包产到户以后生产队长靠边站，个人想怎么干就怎么干。”支书说：“包产到户以后，我们搞的还是社会主义的集体经济，走的还是社会主义道路，既是这样就要听党话、跟党走，村干部照样还得要配备，是大家的领头人。”经支书这么一讲，大家似乎明白了许多，包产到户政策得到了多数人的赞同。

二

当天下午，县、乡派来的工作队就进驻村子。来的人多，大家都在村委会那个地方打通铺，往日冷冷清清的村委会变得热闹起来。这些人来以后，自己砍柴挑水，烧火煮饭，一点也没有大干部的架子。有一位公社来的干部，看上去是职务高一些的领导，穿着中山装，戴着眼镜，上衣袋里还揣着一只怀表。父亲说，这个人是公社党委副书记，姓赵，人们都喊他赵副书记。赵副书记一进村就四处转悠，还东家出西家进的在农户家里问这问那。父亲说，他这是去调查了解情况。记得赵副书记也来过我家，问我家有几个人，有几个劳动力，家里一年分得多少粮食，年底分红的时候分得多少钱。母亲回答他：“一年分得的粮食够吃七八个月，年底分红的时候分得 12 块钱。”那个时候，我已经读小学五年级了，我可以在平时的生活中感觉到像我们家的这种情况，算得上是中等收入的家庭了。我听父亲说过，我们村 60 多户人家，有 30 多户农户粮食不够吃，有 20 多户农户年底分红的时候“倒挂”。所谓“倒挂”就是平时生活困难，借支集体的钱粮，年底分红的时候不仅分不到钱还要倒扣。

通过一段时间的宣传发动后，由公社干部、大队干部和生产队干部组成的“包产到户工作组”开始策划着分田地。村里的 300 多亩水田和 600 多亩旱地经过工作组的测评，以土地的肥力和产量划分成一等田（地）、二等田（地）和三等田（地），然后把这些田地进行合理搭配，按人口分配到每一户农户。刚开始的时候，大家都争着去要肥力好、产量高的田地，土地无法分下去，工作组不得不采取抽签的办法。可这个办法还是行不通，抽到土地肥力差、产量低的农户无法接受，在会场上大吵大闹。我父亲是生产队会计，不仅懂文化还会算经济账。还是他有办法，通过给大家耐心细致地做思想工作，才算平息了这件事情。他对大家说：“田地是按产量套出面积分的，土地肥力好，产量高，分得的田地面积就少。土地肥力差，产量低，分得的田地面积就多。”父亲说到做到，给我们家挑的田地全部都是三等田地，因为产量低，面积就比别家将近多出两倍。

回到家里，母亲就和父亲因为田地的问题开始争吵了起来。母亲说：“有那么多的村干部，你凭什么要把好田好地都让给了别人？我家分得的那些田地，不是石头多就是缺水，都是一些只长茅草不长庄稼的寡地。”父亲开导母亲说：“这你就不懂了，石头多可以挖掉石头，缺水可以开沟引水，土地贫瘠可以施肥，面积少了就无法增加了。”事实证明，父亲的想法是很明智的。后来我家的这些田地，经过改良整治，都成了高产田地。因为面积多，收得的粮食就比别家的多。常言道：家中有粮，心里不慌。包场到户后，我们家开始过上了舒心的日子。

土地包产到户以后，整个山寨沸腾了，农村仿佛进入了第二次生产运动的高潮。天还没亮，各家各户就上山做农活，天黑了，人们才急匆匆地赶往回家的路上。这段时间，田间地头，锄镐飞舞、尘土飞扬，处处呈现出生产繁忙的景象。父亲说，照这样下去，不到三年，我们村就会脱掉贫困的帽子。包产到户的第一年，大多数人家忙的都是扩大自己的生产经营范围，在自家的田地四周开垦出新的田地。有的人家不到一年的时间，开垦出的地块就比分到的田地还多。我家 5 个人分得 8 亩水田，15 亩旱地，经过一年的开挖拓展，田地总面积不少于 50 亩。

山还是那座山，梁还是那道梁，不同的是包产到户以后，澜沧江边的山河似乎改变了模样。包产到户激发了大家的劳动生产积极性，但也带来一些弊端。包产到户以后，最难控制的就是围湖造田、毁林开荒，许多河道被拦截，大片森林被砍伐，澜沧江边的生态环境遭到了严重的破坏。不几年的时间，昔日青山绿水的澜沧江西岸变得千疮百孔、山河破碎。往日在澜沧江边的山林里游荡的麂子、野猪和猴子都不知去向了，过去可以看到成群的孔雀在澜沧江边的沙滩上开屏，如今是连一只斑鸠也看不到。发现这个问题以后，当地政府以《森林法》《土地管理法》为依据，对毁林开荒行为施以高压态势。当地村“两委”也以“村规民约”的形式禁止毁林开荒，这种破坏生态环境的行为才慢慢得以收敛。毁林开荒的行为得以控制后，人们开始在土地的精耕细作、施肥管理上下功夫。在耕地面积保持稳定的前提下，粮食产量一年年增加。到了 90 年代，澜沧江边的村寨不仅有吃不完的粮食，多数人家还有余粮卖，许多村寨还涌现出来产粮大户。我们村就有三户人家因为卖的粮食多，被县上、乡上奖励给了彩色电视机。

土地政策放开后，在农村也引发了许多社会矛盾，土地纠纷、山林纠纷和水利纠纷时有发生。我们村和邻村就因为争执一块四至界限不清的林地而大打出手，弄得县上派公安人员进驻村寨调查处理。我大伯家也是因为与另外一家人产生土地纠纷而留下了三十多年的隔阂。大伯家分得的林地与那家人的一块耕地相邻。据说，大伯家那块林地曾经是那家人祖上的耕地。那家人为了增加耕地面积，不顾新的家庭联产承包制政策，认起了原耕基础。说那块地本来就是他祖上的，是土改的时候村里的干部瞎整，才把他家的地给没收了。现在田地分到各家各户了，那块地也该物归原主了。于是，包产到户以后每年都要在挖地的时候向大伯家的林地挤占，还在大伯进城买农具的时候砍了林地里的几棵树。大伯回来后和这家人理论，要求这家人停止占地行为并赔偿损失。这家人不仅不理睬还扬言要把大伯家的树木砍光。两家人为这两块地虽然没有打起来，但是你争我吵，闹得不可开交。后来村上也帮助解决了，但两家人从此也结下了冤仇。

包产到户以后出现的另一个矛盾是水利纠纷。种田的时候，大家都争着去抢灌溉水，你堵我家的水沟，我挖你家的田埂，有的人就为争那点田水打起来。为了争得灌田的那点水，每到插秧的季节，家家户户都要派一个人去守候在田间地头，有的人就搬起铺盖到田边地角睡觉。这个季节，田野里到处都是点着火把守田水的人，一眼望去火光星星点点、闪闪烁烁，不懂事的那些小孩还以为是鬼火，天黑了就不敢出门。

包产到户以后带来的另一个“后遗症”是大家都一门心思地想着如何去发展生产，增加粮食产量和经济收入，不顾及孩子的入学教育，造成大量适龄儿童辍学回家放牛或帮助家里从事生产劳动。我们老师说：“这是包产到户后遗症。”老师还说：“之所以叫后遗症是一代人不读书就会影响到几代人。”当时，人们并不理解，农村人做的就是盘田种地那点活计，不读书又会有多大影响泥？后来的事实证明，那时辍学回家的孩子，现在都已经步入了中年，他们及他们的孩子，无论是在生产上还是在生活中就是比别人落后一些。父母没文化，孩子又不读书，一辈子就死守着老家的那块田地，温饱是不成问题，但要想致富，确实找不到门路。

我们村在包产到户前有 120 个学生，包产到户后的第二年，在校读书的学生才有 60 多个。后来，政府也采取了一系列“控辍保学”的方法，但收效甚微。直到《中华人民共和国义务教育法》出台后，这种状况才慢慢得以转变。记得政府搞“控辍保学”的那几年，不仅免除了书费和学杂费，还给寄宿生发生活补助费，困难学生不需要出一分钱就可以读完初中。

三

包产到户以后，令村干部头疼的就是如何发动大家搞公益事业，解决水、电、路等农业农村基础设施，改善人居环境，改变村容村貌等问题。说直白一点就是如何处理好“大家”与“小家”的关系。

要搞公益事业，千条路万条路，“以资代劳”和“以劳代资”相结合的方式是唯一的路径。我们村便是靠这个办法实现了水、电、路“三通”。

要致富，先挖路。1989 年冬季，我们村决定开挖公路了。经过测量，从村子到大文山街的距离一共有 30 公里。要挖出平均宽 5 米，长 30 公里的公路，按当时的价格计算至少要 30 万元左右。由于公路所经过的地段地质条件差，一路要修建许多涵洞和桥梁，至少也要花 100 万元左右。当时，我们村别说有 100 万元，就是 1 万元的集体经济也是一个空账。而当时开挖这条公路，只靠国家补助 5 万元的炸药款，一个村 60 多户人家，360 多口人，硬是用不到一年的时间就把公路修通了。

我们村挖公路的那年是 1989 年，也就是包产到户后的第八年。那年我已经 22 岁，虽然外出参加工作了，但因为偶然的机会让我有幸到村里当驻村工作队员，亲自参与了开挖公路的全过程。

理论是实践的先导，思想是行动的指南。要开挖公路，首先要做好群众的宣传发动工作。召开群众会以后，我和村干部就接着挨家挨户去做工作。通过调查，我们发现，有的人家因为农闲季节青壮年都外出打工了，家里只有老人和小孩；有的人家虽然有劳动力，但生活很困难，连上工地要买开挖工具的钱都没有；有的人家有人也有钱，但不愿意上工地挖公路，要在家里自己发展产业赚大钱。针对这些情况，我们做出决定：公益事业，人人有责，开挖这条公路，必须全村参与。操作方式上，大家可以劳代资，也可以资代劳，还可以粮折资。通过详细统计，共有 230 个劳动力参与开挖公路，共筹到以资代劳集资款 12 万元，粮食 3 万斤。经过近一个月的筹备，开挖这条公路算是万事俱备，只欠东风了。

人民群众是真正的英雄，人民群众的智慧和力量是无穷的。公路开工的那天，全村参与挖路的人虽然只有 200 多个，但看上去人山人海，场面壮观，鲜红的旗帜在山梁上飘扬，劳动的号声在山谷中回荡。干自己的事情，大家心往一处想，劲往一处使。一天的时间，挖出的新路就向村外延伸将近 1 公里。

正如队长所说的一样，开挖这条公路，这村外挖出的一公里新路只不过是走过“万里长征第一步”，更为艰难险阻的任务还在后面。这条公路所经过的地段多数是悬崖峭壁，有的地段是地质条件恶劣的陡坡和滩涂。开山炸石、支砌涵洞、架设桥梁靠的完全是技术活计。工程还没有开展到一个月，有的人就想打退堂鼓了；工程进展还不到一半，有三分之一的人就纷纷要求暂时停工。理由是，再这样挖下去，正常的农业生产无法进行，庄稼无法下种，不被累死也会被饿死。

为了解决大家提出的问题，我们把筹集到的钱款和粮食用来补助挖路的民工，保障大家的基本生活；在春耕大忙季节，允许一部分劳动力回家种地，不让田地撂荒。对于那些抱有观望态度想打退堂鼓和想让工程停工的人被我们采取“哄、骗、赖”的办法，一次又一次“逼上梁山。”

那一年挖路，我见证了那感人的场面和那些感天动地的事迹。

为了挖这条公路，许多人携儿带老上工地，有的人家把猪和牛都牵到了工地上去放养。村里的艾保大叔都 76 岁了，因为家里没有劳动力，自己不得不亲自上工地参加挖公路，他家的牛也被他牵到工地附近去放养。队长告诉他：“如果实在挖不动了，可以边挖边休息。”他说：“我虽然年纪大了一些，但还是可以做得了活计的，哪怕是算给我半个劳动力，我也要参加，那一半的工程任务我就用粮食来抵折吧。”

尼勒二舅家也因为缺劳动力，带着即将上初中的 12 岁的儿子上工地挖路了。支书告诉他：“让孩子上学读书吧，不要让他来挖路了。”尼勒二舅说：“就让他休学一年吧，等公路挖好了再去读书，以后公路挖通过了，他们也才会有出路呢。”支书又问那孩子：“你是想挖路还是想读书？”那孩子回答：“想挖路，等公路挖通了，我就不用走那么远的路去中学读书了。”

为了挖这条公路，有的人带病坚持上工地，有的妇女还怀着身孕参加劳动。桑照大叔一辈子都带着哮喘病，走起来路来总是上气不接下气地咳嗽。这次挖公路也是因为家里没有劳动力，不得不亲自上工地了。有的人以为他得的是肺结核会传染，挖路的时候都不敢挨近他，他只能与大家保持距离在一边干自己的活。吃饭的时候，人们也不敢动他用过的碗筷。桑照大叔的老婆对他说：“大家都怕你，你就回家种地算了。”桑照大叔说：“我这个病要是会传染早传染给你们了，农村人哪个不会带一点大病小疾的，有一点病就不来挖路，这条路哪一天才能挖好呢。”

在参加修路的人群中，村里有五六个妇女已经是怀有几个月的身孕。发现这种情况后，我们驻村工作队向村长反映了这个问题。村长说：“在我们这样的农村，妇女怀着身孕参加劳动是很平常的事，不到临产前是不得休息的；即便是把小孩生下来了，最多也只能休息几天，多数妇女生了孩子还不满月就去参加劳动了。”有一个名字叫月迪的妇女，已经是怀有九个月的身孕还在工地上劳动。劳动中出现了临产症状，刚放下锄头跑到路边就把孩子生了下来。挖公路的这一年，村里有六个妇女生下了孩子，其中有三个小孩就是在工地上生下的。按照当地的风俗，他们的父母都给他们起了带“路”的名字，祝愿他们未来的路越走越宽阔。如今，这三个带“路”的孩子都已经成家立业，他们这一代人沐浴着改革开放的阳光，在幸福的环境中成长，他们的生活自然要比父辈们更美好。

近几年来，国家加大对人口较少民族的扶持，当地党委、政府在我们村实施人口较少民族“整村推进工程”。2017年2月，从乡政府到我们村这30公里的土路修成了水泥路。

春节期间，村里许多外出参加工作和打工的都开着轿车回家过年。路上，我遇到了一个名字叫俸露的年轻女子。因为都是老乡，我就问她：“你是不是1989年出生的？”这位老乡惊奇地问我：“你怎么会知道我的出生年月？”我告诉她：“1989年冬季，那是一个不平凡的冬天，我们村在实施一个伟大的工程。从此，我们村人实现了走向山外世界的梦想。”

第五章　守望这片乡土

四阿婆和她的孙子

每天太阳快要落山的时候，四阿婆就背起小孙子来到村口旁，在路边的那棵麻栗树下弓腰驼背地站着。她一只手杵着腰，一只手托着背上的孩子，睁开那双浑浊的老眼，顺着村外延伸的那条山路眺望。

看着若隐若现的山脊和山顶上将要落下的太阳，四阿婆就对着背上的孩子喃喃："小乖乖要听话，爹妈出门你守家，爹妈出门去找钱，找得钱来我们花，给你买糖糖，给我买衣裳，爹妈过年就回来，你高兴来我欢喜。"

四阿婆今年 75 岁，几年前老伴因为一场病离她先走了。后来，儿子、儿媳又到广东去打工，家里就留下她和两个孙子守着。儿子、儿媳对她说，他们出去一两年就回来，挣得一些钱就回来盖房子。可这两个人出去，一转眼就是四年了。四年间，他们回来过一次，在了几天又出去了。儿子对她说，现在挣钱不容易，盖房子又要花很多钱，还得出去打一两年的工。

看看这两个孩子也真是可怜。那几年因为家庭困难，儿子成家得晚，到现在大的那个孩子才 10 岁，小的这个才 3 岁。这两个孩子，小小年纪就不在父母身边，冷了饿了也没有人疼爱。儿子、儿媳外出打工后，四阿婆在家就是负责帮他们带好两个孩子，顺便种种园圃地。除此之外，还养着一头猪、两三只鸡和一条狗。乡村人家要听到鸡鸣狗吠心里才踏实。四阿婆也是这样，哪一天听不到鸡鸣声和狗叫声就莫名地感到寂寞和孤独。儿子外出打工的时候曾经交代过她：年纪大了，活计做不动就不要做，带好两个娃娃，种一些吃的蔬菜就行了。四阿婆说："家里不养猪、鸡又不是当五保户，再说五保户过年还要沾点油荤味呢。"

说起五保户，四阿婆就想到村里的五叔和五婶。这两个人一辈子无儿无女，老了就成了五保户。每年，政府要送给他们衣服和被子，村里还要叫一家一户筹给他们粮食。现在政策好了，政府更关心他们，三天两头就派人来慰问，给他们送钱送物。四阿婆自己有儿有女还有孙子，当然不想当五保户，问题是眼下自己过的这个日子连五保户都不如。

天还没亮，四阿婆就起来生火，给去读书的这个大孙子热饭菜、煮早点。等他上学去了，四阿婆就背起小的这个孙子到园圃地里点苞谷、栽菜苗。这几年，家里养的猪鸡虽然不多，但一年要吃好多苞谷。她和两个孙子，虽然一年吃不了多少蔬菜，但也得让菜地一年四季绿着。每次去园圃地，四阿婆就会觉得心里亮堂了一些。在园圃地里，她对着刚出土的苞谷芽说话，对着嫩生生的菜苗说话，这些苞谷芽和菜苗也是有生命的东西。要不然它们怎么会一天一个样地长大，让人想起孩子小时候的模样呢。

人老了，脚手也不灵活了。有一天，四阿婆背着小孙子去园圃地种菜的时候被地里蔓生的南瓜藤绊了脚，在园圃地里跌了一跤。四阿婆的手臂上擦破了巴掌大的一块，幸好背上的孙子用布巾紧紧勒着才没有碰伤。四阿婆气愤地说："连瓜藤也欺负我这个老婆子，看你还敢不敢横行霸道。"说着就用锄头把南瓜藤给挖了。

回到家里，四阿婆用紫药水涂抹了伤口就开始煮饭。大孙子放学回家后看到四阿婆手上涂着药水就问："奶奶，你的手怎么了？"四阿婆对孙子说："没事，刚才在园圃地里不小心跌了一跤，擦破了一点皮。"大孙子说："那你就不要去摸冷水了。"说着，拎起猪食桶就去帮奶奶喂猪。四阿婆的这个孙子今年10岁，才读小学三年级，学习成绩很好，在家也很听话，经常帮奶奶喂猪、喂鸡和做一些力所能及的家务活。四阿婆看着忙前忙后的孙子，小声嘀咕道："真是爷不如儿。"四阿婆看着这脸庞白净的孙子，又想想儿子那张黝黑的脸，突然就感觉到这父子俩将来就不会是一路货色。有的时候，她甚至对这个大孙子的来处产生怀疑。不过，这种想法也仅仅是一闪而过。

四阿婆虽说在家里只带两个孙子和做一些轻活计，但有的时候并不省心。她家的猪圈盖在院子外面靠山墙的拐角处，有一次，她要出去喂猪，就放下小孙子在屋子里自己玩着。等她喂好猪回来的时候就听到孙子在屋里撕心裂肺地哭叫，进屋一看是小孙子不懂事用棍子去掏火塘让火烫伤了。四阿婆连忙用湿毛巾敷在孙子的烫伤处，背起孙子到村卫生室去看。卫生员给孙子涂抹了一些消炎药，又开了一些药片，对四阿婆说，小孩子的皮肤嫩，容易感染，要小心看管，不要让伤口发炎。那几天，四阿婆只好天天在家背着孙子煮饭、喂猪，园圃地也没法去了。等孙子的伤口愈合了，园圃地里的杂草已经长得有一人高，四阿婆才又扛着锄头去铲草。

还有一次，去读书的大孙子走在路上被一家人的恶狗咬了一口，卫生员说被狗咬了，得要到县防疫站去打狂犬疫苗。四阿婆没办法就去请村里的一个人带着孙子去打针。人家活计忙不愿意去，四阿婆只好抱着母鸡三番五次去求人家。那一次孙子去打狂犬疫苗，前前后后一共花了500多块钱，儿子还没有把钱带回到家，她只好卖了猪去给人家。四阿婆逢人便说："孙子被狗咬了不算，还让我损失了一头猪，真是又疼孙子又破财。"村人就安慰她："不要太多计较，人没事就好，猪卖了还可以再找来养上一头。"

雨季来临，多年没有翻修过的老房子到处漏雨，真是屋外下大雨，屋里下小雨，弄得地下湿漉漉的，还把她和孙子的被子都淋湿了。四阿婆找来盆盆罐罐接雨水，又要搬床架，又要晒被窝。每当这个时候，四阿婆就埋怨起在外面打工的儿子来。她对孙子说："你爹你妈让我过的是什么日子，房子漏了也不回来翻修，一到下雨就让我像狗拉窝一样。”

四阿婆埋怨儿子的时候，其实是带有指桑骂槐的意思。她历来看不惯那个女人，也就是她的儿媳。过去两个人没有出去打工的时候，在儿媳面前她不会说什么。但在自己的儿子面前她却说，对这样的女人要多一个心眼。她对儿媳的偏见来自平时她对这个女人的观察。她发现儿媳出门的时候喜欢对着镜子梳妆打扮，出门时要换低胸的衣服；她还发现儿子不在家的时候，她会背着人没完没了地打电话。有的时候，这个女人做着事情也心不在焉，手在做着事，人却站在那里发呆。凭女人的直觉，四阿婆觉得这个女人肯定心里有鬼。于是四阿婆就觉得，眼不见心不烦，与其让他们在家里耗着，还不如就让他们出去打工。

冬天到了，四阿婆就带着孙子上山去拉柴火。去往柴山的路上，大孙子走在前面，她背着小孙子走在中间，那条黑狗跟在后面。大孙子对四阿婆说：“奶奶，别的人家煮饭、炒菜都用电了，只有我们家烧柴火。”四阿婆对孙子说：“孙子，奶奶大字不识一个，眼睛又昏花，哪会用那电饭锅呢。再说，那电会触人，弄不好会坏事的。”

四阿婆和孙子一人拉着一根干柴从坡上下来，那条黑狗又夹着尾巴勾头滴水地跟在后面。黑狗能和主人一起上山，看上去很是欢喜，不时张开嘴去拉孙子的裤脚。四阿婆就对孙子说：“看那狗高兴的，你走路要小心一点，别让狗给绊倒了。”正说着，那黑狗冲向前面，把四阿婆绊了个踉跄。回到家里，孙子用竹棍打了黑狗一棍子，对黑狗骂道：“看你慌的忙去找屎吃，差点把我的奶奶绊倒了。”

四阿婆疼爱两个孙子，孙子也对四阿婆知冷知暖。四阿婆病了，放学回来的孙子就忙着去帮四阿婆煮饭、炒菜，喂猪、喂鸡，晚上还要给躺在床上的四阿婆捶背按摩。四阿婆对孙子说：“有你这样听话的孙子是奶奶今生修来的福分，只可惜你们爹妈在外，我又没有能力照顾好你们，让你们受苦了。”孙子对四阿婆说：“等我长大了，我不会出去打工，我要在家好好守着奶奶。”四阿婆听了孙子的话，心里像针刺一样，浑浊的双眼溢满了泪珠。

人老了，总是爱怀旧。每到夜深人静的夜晚，四阿婆就翻来覆去睡不着，有的时候还会咕嘟咕嘟地喃喃自语。睡在一旁的孙子就问四阿婆：“奶奶，你这是在跟谁说话呢？”四阿婆就回答孙子：“我在跟自己说话。”孙子就对四阿婆说：“奶奶，你有什么话就跟我说吧，你怎么能自己跟自己说话呢。”这时，四阿婆就开始给孙子讲起了她和四阿公的故事了。四阿婆对孙子说：“你爷爷年轻的时候，个子又高又大，一顿饭能吃完三钵头苞谷面糊，一棵木桶粗的芭蕉树能连根从地里扛回来。大集体的时候帮大伙赶骡马，他一个人就能把驮架子端上马背。那个时候家里穷，连饭都吃不饱，吃了上顿没下顿，有的时候就是草根树皮也挖来吃，他的胃病就是这样落下的。”四阿婆用手揩了揩眼泪又接着讲：“你爷爷虽然是粗人一个，但心地善良，很会疼人，出去赶骡马拿到吃的东西都要带回来给家人吃。”孙子问：“奶奶，我听爹妈说，你手上的那只镯头就是爷爷买给你的，这是真的吗？”四阿婆支支吾吾地对孙子说：“那都是什么年代的事了，都是老皇历了。”讲着讲着，孙子睡着了，四阿婆还在一个人喃喃自语。

有一次，四阿婆让大孙子照看着小孙子，说自己有事要去“那个地方”一下。孙子问四阿婆：“那个地方是什么地方？”四阿婆说：“你爷爷在的地方。”孙子明白了，奶奶是要去坟地里给爷爷上香。孙子从书包里拿出学校分给的一个苹果，对奶奶说：“把这苹果也带去给爷爷吃吧，我也想爷爷了。”四阿婆知道，老伴去的时候，这个孙子还只有两岁呢，哪还会记得爷爷，孙子说想爷爷其实是在宽她的心。那一次，四阿婆对孙子说：“昨天夜里，我梦见你们的爷爷了，我很想去见你们的爷爷，只是你们还小，不忍心丢下你们。”

有一次我回家探亲，顺便去探望了四阿婆和她的两个孙子。四阿婆对我说：“现在的人都怎么了，政策这么好，田地这么多，家里不愁吃不愁穿的，偏偏要到外面打工卖苦力，房子丢烂了，田地撂荒了，老人在家没人看，孩子在家没人管，到底要图个什么。”四阿婆对我说，儿子、儿媳在外面打工，一年也不见得挣回来多少钱，两个孩子吃的穿的都还得靠她养猪、养鸡卖。

四阿婆给我讲了一件事。有一次，大孙子读书的学校开家长会，要家长去参加，儿子儿媳不在家，她只好背着小的那个孙子去开家长会。老师对四阿婆说：“管孩子是父母的事，不是爷爷奶奶的事，以后叫孩子的父母来。”四阿婆对老师说：“没办法，孩子的爹妈都出去打工了，我不来就没有人来了。”回到家里，读书的孙子对四阿婆说：“奶奶，你带信让我爹妈回来吧。老师说了，父母才是我的监护人，开家长会要让他们参加。”四阿婆就问：“什么叫监护人？”孙子说：“监护人就是对孩子的学习、生活和安要全负责任的人。”四阿婆就反问孙子：“那你说，我对你们不负责任吗？”孙子被问得哑口无言。

有一年，儿子打电话回来，说要回家过年。从冬月、腊月起，四阿婆就开始忙活着过年的事情。从山上把一年烧的柴火拉回来以后，又拆洗好大人、小孩的被里被面；把过年舂粑粑的糯米碾好、腊面舂好了又开始打扫房前屋后、院里院外。想不到，等到了腊月二十八，儿子打电话回来说：“买不到车票，回来不成了。”那一年，四阿婆一把眼泪、一把鼻涕地领着两个孙子吃年夜饭。除夕夜和大年初一，家家户户爆竹声响，唯独四阿婆家没有放鞭炮。孙子对四阿婆说：“奶奶，我们也去买一串鞭炮来放吧？”四阿婆说：“你爹妈是这个家的主人，他们过年都不回家，放鞭炮有什么意思。”

转眼间，两年的时间又过去了，儿子儿媳还没有回来。这两个人到底什么时候能回来，在四阿婆的心中已然成了一个谜。谜底也许只有向村外延伸的那条弯弯曲曲的山路知道。

每天太阳快要落山的时候，四阿婆就背起小孙子来到村口旁，对着晚霞中的天边站成一棵孤独的麻栗树。

守望村庄的女人

一

秀花喜欢缝鞋垫，秀花缝的鞋垫针眼密实、绣图精美。鞋垫上有的绣着“二龙戏珠”“鸳鸯戏水”，有的绣着“嫦娥奔月”“凤穿牡丹”，个个活灵活现，让人爱不释手。

秀花把图案缝在鞋垫上，把女人的心思寄托在图案里。

秀花之所以和别的女人不同，是因为读过几年书，还在城里当过保姆。二十几岁的时候，秀花在城里的一家缝纫店打工，后来这家店因为生意不好关闭了。秀花在城里偏废了女孩最美妙的年华却成就不了青春的梦想。是命运不济，让她又重新回到了这偏僻贫穷的乡村。

秀花今年 32 岁，和男人结婚已经 8 年。孩子 1 岁时男人就到外面出去打工。现在，自己带着 7 岁的女儿在家照顾公婆。家庭对一个乡村女人来讲既是幸福的港湾，又是苦难的牢笼，现在的秀花感觉到自己是身心疲惫、喘不过气来。

天黑了，秀花就开始缝鞋垫。不缝鞋垫，她就无法打发夜晚漫长的时光。家里有一台旧电视，秀花没有心思看，电视里的故事和人物似乎与她无关。对于生活，她麻木了，那些人的喜怒哀乐在她看来也没有什么值得让她心动和伤感的地方。

秀花缝鞋垫时老是心不在焉，自己坐在明晃晃的灯光下穿针走线，思绪却在屋外漫无边际的黑夜里游荡。

这是一个寒冷的冬夜。秀花面对着燃烧的火塘，尽管身上已经很暖和，但心还是感觉到凄凉。秀花希望，在这黑暗的夜里，有一团火让自己的心燃烧。冥冥之中，那个点燃火把的人就来了。那个人不是自己的男人，也不是村庄中的任何一个男人，他到底是谁？又来自何方？连秀花自己也不知道。点燃火把的人或许从天边来，从远方来，从密林深处的山中来；或许从河边的小路来，从村外的小桥来，从僻静的村巷里来，然后在月光下轻轻地推开门，进入黑暗的屋，把黑暗照亮。

在寂寞中沉思的女人，会让黑夜变成白天。

这是一个阳光灿烂的下午，秀花到苞谷地里除草。太阳把热辣辣的光芒照耀在她的身上，汗水湿透了她的衬衫。她飘动的长发像河水的波浪，鼓起的胸脯像起伏的山峰。风吹苞谷林，绿叶沙沙响，一股裹着阳光的旋风把她卷入苞谷林中。那一望无际的苞谷林像黑暗的深海，把她瘦小的身躯淹没。在波涛汹涌的海中，她头晕目眩、天昏地暗。她无力挣扎，也不想挣扎，任由翻卷的浪花把自己吞噬。

这是一个青山叠翠的夏季，秀花到山上去放牛。天空中突然乌云密布，雷声滚滚。霹雳的闪电照耀在她黑色的长发上，瓢泼的大雨淋湿了她的衣衫。一位英俊的王子骑着一匹白马从天而降，伸出有力的手把她揽入怀中。她和王子骑在白龙马上腾云驾雾、翻云覆雨，跨过七彩的虹桥，奔向晚霞映红的天边。

在寂寞中沉思的女人，会让苦难的现实变成美好的幻想，让自己的灵魂与一个人的灵魂在黑暗中相遇。

这是一个月黑风高的夜晚，秀花悄悄溜进村边的竹林。在夜色隐蔽的竹林里，幽灵般地闪进一个黑影。

黑影问："你终于来了？"

秀花答："我不想让你等待。"

黑影问："孩子睡了吗？"

秀花答："公婆还在干咳。"

黑影问："你冷吗？"

秀花答："有点冷。"

黑影问："那我脱下衣服让你披上吧？"

秀花答："你抱抱我就暖和了。"

然而，这一切都是梦，是一个女人的"白日之梦"。秀花缝着鞋垫做着梦，缝着缝着，不小心让针尖刺痛了自己的手指，鞋垫上印出了一朵血红的梅花。

二

乡村里，一年四季都有做不完的活计。春天到了要春耕播种，夏天到了要锄禾栽秧，秋天到了要抢收庄稼，冬天到了要背运柴火。白天在地里忙死累活，早晚要料理家务，夜里还要照顾年老带病的公婆。

天还没亮，秀花就起来烧火。她首先要给公婆煮好早点，端到床前，然后再送女儿去读书；把女儿送到学校以后，又要回来喂猪、喂鸡、打扫院子；把猪、鸡喂好了、院子打扫了，秀花再扛着锄头去出早工。出早工的秀花在地里做活做到晌午还得回来给全家人煮午饭。等一家子把午饭吃好了，收拾了锅碗瓢盆，又开始匆匆忙忙赶往地里去做下午的农活。秀花一天到晚家里家外忙个不停，整个人就像打出去的陀螺一样不停地转动。

公公 80 多岁，下肢瘫痪不能动弹；婆婆 75 岁，前几年也得了肺结核。早上起来的时候，她听到婆婆一阵接一阵的干咳声。她以为是婆婆的病加重了，就走到婆婆的床前。婆婆用一只手指了指公公睡的那张床，一只手掩着鼻子，原来是公公又把屎尿拉在床上了。婆婆怕脏，加之自己也带着病，这些最看不下眼的场面都要由秀花来收拾。秀花已经习惯了，看到再脏的东西也不会怕，顺手拿起公公换下的衣服和床单就去搓洗。婆婆看着秀花洗衣服的背影，眼泪就禁不住流了出来。

送女儿去学校读书的时候，学校老师说，这几天女儿上课不专心，思想开小差，神情总是恍惚。秀花就问女儿是怎么回事？女儿对秀花说，晚上睡觉的时候，奶奶整夜咳嗽不停，妈妈又老是起床给奶奶捶背，她晚上睡不好，白天就打瞌睡。

转眼睛，栽秧的季节就要到了。做秧田要和泥搭埂、碎土松垡，还要开沟引水、精细犁耙。这些本该是男人做的活计，自己的男人不在家，秀花本来想换工请村里有男人的人家来帮犁田，但想想又放弃了这个念头。

前几年栽秧的时候，秀花请村里的一个男人来帮犁田。按这个村的习惯，帮做活的人是要请到家里来吃饭的。吃饭的时候，秀花就倒了一杯酒给这个男人喝。男人说喝酒可以解辛苦，要秀花也倒上一杯酒陪他，秀花不好拒绝就倒了酒陪男人喝了一杯。在一旁躺着的婆婆看见秀花陪男人喝酒就对她吹鼻子瞪眼。这个男人吃完饭走以后，婆婆就在一旁唠叨：“村里有那么多男人你不去请，偏偏要请来一个大独光棍。”秀花没有辩解，只是一个人默默收拾着碗筷。

有了上一次的尴尬，这一年栽秧的时候，秀花没有再去请人，而是把自己当男人使，独自架着牛去犁田了。秀花身材纤瘦、身体单薄，手扶住了犁铧却驾驭不住那耕牛。犁着犁着，让那牛拖着犁铧把自己拽倒在了水田上。秀花一身汗水一身泥，想着男人不在家的日子实在是无法过下去，苦累不说还遭人白眼，想着想着，眼泪就扑簌簌地掉了下来。

去铲苞谷地的时候，苞谷叶划伤了秀花的脚杆和手臂，太阳晒在皮肤上就像伤口上撒了盐巴，又痛又痒。回家的时候，要是能洗上热水澡会舒服一些。可秀花家没有洗澡间，洗澡要等公婆和女儿都睡熟了，倒上一盆热水在屋里擦洗。

有一次，秀花擦身子的时候不小心把盆碰翻了，水淋湿了一地。婆婆就在一边咕嘟咕嘟地咒骂："这只狗真是不长眼，别人洗屁股的水它也要喝。"秀花知道，这是婆婆在指桑骂槐。婆婆老了，身上带病多年，加之公公又瘫痪成这个样子，动不动就发脾气骂人，她这个做儿媳的只能忍气吞声。

婆婆对秀花不满意的还有一件事情，就是她想要一个孙子，秀花却偏偏生了一个女儿。婆婆就有一个独苗儿子，就是秀花的男人，如果秀花再不生一个儿子，那这家人的香火就要断了。婆婆也多次对秀花说过，要秀花再生一个儿子。可秀花对婆婆说，像我们家这样的情况，把现在这个姑娘拉扯大就不容易了，再生一个不就把肋骨都扯断了吗？婆婆无言以对，把怨气憋在肚里，总想找刺头挖苦儿媳。

乡村人家最苦最累的是收苞谷的季节。别的人家有骡马和毛驴可以赶着骡马和毛驴去驮苞谷，秀花家没有，只能用竹篓去背。把山地里的苞谷一篓一篓地背回家，等苞谷背完，人都累得快要散架了。

把苞谷背到家里还要在院子里摊开晾晒，要不然苞谷就会发霉。在家晒苞谷的那几天，秀花舍不得让自己闲着，就去打扫屋里的每个房间。秀花打扫房间的时候发现，这房间很长时间没有仔细清扫过，隐蔽处都积起了厚厚的灰尘，板壁和房梁上都拉满了蜘蛛网。

去打扫房间的时候，秀花打开了娘家陪嫁给自己的椿木箱子，箱底里放着娘家给秀花 360 元的压箱钱。这压箱钱是娘家人的心意，几年来秀花都舍不得动用。这次，秀花狠下心来，把钱拿了出来。秀花数着钱，眼泪扑簌簌地掉在钱上。

街天到了，秀花去赶集。给婆婆扯了几尺缝衣服的布料，给女儿买了一件花衣裳，剩下的钱刚好够买自己洗澡用的大塑料盆。

回到家里，女儿穿上秀花买来的新衣服，欢喜得像一只鸟儿一样跳跃。婆婆又在一旁埋怨："当家也不知道节俭，就知道花钱。"

三

男人出去打工已经有七八年的时间了，基本上是春节的时候每年回家过年一次。有一两年因为春运车票紧张，买不到车票就没有回来。男人对她说过，只要把盖房子的钱攒够了就不再出去打工。

现在，乡村里家家户户都开始盖楼房了，秀花也盘算着要盖上一幢楼房，不落在人家后面。但盖一幢楼房需要 30 多万块钱。听男人说，这盖房子的钱还差得远呢，不知要到猴年马月才能攒够。秀花说，那就慢慢苦吧，反正两个人现在都还年轻，总有一天会攒够盖房子的钱的。

秀花这个男人也是够窝囊的。那几年，城里有人搞传销，他就上当受骗了。有一个做传销的人是他的一个远房亲戚，那个人对他说，他做的这个生意是出钱搞投资，投进去的钱可以利滚利，如果能多发展下线，还有成倍地提成。秀花男人相信了，背着秀花投进去了两万块钱，结果这个人不久就跑了。后来到处去找都杳无音信，那两万块钱也就这样打了水漂。

乡村女人不容易，苦点累点都不怕，只是没有男人在家的日子，实在是度日如年。秀花感觉到， 白天自己一个人在地里做农活，晚上还得留在家里照顾公婆，有时想出去和村里的姐妹们串门一下，唠唠家常，但一步也出不去，自己都快变痴傻了。有时候，她就在胡思乱想，自己也学学村里的一些女人吧，不要把自个儿当笼中鸟一样整天关在家里了。

村里有个叫丑妹的女人，也是和她同龄，人叫丑妹，却长得有几分姿色，并且对人说话句句都是花言巧语。她男人去外地做生意，几年都不回来一次。据说她的男人在外面还有女人，但谁也没有亲眼看见过，也就没有什么真凭实据。许多没有老婆的男人明里不敢放肆，暗里总是围在她屁股后面转。有几次，秀花晚上出去方便，确实看到这个女人先后悄悄溜进过村边的竹林、村旁的草棚和村外的田野。第二天早上出去做活的时候，她看到这个女人真的是红光满面、神采飞扬。

有一天下午，秀花在院子里晒苞谷，丑妹就来找她玩。丑妹开导她："秀花呀，做女人的不要太苦了自己，有时候也要给自己放松一下。有的事情睁只眼闭只眼，天知地知，你知我知，没有人会知道。"秀花明白她讲的是什么意思，就问她："你是不是村里有什么人？”丑妹就对她说：“就兴让他有，难道我就不能有吗？”丑妹指的“他”是她在外地做生意的那个男人。秀花说：“我可不敢，再说我也没有你长得漂亮。”丑妹用手掩在嘴边，附在秀花的耳旁悄悄地说：“有一个人好像对你有意思。”秀花知道丑妹说的那个男人是谁，但故作一无所知的镇静样子。

四

有一天，秀花去苞谷地里除草，那个男人在苞谷地对面的山上放牛。阳光下，男人挥舞着竹鞭，放开嗓子对那牛吆喝。男人的声音铿锵、浑厚，在苍茫的山谷中回荡。这声音仿佛有一股魔力，让秀花心旌摇荡。男人都赶着牛走远了，秀花还回不过神来，目不转睛地看着他在山林中消失的背影。又有一天，秀花在山上放牛，那个男人又在放牛山的对面劈柴。阳光下，男人露着肌肉雄健的臂膀，那紫檀色的臂膀被汗水浸润，散发着油亮的光泽。秀花看着男人抡起斧子劈柴，一起一落犹如霹雳闪电。秀花想，男人是用来依靠的，如果自己也有这样的男人就不会这样苦死累活了。

生活就像苞谷酒一样，有苦辣也有甜香。自从见到这个男人后，秀花就觉得，冥冥之中，似乎与这个男人有缘，她甚至对这个男人产生了一种依恋的感情。无论是在山上还是在家里，无论是在白天还是在晚上，眼前呈现的都是这个男人的身影。

有一天傍晚，吃过晚饭后天还没黑，她就赶着去田里背稻草。到了田里，那个男人又正好在收割后的田野里放牛。她放下手中捆草的绳索，手搭凉棚地望着田坎对面的男人，对男人“哎”地喊了一声。男人步履匆匆地走过来了，走到了她站着的草垛旁边。她看到男人走过来，又装模作样地拿起手中的绳索去捆草。男人走到她的身边，伸开双手从后面抱住了她，她感觉到了男人急促的心跳和热辣辣的气息。就在她觉得自己的手脚要开始瘫软的时候，便立即挣脱了男人紧箍着的双手，把捆草的绳索丢给男人。她对男人说：“捆草去，我是让你来帮我捆草的。”男人看着她说话较真的样子，只能乖乖地捡起绳索去捆草。男人手里捆着稻草，眼里不时地瞅着她。男人热辣辣的目光让秀花的脸上泛起了一朵红云。

秀花对男人说：“你也不小了，找上一个女孩成家吧。”

男人对秀花说：“年轻的时候，家里穷，没有女孩愿意嫁。现在年龄大了，没有合适的。”

男人对秀花讲，年轻的时候曾经处过一个，但后来那个女孩说是要外面去打工，去了一年就跟外地人跑了。那个女孩不仅欺骗了他的感情，还把他几年辛辛苦苦攒的钱都骗走了。男人说：“我跟她处了几年的时间，连她的头发丝都没有碰过。”说着说着，男人的眼眶含起了泪珠。

天色已经暗淡，鸟群纷纷飞向林中。

秀花对男人说：“今天就捆上我背的这些草吧，明天你再来帮我捆草。”

男人对秀花说：“如果你明天不来背草，我就一晚上在这里等你。”

秀花对男人说：“见不到我你就不要等了，等得了一天等不了一辈子。”

男人对秀花说：“我在田里等你三天，如果你还不来，我就把你的草垛烧了。”

秀花对男人说：“如果你要把我的草垛烧光，那你现在就先把我当成草垛烧了吧。”

话音刚落，高高的草垛坍塌了下来，把两个人埋在了散发着稻谷芳香的草堆中。

天干地旱

太阳像一团火球燃烧，山屏住了呼吸。风吹过山谷，带着灼热的刺，像一把锋利的刀，咄咄逼人。干旱，让水源枯竭，河床见底，草木枯萎，田地龟裂，原本鲜润丰满的山坡经过高温的蒸烤不断脱水，继而涂上了灰暗的色调，白墙青瓦的村寨湮没在烟雾状的阳气中。

即便是这样的干旱年份，日子照样过，生活还在进行，山寨的炊烟始终懒懒地飘浮着。

懒懒地飘浮着的不仅是炊烟，还有人心。50 年一遇的干旱，让人们即便有浑身使不完的劲也只能无奈地在家里悠闲地等待着。雷声不响，雨点不落，土地无法耕犁，庄稼无法下种，把犁头挂在树上，把锄头靠在墙根，牛们嚼着干草在栏里打瞌睡。

有的时候，最可怕的旱情不是天旱，而是人性的饥渴。这个时候，平日里本来就无所事事的那些男人，便会聚在村头的大榕树下，光着上身，享受着难得的荫凉。伴随着蝉的嘶鸣，他们或喝酒聊天，或玩牌赌博。看上去，日子似乎过得快活舒坦，但谁又能道得清他们内心的寂寞和空虚。他们是当代乡村的一个特殊群体，人们把他们称为：光棍。

土巴拉是这个村光棍群中的一个。这时，他正在看着几个同伴打“三匹”。在以小黑江命名的家乡老窖酒的催发下，他们的吆喝声一浪高过一浪。当然，也只有这样的吆喝声才足以使他们的雄性气息得以挥发。也许是闻到酒气的缘故吧，土巴拉似乎变了一个人，不再痴傻了。人群中的他，一改往日呆头呆脑的模样，跟着吆喝的人手舞足蹈。

在他们这样的男人圈里，酒后的话题自然不是酒，也不是老辈人所关心的雷声、雨点、土地和庄稼。他们最热门的话题是女人。女人能让他们灵魂苏醒，雄性勃发。于是，大家借着酒兴神吹鬼吹，自然会吹到女人的话题上来。说者无心，听者有意。土巴拉从同伴的吹牛闲聊中把一个外村女人的名字悄悄地牢记在了心上。听同伴讲，外村那个叫大水花的女人身材高挑，丰乳肥臀，弯弯的眉毛像月亮，黑黑的眼睛像珍珠。讲这话的时候，他还伴以挑逗、下流等各种肢体语言，让土巴拉听得直淌口水。说这话的人是光棍群中最有文化的一个，听说还当过文书，前两年因为挪用农村低保，被开除回家了。这两年，他凭人地两熟的优势，做起了牛贩子的生意。

土巴拉今天本来没有喝酒，晚上睡觉的时候却做了一个让他感到飘飘欲仙的怪梦。他梦见了大水花，梦见了那个令他神魂颠倒的女人。梦中的大水花与同伴讲的一样，身材高挑，丰乳肥臀，弯弯的眉毛像月亮，黑黑的眼睛像珍珠，身上穿着黑底白花衣衫，长长的辫子拖到脚后跟。

这场干旱让所有的人麻木了，却让土巴拉一个人彻底清醒起来。于是，他无时无处地不去寻找自己心目中的那个“大水花”。当然，这种寻找更多的是用眼睛和心灵，偶尔付诸行动走出村外也只能是在避人耳目的情况下悄悄进行的。

一早醒来，土巴拉想到的是首先去厨房里烧灶火。这个习惯，土巴拉长了30岁已经坚持了20年。厨房里的一切摆设他都了然于心。砍刀在哪搁着，明子在哪放着，火柴在哪藏着，他闭着眼睛也能找到。为安全起见，不让家里的小孩拿着火柴出去玩火，家里的火柴通常要藏在离地面较高的那个砖缝隙里，这一切，他都记得清清楚楚。不过，这20年来，对厨房环境了然于心的土巴拉却忽视了一个情节：经常早起到厨房里的不仅是他一个人，还有嫂子。这个被忽视的情节今天才让他恍然大悟。确切地讲，土巴拉今天一早起来到厨房里烧灶火不是20年来形成的“习惯性动作”，而是有了不可告人的心机。醒来后，他并不立即到厨房里去，而是在床上裹着被子装睡了一小段时间。这小段时间，正好是嫂子起床穿衣的时间。这段时间足以让嫂子和他刚好能在同一时间进入厨房；进入厨房后，等自己把灶火烧得红旺的时候，嫂子也才能刚好把灶台上的铁锅擦洗好，这样才会避免自己把灶火烧好了还要在厨房里有意逗留的尴尬。他们一起在厨房的时间可能会是一袋烟的工夫或更长一点。对于他来讲，这点时间弥足珍贵。

被自己忽视了20年的这个情节让土巴拉惊奇地发现：原来，嫂子和村里的一些女人一样，也会让自己的某一根神经或者说某一个隐秘的部位有“触电”般酥麻的感觉。烧灶火的时候，他不敢正面看嫂子，只是偶尔用眼角侧视一下或者用眼睛的“余光”瞄一下嫂子。即便如此，他也发现了嫂子身上令他有触电感觉的那些细节。

哥哥已经出去打工十多年了，每年只有到春节的时候才会回家，家里除了老人和小孩就只剩下嫂子和他这两个年轻人。他们是家里的主要劳动力，全家人一年的重农活都压在他们身上。栽秧的时候，土巴拉在前面耙田，嫂子在后面插秧；种苞谷的时候，土巴拉在前面犁地，嫂子在后面播种。有时他也会和嫂子一前一后抬一根木料或芭蕉秆之类的东西。嫂子对他很好，但这种“好”纯粹是嫂子和小叔的关系。他对嫂子也有感情，但这种感情纯粹是一种亲情关系。嫂子从来不叫他“土巴拉”，而是喊他弟弟。现在他对嫂子的这种特殊感觉，让自己感到脸红心跳。他不知道，这样的感觉是一种罪过还是一种幸福。有的时候，他甚至想到，外出打工的哥哥永远也别回来，这样，说不定他和嫂子之间会发生一点什么。想归想，这不过是一种白日梦，这一点土巴拉是明白的。

天大亮了的时候，土巴拉决定去挑水。这一年干旱，自来水管都变成“干”（钢）管了，人喝的水要到十多里地的一个深箐沟里去挑。50 多年才遇到这样一次干旱，今年 30 岁的土巴拉自然也是第一次到这么远的地方去挑水。现在，村里的青壮年男人和没有结婚的女孩多半都外出去打工了，留下的就是老人和拖儿带女不便外出的妇女。当然，还有他们这一群因为没有文化，自己又吃不了苦，进城无用，在家无聊的光棍们。他本来想去约昨天在大榕树下打“三四”的那几个伙伴一起去挑水，但临走前却改变了主意。因为今天要去挑水的那个地方正好是这个村和外村的分水岭，两个村到挑水的地方，路途是一样远的。说不定外村的人也来这个地方挑水，如果运气好的话，也许会见到外村那个叫大水花的姑娘。这样想着，土巴拉就一个人悄悄走出了村外。其实，去那个山箐里挑水的不仅是土巴拉一个人，村里那些走得了远路，挑得动水桶的女人们也出去挑。要不然，土巴拉也不知道路该怎么走。一路上，那些女人们有说有笑，有几个还跟土巴拉开起玩笑来。

有一个问：“土巴拉，你都这么大年龄了，不想讨一个媳妇吗？”

有一个说：“这么大的年龄都不想找女人肯定是真的有问题。”

还有一个说：“土巴拉其实人傻心不傻，男人和女人那点事他明白得很。”

土巴拉只把最后这个女人说的话当人话。他甚至感激这个女人为他土巴拉讨回了作为一个男人的尊严。

这一天出去挑水，土巴拉并没有见到那个叫大水花的外村姑娘，但回来的路上却得到了一个意外的收获。土巴拉发现，村里那个叫大石花的寡妇落单在挑水队伍的最后面，于是，他故意放慢了脚步，与大石花一前一后地挑着水同路回来。看着寡妇大石花挑水走路时鼓起的胸脯和翘起的屁股，土巴拉想到了让自己一夜间神魂颠倒的那个外村姑娘大水花。土巴拉怀疑，昨天肯定是自己把同伴讲的话听错了，同伴讲的那个女人根本不是叫什么大水花，肯定就是本村的寡妇大石花。因为寡妇大石花就是从外村嫁来的。

大石花的丈夫是本村人，几年前赶着毛驴去驮柴，突然遇到一场暴雨引发的泥石流，连人带驴被泥沙埋了。大石花现在带着一个5岁的女儿淘生活，实在也很不容易。过去，土巴拉只会这么想。

一路上，土巴拉反复琢磨着“大水花”与“大石花”这两个名字中的一字之差究竟有什么不同。她们究竟是同一个人，还是不同的两个人。大水花的名字有一个“石”字，是不是性格更刚烈一些，大水花的名字有一个“水”字肯定是更温顺柔和。想着想着，不小心让脚绊上了路边的一个树疙瘩，差点连人带桶摔到路下面。大石花禁不住哧哧地笑了一声。土巴拉没有觉得大石花的笑带有什么恶意，反而觉得这笑中有一种说不清、道不明的亲切感。他记得大哥和大嫂刚结婚时，大嫂也曾经对大哥这样笑过。

快到村口的时候，寡妇大石花回头看了土巴拉一眼便匆匆加快了脚步。大石花的这一个回眸让土巴拉产生了那一首歌里唱到的“千年等一回”的感觉。土巴拉虽然没什么文化，但电视里唱的那些爱情歌曲，他多少还是能体会到一些的。土巴拉断定，这个世界上根本没有叫大水花的姑娘，只有本村叫大石花的寡妇。不过，他首先认识了大水花这个名字，对大水花的印象已经产生了感情，即便寡妇大石花不是大水花，就凭她在村口那一个让自己“千年等一回”的回眸，他也愿意把她当大水花一样看待。这以后，土巴拉经常把寡妇大石花想成了外村姑娘大水花。

村里来了一群工作队，说是要发动群众抗旱促春耕。按照工作队的说法，就是要打塘点苞谷，到小黑江边去挑水来浇地。大家都认为，不下雨也只能采取这种办法了，否则节令过了，就是再下雨，种下去的苞谷也不会长出苞谷棒子来，只能割苞谷秆秆来喂牛。悟出了这个道理，有的人开始在山地里忙活起来。然而，到小黑江边挑水浇地谈何容易。种苞谷的山地离小黑江边有 10 多里远并且坡路又陡，一天从早到晚挑水也只能赶一个来回。因此，许多人对挑水浇地这件事情当面表示赞成，下乡的工作队刚走出寨子大门，就又开始打退堂鼓了。于是，大榕树下，该打“三匹”的继续打“三匹”，该玩麻将的继续玩麻将。乡村生活本来就慵懒，这样闷热的天气再不找点刺激的就只能闭眼打瞌睡了。

土巴拉则跟他们不一样，每天赶着毛驴到江边驮水浇地。在他家种的那块苞谷地里，嫂子负责挖塘点播，他负责运水浇地。家里就他们两个劳动力，再不采取这种办法，今年就会颗粒无收。挑水浇地虽然很辛苦，但土巴拉乐意，和嫂子在一起，他总会有莫名的心动。可理智又告诉他，对面的人不是大水花，而是自己的亲嫂子。这一天夜晚，他裹紧被窝，握着胯下那东西第一次在幻想中做了男人应该做的事情。第二天早起，他为此而恐慌不已，见到嫂子就低下了头。嫂子当然什么也不知道，只是觉得小叔子这几天总是怪怪的。

不知从什么时候开始，土巴拉不再和村里这一群被女人遗忘的特殊群体来往了。土巴拉想去找寡妇大石花，但他总也迈不出心里这个坎，有这个贼心却没有这个贼胆。都说寡妇门前是非多，像他这样一个光棍去寡妇家，有什么动机和目的，这是和尚头上找虱子，明摆着的事。有的时候他也想，白天去不行，那就晚上去。晚上黑灯瞎火的，他土巴拉去哪里只有天晓得。可是，晚上去敲门，大石花能买她的账吗？弄不好还会背上一个流氓的罪名。他土巴拉虽“土”，但也是一个明白事理的人，他认为这件事情得慢慢来。

最近，土巴拉像间谍一样观察大石花的动向，像猎狗嗅猎物一样寻觅大石花的踪迹。通过十几天的观察，他终于发现了他能与大石花单独在一起的机会。嫂子不是说过大石花要找一个男人换工翻修瓦顶吗？何不让大石花和自己家换工呢。但这件事情他不好先跟嫂子提出来。

终于有一天，他在路上见到大石花便把这件事情说了。大石花当然理解土巴拉的意思，主动找到嫂子把换工的事很巧妙地说了。

不过几天，土巴拉到大石花家翻修屋顶。大石花在院子里递瓦，土巴拉在屋顶上镶瓦。土巴拉毕竟是土巴拉，憋了一个下午也没有说出与今天翻修屋顶以外的什么话题。土巴拉好像想说什么话，但把脸憋红了终究还是没有说出来。大石花说：看，太阳把你脸晒的。土巴拉只会哧哧地笑：太阳够辣的。

屋顶修好了，按这个村的习惯，换工人要回自家吃饭，不留在主人家吃，但大石花还是礼节性地邀请了土巴拉一下。哪承想，土巴拉想了想便答应了。

有客人在家吃饭，大石花就紧忙着去做菜。大石花影子到哪里，土巴拉的眼神就跟到哪里，生怕大石花一下子会丢失掉似的。大石花回头的时候，土巴拉就假装看瓦楞。

吃饭前，土巴拉主动向大石花要了一杯酒，这让大石花感到很意外。想不到，土巴拉还会喝酒。其实，他只是想借酒壮胆，大石花倒觉得土巴拉这时还真的有点男人味。

不出所料，酒过三巡后的土巴拉开始向大石花抒发感情。土巴拉语无伦次地说：你就是我梦中的大水花。不，不，是大石花。大石花以为是土巴拉酒醉了才把她的名字说错，也就没怎么在意。大石花回答：别这么说，我都是有儿女的人了。

接下来的话让大石花听得脸红心跳，恨不得打个地缝钻了进去。土巴拉说：你身材高挑，丰乳肥臀，弯弯的眉毛像月亮，黑黑的眼睛像珍珠。大石花是个读过书的人，根本想不到这个大字不识，半痴半傻的人能够讲出这些话。一再追问才知道，是村里那个文书教给他说的。土巴拉借着酒兴对大石花说了一通后，眼睛便模糊起来，是泪水。大石花也微微感动了。

土巴拉因为不胜酒力，记不得自己是怎么回到家的。半夜醒来才隐隐约约记得是大石花搀扶着自己回来的。睡在自己的床上，他还能闻到大石花脸上和手上涂的那种护肤品的气味。土巴拉为自己的这次失态后悔莫及。从此以后，土巴拉不敢再打大石花的主意。

过了不到半年，土巴拉从同伴的闲聊中听到了一个令他心碎的消息：大石花带着她的女儿跟一个山东男人跑了。

土巴拉又回到了过去的土巴拉，痴还是那样痴，傻还是那样傻，在清醒中糊涂，在糊涂中清醒。整个人看上去，脑子并没有什么问题，但说话的语态和做事的行为介于痴傻和憨厚之间。

土巴拉第二次脱胎换骨的变化还是因为那个叫大水花的外村女人。听那个油嘴滑舌的文书讲：现在的女人都爱钱。只要你有钱，盲人、哑巴、聋人、瘸子她们都爱。那个文书还讲，像外村大水花那样的女人少说也得要一万。文书说着便哈哈地笑起来。土巴拉没有去过外村，当然不知道大水花长得怎么样，只是从文书的描述中他认为像大水花这样的女人，一万块钱，值！

土巴拉长这么大，压根就没有见到过家里有一万块钱。不要说一万，一百块钱他也没有摸过。有一天，土巴拉突然有一个想法：出去打工，像哥哥和村里的其他青壮年一样出去打工。他把这个想法和嫂子讲了后却遭到嫂子的反对。嫂子对他说，他根本不是外出打工的料，倒是留在家里还是劳动能手。嫂子还说：只要人勤劳肯干，在家做农活和外出打工一样会过上好日子；只要人心地善良、为人厚道，一样会得到幸福。嫂子对他讲，以后农闲季节他可以在村里找一些活计做，赚得的钱由他自己留着，农忙时帮帮她做一些重农活就可以了。嫂子的这番话让土巴拉激发出了一种作为男人应有的责任和担当。

村里又来工作队，要求江边山大干产业，发展橡胶、紫胶、坚果和咖啡。在热辣辣的太阳下，土巴拉每天都在江边地里挖坑塘。挖一个咖啡坑塘可以得两块钱，挖一个坚果坑塘可以得 3 块钱。土巴拉一天可以挖出 50 多个坑塘，每天就有 100 多块钱的收入。挖坑塘为什么，土巴拉自然明白。他盘算，这样挖下去，不到半年就可以到外村去找大水花了。

嫂子看到土巴拉挖坑塘这么辛苦就怜惜地对他说：慢慢来，留得青山在，不怕没柴烧，只要身体好好的，钱什么时候都可以赚。这天回到家，嫂子特意给土巴拉打了一盆热水洗脸，土巴拉再一次感受到嫂子是多么的善良。土巴拉说，等领到钱了，他会给嫂子买一条红丝巾。土巴拉想着，系着红丝巾的嫂子该是多么的漂亮。也许，外村的大水花也不过如此。

转眼又到了腊月杀年猪的时候，还是没有听到哥哥要回来过年的消息。嫂子急，土巴拉也急。村里外出打工的人陆陆续续回来了，后来一打听才知道哥哥刚从昆明转到南方一个遥远的城市去打工，今年可能回不来了。听到这个消息的时候，嫂子的眼眶流出了流水。看到嫂子伤心流泪，土巴拉想着用自己的手轻轻地擦拭嫂子脸上的泪痕。但最后没有这样做，只是给嫂子递上毛巾。嫂子接过毛巾，让土巴拉心里有一种暖暖的感觉。土巴拉想，要是自己能够多赚点钱，哥嫂就不必这么苦了。

过年的时候，土巴拉第一次穿上了一套崭新的西装，脚上穿着一双崭新的皮鞋。嫂子也穿上了一套粉黄的衣服，脖颈上系着一条红艳艳的丝巾。走在村路上，那些不怀好意的男人见面便带着戏谑的口气说：这才像一对人儿。听这话，嫂子脸红，土巴拉也脸红。嫂子怎么想土巴拉不知道，但土巴拉明白自己心里想什么。他觉得能和嫂子做一家人是最幸福的事。

天有不测风云，人有旦夕祸福。春节过后，村子里传来了噩耗：哥哥在车祸中没了。听到这个消息后，土巴拉像孩子一样哇哇大哭。哭够了才发现，嫂子已经气得昏倒在一边。一时间，村里的人们纷纷赶来，有的忙着出主意，想办法，策划着该怎么办理哥哥的善后事宜；有的忙着安慰嫂子，告诉她别太难过，现在还年轻，以后的路还很长。

日子在艰难地进行着。土巴拉仍然每天到江边的山地里打坑塘；嫂子仍然在做田地里的农活和料理家务。由于土巴拉挖坑塘得到了工钱，嫂子也得到了哥哥的一笔赔偿款，他们一家成了这个村最有钱的人家。土巴拉说，该翻修翻修自家的老屋了。嫂子也在盘算，该给土巴拉说一个媳妇了。

跟山东人出去的大石花不到半年就又回来了。原来那个山东人是个骗子，家里有老婆儿女。凭着他当了一两年的小老板想让大石花做他的姘头，大石花不领他的情。关于大石花的事，土巴拉也听到过一些传闻。但听了，脑海中也是一场雾水。他永远也不会弄明白，在外面，男人和女人之间还有那么多花花肠子。

大石花回来后，土巴拉似乎换了一个人样，学会了喝酒、打牌和玩麻将，又跟那些打“三匹”的人混在了一起，这让嫂子很不放心。一天晚上，土巴拉喝得醉醺醺的，拎着一把菜刀要去砍人，被嫂子和邻居连拉带拖地架了回来。一问才知道：一直以来，那个文书在拿土巴拉当笑料，在光棍群中取乐。外村根本没有什么叫“大水花”的姑娘。外村叫“大水花”的是李家一条黑底白斑毛色的怀孕母牛。据说，那个文书去了几次，出了一万块钱，老李家都不卖。老李家说，就是穷的砸锅卖铁也不能卖带儿的母牛。要是大石花不回来，土巴拉还一直蒙在鼓里。

夜里，喝得醉醺醺的土巴拉躺在床上说梦话，还不停地念叨着：“大水花。”

嫂子把一杯解酒的蜂蜜茶水送到土巴拉的床前，在土巴拉的耳畔轻轻地答了一句：我就是你的大水花。

土巴拉估计没有听到，像睡死了的猪一样，打起鼾来。

第六章　走进新时代

走进山街的预言家

一

据说乡村中有这么一种人，他们有未卜先知的特异功能，凭借一双神奇的慧眼，能够洞穿人世间的前世、今生和未来。

这种人平时跟凡人没有什么两样，他们该干活时干活，该吃饭时吃饭，该睡觉时睡觉。不同的是，一年中的某月、某天、某个时辰，神灵会附在他们身上，使他们的灵魂进入半人半仙的状态。这个时候，他们就会把神的旨意传达给人间。

乡村人管这种人叫“大老天”，说他们是天神下派到人间的使者。

我们家乡的那条山街就有一个叫“大老天”的，平时人们看不到他的踪影，等到了某年某月某日的某个时辰，他就会神秘地在街头出现。他的出现就意味着有新的旨意要传达给大家。

“大老天”进入街子的时候，行踪鬼鬼祟祟，言语神神叨叨。他说的话也不像常人，阴阳怪气的，每一句话都带着唱腔，说出的话好像是唱出来的一样。江湖传说，他出现的时候，身体虚弱的人不宜在此逗留，否则会生一场大病，甚至会气虚而亡。所以，他出现的时候，老人、妇女和儿童一般都会自觉避让。

奇怪的是，看他穿扮的行头应该是汉人，但他却会用当地的五六种少数民族语言说话。他在向人们颁布“天王诏书”的时候就是用五六种民族语言分别说唱出来的。我们当地都有各个民族的人，都曾听到过他的说唱。这些人说他讲的少数民族语言发音准确、吐词清晰，与本民族的人说得一模一样。

这个人看上去心高气傲、冷峻肃穆。走路的时候抬头望天、旁若无人，似乎街上的人对他都没有任何影响。而人们对他的态度恰好相反，无论是当官的还是平民百姓都对他心存敬畏，远远听到他的声音传来，便会呼啦一声闪出一条道来。听说他的声音也很特别，他的声音并不怎么大，但有振荡感，他在街头的说唱有回音效果，街上的每个角落都能听到。

1976 年的某一天，他在街上用说唱的方式对人们发出惊悚的预言：海里的大鱼要翻身、人的眼泪要漫过江河湖海。他的这个预言太让人感到惊恐了，公社的人认为他这是在用迷信蛊惑人心，让派出所的人把他抓了起来，拉到街上游行批斗。在街上批斗他时他没有反抗，只是说：“是与不是你们等着瞧吧。”

让人们意想不到的是，他的预言竟是如此灵验：这一年，发生唐山大地震，失去亲人的人们处在万分哀痛之中。

当然也有说，这个世界上根本没有什么未卜先知的事情，如果有，这也是一种巧合。人们都希望“大老天”所预言的灾难不要发生，所以，不希望他在街头上出现。但这个“大老天”每隔几年总是会出现一次。他说人类的灾难不是他带来的，他不过是来传达天神的诏书。他还说：“是祸躲不过，是福避不开，该来的总会来。”

1978 年，他在街上又对人们发出预言：天宫要更梁换柱、人间要改朝换代、蜜蜂多了要分家、人口多了要分田。时隔才两年的时间，他就又做出这样的预言，弄得人心惶惶。有人就提出，直接把他抓起来关到大牢里算了，看他那张乌鸦嘴还敢不敢叫。这一年，因为形势发生新变化，大家要做的事情很多，公社并没有派人去抓他，只是告诫他不要胡说八道，扰乱治安，否则就对他不客气。

让人们再一次意想不到的是，他的这一次预言也如此灵验：不久，党的十一届三中全会召开，中国确实发生了“改朝换代”般的变化。两年后，全国各地开始搞包产到户，田地果真被分到了一家一户。

家庭联产承包责任制是中国农村历史性变革，这一变革让农业实现飞速发展、农村发生巨大变化，农民的生活水平得到显著提高。改革开放以后，随着商品经济的不断发展，这条街开始热闹起来，人们不再骂“大老天”的乌鸦嘴，而是希望多多听到他对未来的美好预言。

“大老天”的预言如此准确，有人就想请他帮算命，但他从不理睬。只见他半睁半闭着眼对来人说：“谋事在人，成事在天，有的事人算不如天算。”有人就说，“大老天”只会预测天下祸福，不会给凡人算命，这都是天神安排好了的。如果他会算命，人们都找他算命去了，还有谁会有心思去干生产呢？

这个“大老天”，有人把他当成疯子，有人把他当作仙人。对于他说的话，人们宁可信其有，不可信其无。他究竟是什么人，他从哪里来，又要到哪里去，从来没有人知道过。

我们村的人上街的时候多数都见到过这个“大老天”。村人描述：这个人不抽烟、不喝酒，也不吃街上的任何东西。他头上戴着一顶毡帽，身上穿着一件长衫，脚上穿着一双布鞋，手上拄着一根拐杖，看上去像民国时期的一位先生。最特别的是他的后脑勺那个地方有一颗大烟丸子一样的黑痣，那是他的“第三只眼睛”。还有人把他传说得更神秘，说他会隐身术，在街上来无影去无踪。每次他只会在街上停留一两袋烟的工夫，没有人看见他从哪里来又到了哪里去。

十年后的1986年，这个“大老天”已经是一位白发苍苍的老人。这一年，他迈着蹒跚的步履又出现在老家的那个山街。据村人说，这也是他最后一次出现在这个山街上。这一次，他对人们发出预言：江河要枯竭、鱼虾要晒死，天神要施展魔法，人间的夜晚要变成白天。后来，他的这次预言又像魔咒般的灵验了。事实是：不久，澜沧江上游的漫湾电站开工，大江截流的那几天，下游的江水断流，成群的鱼虾在沙滩上晒死。几年后，漫湾电站建成，高压输电线布满澜沧江畔的上空，乡村的夜晚灯火辉煌，犹如白昼。

但话又说回来，并不是所有的“大老天”的预言都灵验。有一次，可能是在2000年，有一个号称自己是“大老天”的神汉在街上又发表蛊惑人心的言说。那个人说：“地球要爆炸了，人类要走进世界的末日。”这个神汉发表的言说又弄得人心惶惶。乡村中有的人担心自己在“世界末日”到来时就这样不明不白地死去，于是提前做了奢侈的享受，不仅到街上买来昂贵的衣服穿上，还把自己养的猪牛全都杀吃了。记得当时政府对类似的谣言制造者做了狠狠的打击，那个冒充“大老天”的神汉也被派出所拘留。2000年过去了，人类生存的地球安然无恙，我们那个地方，什么灾难也没有发生。相反，人们载歌载舞，以古老的方式庆祝新千年的到来。

二

其实，在乡村中早就有“大老天”这样的人，他们有的是巫师，有的是传教士，有的是民间说唱人。他们用说唱的方式传播乡村的历史文化，让人们知道故乡的古根，让乡村人知道自己是从哪里来，又要到哪里去。是乡村封闭的地域环境赋予他们神秘的色彩，他们的预言在现实中的巧合又让他们充满了传奇。

乡村的预言家有的是以“魔法大师”的身份出现。小时候就常听爷爷讲过，很久很久以前，我们村就有一个会念咒语和会施魔法的神秘老人。这个人会让石头走路，让大树弯腰，让牛马说话，让野兽让行。他还会隐身术，来无影去无踪；会缩山功，能坐地日行八千里。这个人的最大本事就是能掐会算，有未卜先知的特异功能，明天要发生的事情，他今天就知道，将来要遇到的事情，他现在就可以看明白。爷爷说，我们村的未来，这个人早就看到了。

在我童年的时代，经常和爷爷一起上山放牛，听爷爷讲过许多关于“魔法老人”对乡村未来的预言。

“魔法老人”说过，我们村会有一天人人都能吃上白米饭、穿上洋布衫、住上大瓦房。四十多年前，爷爷给我讲这个故事的时候，我们村的人吃的还是苞谷饭，穿的还是土布衣，住的还是茅草房。四十多年后的今天，“魔法老人”的预言全部变成了现实，人们不仅吃上了白米饭、穿上了洋布衫、住上了大瓦房，还过上了“楼上楼下、电灯电话”的幸福日子。

“魔法老人”还说过，我们村会有一天出门不用走路、种田不用牛犁、吃水不用人挑、煮饭不用柴火。爷爷讲这个故事的四十多年前，我们村还是水、电、路“三不通”地区。四十多年后的今天，村里不仅实现了水、电、路“三通”，普及了太阳能、家用电器，许多人家还买了农用车和小汽车，农业生产由传统农耕开始走向现代化农业。

最令人感到惊讶的是，在那个连电为何物都还不知道的年代，“魔法老人”竟能预测到电视与手机普及到乡村的这个今天。爷爷说："魔法老人"曾经讲过，有一种魔法能够让人缩身变小，钻进密封的盒子里留下自己的影子和声音。一旦需要，这些影子和声音会听从魔法大师的召唤，从密封的魔方盒里跳跃出来。

父亲读过书，见过大世面，二十岁的时候就到过省城昆明。关于"魔法老人"能够预言未来，父亲是这样对我解释的："魔法老人"是乡村中的智者，他们饱读诗书，有丰富的阅历和经验，他们所讲的故事和对未来的预言都是在经书里看到的。早在500多年前，经书里就有关于现代文明的记载。村里虽然还没有人见到过飞机、火车和轮船，但在经书上就有关于这些现代交通工具的描述。"魔法老人"对人类灾难及祸福的预言多数是他们的推测，他们的预言变成了现实不过是一种巧合而已。

我在想，"魔法老人"的故事之所以在乡村中一代又一代地流传下来，是因为他们所预言的未来情景多数都是美好的。而美好社会是人类的共同追求，这样，反映人类美好愿景的故事就流传了下来。在鲁迅文学院学习的时候，有一位老师曾经讲过："巫师是最早的文学家"，看来这与父亲所说的是一个道理。

三

改革开放以后，乡村中已经没有了巫师、传教士和民间说唱人，更没有什么"魔法大师"，但还有人在充当"预言家"，我们村的布岗老人就是其中的一个。

布岗老人是布岗家族的传人，在布朗族村寨是德高望重的长老，人们对他说的话深信不疑。还在 20 世纪 80 年代初期，当时乡村中根本还没有关于旅游产业的概念，但布岗老人却早早地预测到：我们村有“三件宝”，是一块“风水宝地”，将来家脚的这段澜沧江要变成人欢鱼跃的百里长湖。

那时，关于“三件宝”的传说让这个村笼罩着种种神秘的色彩，曾经引起不少人的猎奇。有一次，一位挖矿的老板领着三个小工，带着铁锹、钻子等勘探工具，风尘仆仆地从百里之外的县城来我们村的山上寻找矿石。这三个人翻遍了我们村的大山小箐，结果一无所获。挖矿的老板走时留下一句话：“三不通地方要是有三件宝，太阳都要从西边出来了。”

进入 21 世纪的今天，布岗老人的预言变成了现实。2012 年，政府决定开发澜沧江水能资源，又要在澜沧江下游挡坝储水建电站，我们村被列入库区移民搬迁点，部分田地要被淹没，部分民居需要搬迁，于是“三件宝”的传说也得到揭秘。我们村的人说，布岗老人所说的“三件宝”其实是“一棵树、一碗水、一丘（畴）田”。我们村的人要求，库区移民搬迁，最好不要动到我们村的“三件宝”。

既然“一棵树、一碗水、一丘（畴）田”都被称为“宝”，那树也就不是一般的树，水也就不是一般的水，田更不是一般的田了，那么，它们又隐藏着什么样的奥秘和玄机呢？

一棵树，指的是村头的那棵古树。这是一棵细叶榕，树高

20 多米，树干足够两人合围，树冠覆盖面有一亩多地。据林业部门考证，这棵树少说也有 500 年的历史。这棵树不能动不是因为它的古老，也不是因为它给这个地处亚热带地区的民族村寨带来四季的荫凉和造就一道优美的风景，而是因为它是这个民族村寨的一棵神树（我们布朗族称竜树，也叫“埋色”）。几百年来，人们为了消灾解难，祈求平安，都来祭拜它、供奉它，每到开门节、关门节和插花节，大树下面人群如潮、香火袅袅。为了保护这棵树，这个村的人还曾经与当时的公社干部发生过一场争斗。1958 年，大炼钢铁铜，有人要砍下这棵树烧炭炼钢，全村的人全力阻止，有一位村民不幸被砍树的斧头砍死在树下，领头的公社干部被村民用藤子强行捆绑在树下跪拜赎罪了三天。后来，由公社的人出钱，村里杀了一只鸡、一头猪、一头牛重新祭拜这棵树，这件事才算平息。

人们之所以如此敬仰、崇拜和呵护这棵树，不仅因为它是这个村寨几百年来当地民族所祭拜的神树，还因为它有一段不寻常的经历。民国三十二年，也就是 1943 年，日军侵入我西南地区，我们村的人积极加入游击队到阿佤山抗战。我们村一共出动 80 多名青壮年参加抗战游击队，临行前，当时的老布岗（布朗族村的头人）在这棵大树下为他们壮行，布岗老人带着他们在这棵树下跪拜起誓：在战场上谁逃跑就回来在这棵树上吊死；谁勇敢打死一个敌人或者战死沙场，我们就在这棵树刻上他们的名字，让世世代代的人永远记住他们。第二年，80 个人，只有 60 个人战斗结束后返回，有 20 个人在战场上英勇牺牲，他们的名字永远刻在了这棵树上。因为布朗族没有自己的文字，布岗老人当时在树上刻写的都是傣文，加之半个多世纪的风吹雨淋，这些文字都已经只留下了一些斑驳的痕迹。但是这段历史、这件往事在人们的心中亦然像这棵大树一样牢牢地在大地上扎下了深根。

一碗水，说的是离我们村只有两公里，坐落在我们村西山头上的那个小水库。小水库建于1971年，水库虽小却用了六年的时间建设，动用了全公社成千上万的人马。建这个水库的时候全部都是用人工，包括开挖、截流、支砌、挡坝、夯压等工序没有一样不是靠一双手和一套普通的劳动工具。那时没有工程机械，运送土石料用的是自制的木轮手推车，夯压大坝用的是重达三四吨的“石磙”，由二三十个人在前面牵引。因为当时国家困难，建这个水库除了给每人每天补助半斤的大米，几乎没有资金上的投入。全村乃至全公社抽调的劳动力不分白天黑夜地奋战在工地上，没有人叫一声苦，没有人喊一声累，有道是“人民公社红旗飘，社会主义建设赶、帮、超”。在劳动中，“比、学、赶、帮、超”的宣传舆论成了人们的精神动力。水库建设完工了，“三不通”村大干水利建设的先进事迹登上了《人民日报》、《云南日报》、中央人民广播电台和云南人民广播电台还进行了播报。于是我们这个村成了远近闻名的典型村和先进村。据我的父亲讲，我们村是当时整个公社上交国家公粮最多的一个村寨。事实上，这个小水库工程虽小却给我们村带来了巨大的效益。全村500亩“雷响田”（靠雨水载插秧苗的旱田）全部变成了旱涝保收的灌溉田，还把村里300亩的旱地改造成了水田。从此以后，我们村的人由过去只能吃杂粮、粗粮而吃上了大米饭。每年到新米节“尝新米”的时候，村里的老“昭色”（负责主持祭祀活动的一位长老）总不会忘记要端着一碗水和一碗米到小水库那个地方去祭拜。那时起，“一碗水”就成了这个水库的代名词。现在“一碗水”这个地方天蓝水秀，树木葱茏，花草繁茂，气候炎凉。这样一个浮云悠悠，山水相映的地方，成了年轻人踏春游玩的好去处，每到春节前后村里的年轻人们都要结伴而行来到这里游玩。那个重达三、四吨的大石磙还在，它像一位睡着了的老人一样安详地横躺在水库的坝边上，过往的人们也常坐在它上面休息。也许没有人再会想起它所经历的那个“人民公社红旗飘，社会主义建设赶、帮、超”的年代了。但作为历史的见证，它有可能存活一万年。

一丘（畴）田与一段凄美的爱情故事有关。村里的男女青年谈情说爱的时候常常在给回送对方的曲子中这样唱道：“不要金，不要银，才爱你家的一丘田。”一丘（畴）田是在我们村东南角坐落的一块田，据说当时只有一亩左右，后来经过大集体时期的开挖扩建已经发展成300多亩的良田。传说，清康熙年间有一位官家的少爷爱上了我们布朗山寨的一位漂亮女孩。一方是家境富裕的少爷，一方是生活贫苦的姑娘，他们的交往自然遭到父母的反对。但是这对恋人一见钟情并深深地爱着对方。每到月明星稀的夜晚，他们就会来到这个地方约会。月光下，小伙子对着姑娘深情地唱道：“我是秧苗，你是水田，我的心泡在你的身上。”姑娘深情地回答：“你是秧苗，我是水田，你的身插在我的心中。”两位恋人相爱三年，双方的父母还是不同意他们的婚事。男方的父母扬言，如果他们双方再来往就要打断姑娘的双腿。无奈之下，这位美丽的姑娘带着一生的遗憾和痛苦为爱殉情跳进了波涛汹涌的澜沧江。这位少爷是一位有情有义的男人，为了表达对死去恋人的深情和对女方父母的歉意便逼着他父亲出资给姑娘家在这个地方买了一块良田，“一丘田”并由此而来。时过境迁，人们已经无法考证这个传说故事的真实性，但是“一丘田”的传说和关于秧苗与水田的那段情歌仍然流传到今天。

一丘田经过大集体时代的开挖扩建发展成了 300 亩良田，在 20 世纪 80 年代包产到户的时候又以家庭联产承包制的形式划分给了 50 户农户，养活了这个村一半多的人。通过近 30 年的品种改良和科学配土，现在这些田全部成了单产 1000 公斤以上的“吨粮田”，有许多人家还搞起了稻田养鱼。这样的“一丘田”能不珍贵吗?

按照我们村的要求，为了保护村里的“一棵树、一碗水、一丘（畴）田”这“三件宝”，县、乡领导调整了移民搬迁工程方案，让那波涛汹涌的澜沧江水绕道而行，挖掘和保护“一棵树、一碗水、一丘（畴）田”的文化内涵，打造民族文化旅游产业。大坝建成后，离我们村东南角不远的那段澜沧江水形成了十里长湖，鱼儿在湖面上跳跃，游人在湖面上泛舟，昔日“两岸猿声啼不住”的澜沧江畔变成了风光优美的旅游景点。

土巴拉进城

一

我和土巴拉是同一个村的人，是童年的好伙伴。小时候一起读书、放牛、割猪草；一起上山捕麻雀、下河捉螃蟹。我们亲如兄弟、情同手足。

但命运似乎对他不公，他读到小学二年级的时候就退学了，而我很幸运地读完了高中，还在城里找到了一份工作。土巴拉说他是土命，我是金命。他说，土命是盘田种地的，金命是上班领工资的；土命的人老死了变成一堆土，金命的人老死了名字也镀上金。

村里人都知道，土巴拉不姓土，他本该有名有姓，但没有人知道他的姓名。因为他从小就是路边捡来的孤儿，是村里几户人家轮流收养的，说白一点是吃百家饭、住百家屋长大的人。这个人的长相看上去就有点土气：身材纤瘦、脚杆细长，脖颈上顶着葫芦一样圆的大脑瓜，那模样会让人想起老人吸草烟的长把烟杆——土巴拉。他还小的时候，有一次和村里的一个伙伴打架，那个人打不过他，叫了他一声“土巴拉”就气冲冲地跑了。这一叫不打紧，却被旁边的人听到了，在娃娃中一传十，十传百。从此以后，“土巴拉”就成了他的名字。

好在我们那个地方，“土巴拉”算不上什么贬义词，带有憨厚老实的意思。人们不会因为他是孤儿而歧视他，也不会因为他的名字土气而取笑他。相反，因为他的仗义执言而赢得同龄人的敬重，大的喊他阿土，小的叫他土哥，听惯了反而觉得这样的称呼很亲切。

土巴拉为人厚道、心地善良并且能吃苦耐劳，农村的活计他样样都做得麻利。铲苞谷地的时候，别人大半天铲不完一墒苞谷，他半晌的工夫就铲到了地头。挖地的时候，别人把土垡子挖开就算挖好，他要把土垡子敲碎，把草棵捡干净，还要把地头地脑的杂草铲光。

乡村有句俚语：“一斧子两块柴，两个婆娘跟着来”，说的是能干的人容易找到婆娘。但就因为他长相有点土，说话又有些结巴，都三十多岁快四十岁的人了还是光棍一条。

其实，土巴拉只是看上去长相土气一点，人很聪明。他虽然是没读过几天书，但和村里的其他同龄人一样有梦想也有追求，总希望有一天自己也能走出去看看山外的世界。

小时候，土巴拉经常和我探讨：为什么城里会有汽车和楼房，我们乡村只有老牛和茅屋；为什么城里的夜晚灯火辉煌，我们乡村的夜晚总是黑灯瞎火；为什么城里人不干农活就能吃大白米饭，我们乡村人苦死苦活只能吃苞谷杂粮；为什么城里人喊父亲是爸爸，我们乡村人喊父亲是阿爹；为什么城里的娃娃不读书就没事干，为什么乡村的孩子不放牛就没饭吃？

城市与乡村有十万个为什么，但没有一个是我们可以解答的谜。因为这些谜底书本上没有讲到过，父母也没有给我们提到过。越是神秘的东西我们越要刨根问底，找出这个谜底的办法就只能是用我们的脚步去丈量十万大山，寻找走向山外世界的出路。

改革开放了，我们都知道，外面的世界很精彩。城里有汽车楼房、有电灯电视，但就是因为公路不通，我们一直没能走出大山。

我们那一代人能够进城都是在十八岁以后。十八岁以前我们脚上的骨骼还没有长定，还没有能力走出十万大山。

当我们长大以后才明白，城市与乡村是有距离的，这距离当然不仅是十万大山，而是像十万个为什么一样未解的谜。

尽管土巴拉以前进过一两次城，但他对我们那个小城还是感觉到很陌生，甚至是心有余悸。这次进城，他也是盘算了很久，才拿定主意的。临行前，他在村子里用他那块像砖头一样大的山寨手机给我打电话，说他要进城，让我在县城的街头来接应他一下。他说他带着一点钱，怕有什么闪失。我告诉他，要来就周末来，最好是星期五下午来，周末我好有时间陪他。

他在电话里告诉我，这次进城准备来办三件事：第一件事是去买一部新手机，顺便到理发店理发一下；第二件事是去农村信用社里存一点卖猪的钱，顺便把前几年借我的那笔钱也还给我；第三件事是到城里转转，看有什么活计可做，准备出来外面打几个月的工。他说，这些事都不是什么紧忙的事，只是这段时间正好是农闲季节，在家闲着也是闲着，出来转转，就算是给自己放松一下。

在那阳光灿烂的下午，我在县城的街头见到了土巴拉，他焕然一新的穿着让我眼前一亮。我面前的土巴拉真是让人士别三日，当刮目相看。他身上穿着一套西装，脚上穿着一双皮鞋，头发虽然留长了一点，但洗得干净，看上去还有些不协调的只是腰里别着的那部山寨手机，沉得把皮带都坠弯下去了。

两个朋友见面，有说不完的话题。土巴拉对我说："我们先在馆子里找——找饭吃吧。"我说，就两个人还是到我家吃算了。土巴拉说："在外面吃好——好款白（聊天），我请——请客。"土巴拉说话结巴，他每说一句话我都替他感觉到很费劲。

我知道，土巴拉是不会跟着我到家里吃饭的，前几年他进城到我家吃饭并住了一晚上，弄得我们都很尴尬。进门的时候，让他换上一双拖鞋，他的脚太大，只套进去了一半，走路的时候脚一踮一跛的，把家里的垃圾篓都踢翻了。他换下来的胶鞋虽然藏到了沙发底下，但还是臭得引来了苍蝇。儿子进门后就捏着鼻子问："家里怎么会有死老鼠的臭味？"我说家里哪会有什么死老鼠，可能是这几天下水道堵塞了。吃饭的时候，他的嘴里总是发出"吧嗒吧嗒"的声响，一碗饭用筷子扒了三次就吃完了。我和他都抽烟，我示范着把抽完的烟头掐灭后装在烟灰缸上，而他则非要把燃着火的烟头丢在地上用脚踩熄。妻子总是对着我挤眉弄眼，对土巴拉的这些行为习惯表示反感。我对妻子说，不要这样对待土巴拉，他是我的老乡，是我情同手足的好兄弟。妻子当然知道，我小时候掉进了大水潭，是土巴拉救了我的命；她还知道，有一次我实在是太饿了，是土巴拉带着我去偷挖了他家的红薯吃。土巴拉之所以这样对我好，是我从来不在人前叫他土巴拉，而是叫阿土哥哥。父母曾经对我说过：他长我一岁，我得叫他哥哥。

那次进城，土巴拉到我家住了一晚上。最令人啼笑皆非的是，他不会用马桶，晚上解手的时候就一直让大便在马桶上漂浮着。第二天早上，我背着家人悄悄地告诉他，在马桶上解手时要自己处理一下。第二天早上，看他进卫生间解手大半天不出来，我就敲门进去看他。当我看到他处理大便的情形时，我真是要笑喷了。原来，他找了大半天找不到马桶上放水的闸阀，就用手把马桶上的大便一点一点去捏碎。我帮他放水冲了马桶，告诉他好好记着怎么用马桶。他对我说："你们这些大城市人竟是用一些高科技的东西，我这榆木脑瓜怎么会记得住呢。"

关于他借我的那笔钱，也是拿去打发他在城里惹下的祸的。他说那次如果没有我，他是要去死的想法都有了。

有了第一次进城时的那次尴尬，他第二次进城的时候就不来住我家了，而是住在县城的一个小旅馆里。他认为自己出去外面住方便，用不着讲究那么多。

那一次，他是进城来买谷种的。天还没亮就从村里出来，因为没有搭上车，到天黑了才赶到县城，走进县城街边的那家小旅馆。

晚上他想看电视却不会按那遥控器，就下楼来喊老板娘帮他放电视。老板娘边帮他调电视边和他聊天，看上去很热情。

老板娘问他："大哥，你是哪个村的，看上去好像很面熟？"

他回答老板娘："我是南沙河村的，离城一百多里呢，可能是你记错人了吧。"

老板娘说："没错，前几年我做生意的时候就去过你们村，到你们村买过猪。"

他就说："看不出，你一个城里的女人，又长得这么好看，还做过猪生意。"

老板娘就说："大哥，你抬举我了，我也是乡下来的，如果不是家里困难也不会到城里来打工。"

老板娘告诉他，她十八岁就来城里打工，进城已经快二十年了，这个旅社就是她用二十年的打工钱盘下来的。老板娘还告诉他，她本来已经结婚了，那个男的好吃懒做还爱嫖赌，他们就离婚了。

土巴拉听了老板娘的诉说，有一种同病相怜的感觉，也就对这个陌生女人没有了任何戒备。原来只打算在城里住上一天就回去了，后来却鬼使神差地在这个旅社住了两天。

第二天晚上旅社停电了，老板娘就给土巴拉住的房间送蜡烛。土巴拉说，老板娘可真有心计，她白天穿的是一条长裤子，晚上给他送蜡烛的时候穿了一条超短裙。

老板娘对土巴拉说："对不起大哥了，旁边正在修线路，今天晚上看不成电视，只能点蜡烛了。"

土巴拉对老板娘说："没关系的，我们在乡下经常遇到停电，已经习惯了。"

老板娘问："大哥，今年几岁了，孩子都已经大了吧？"

土巴拉红着脸说："我还没成家呢。"

老板娘首先是表示惊讶，然后装着很镇静地对他说："男人成家晚一些也好，成熟的男人才能当得好家。"

土巴拉说，老板娘的话可真多，送蜡烛就送蜡烛吧，还要对他说："红蜡烛吉利，代表喜庆。"还对他讲什么："洞房花烛夜，金榜题名时。"他当然不理解老板娘要真正表达的是什么意思，只是觉得老板娘人很和气，说的话也顺耳。

老板娘在床边坐下来，划了一根火柴，把蜡烛黏在床头柜上。点蜡烛的时候，她有意无意地靠近土巴拉，让丰满的胸脯在土巴拉的肩膀上摩擦了一下，弄得土巴拉心里痒痒的。

过了一会，老板娘悄悄地问土巴拉："大哥，晚上要不要枕头？"

土巴拉不知道老板娘所说的"枕头"是什么东西，不解地问："枕头不是已经有了吗？"

老板娘对土巴拉做了一个"鬼脸"，用挑逗的语气对土巴拉说："大哥长这么大还没沾过女人的腥气吧，出门在外，就该把自己放松一些。”说着又把胸脯在土巴拉的肩头上摩擦了一下，弄得土巴拉的心怦怦直跳，脸也红到了耳根。

睡到半夜，土巴拉在梦中恍惚听到敲门声。土巴拉起床点亮了房间的蜡烛，对着门问：“什么人，是哪个？”门外是女人的声音，仔细一听，是老板娘。

土巴拉开了门，老板娘穿着睡衣进到了房间。

正在土巴拉手忙脚乱地要去解女人衣扣的时候，门外突然响起了急促的敲门声。

两个人匆忙整理好衣服，女人就走出去开门。土巴拉一眼就看到进来了两个穿着制服的警察，差点把他吓晕了。

一个警察带着严肃的语气对土巴拉和老板娘说：“你们涉嫌嫖娼卖淫，跟我们到派出所去吧。”

一个警察指着土巴拉说：“看你老实巴交的还会干这种违法事，准备罚款吧。”

当天晚上，土巴拉和女人都被带到了派出所，警察分别对他们进行了讯问。处理的结果是：罚款五千元。

在派出所里，土巴拉还想和警察理论，说他什么也没干，搞什么要罚款那么多。派出所的人对他说：“我们人赃俱获，你还想狡辩，那你就在派出所拘留十五天吧，我们有的是时间等你。”

第二天，我就接到派出所打来的电话，找钱帮土巴拉去交了那五千元的罚款，把他领回来了。回来的路上，土巴拉哭哭啼啼地向我诉说事情的经过。我知道他这是受骗上当了，是那个时候公安派出所打着“扫黄打非”的名义惯用的“钓鱼执法”。但这种事情，你就是有一百个理由也说不清，只能是哑巴吃黄连，有苦自己咽。

那个时候，我一个月的工资也就400多块钱，5000块钱不是个小数目。临走的时候，土巴拉向我承诺，就是砸锅卖铁也要把钱还给我。回去以后，土巴拉卖了家里的四头老母猪，凑了4000块钱拿来还给我，还差下我1000块钱。这件事以后，土巴拉很少进城，我差不多是七八年的时间没见到过他了。

在这七八年的时间里，土巴拉每年也都给我打电话，也提起他还差我的那1000块钱，但他说总是没机会进城，又不好意思托人把那笔钱还给我。

二

时隔七八年的时间，土巴拉这次进城来找我，让我感到很意外。当然，现在我面前的这个土巴拉已是今非昔比，进餐馆吃一顿饭对于他来讲不过是小菜一碟。我带着他走进了一家小餐馆。他抬头看了一下餐馆的门牌，结结巴巴地念道：“姐——姐——妹——妹餐馆。”我逗他说：“不是姐姐妹妹餐馆，是姐妹餐馆。”土巴拉笑着对我说，这几年来他虽然不进城，但经常去赶我们老家的山街，这几个字还是认识的。

开餐馆的是一高一矮两个女孩。看上去，大的那个有二十五六岁，小的那个有十七八岁。土巴拉小声地对我说：“城里人做事就是有档次，吃一顿饭都要找有漂亮姑娘的地方。”土巴拉说的“城里人”当然是指我。

土巴拉让我点菜，我点了两荤两素一汤。土巴拉说：“吃进自己肚子里的东西有什么值得省的，菜太少了，再点上。”于是，他又加了三个荤菜一个素菜，加上我前面点的，刚好是八菜一汤。我觉得两个人点这么多的菜实在是太浪费了，土巴拉则对我说：“人家那些大老板一桌饭就是好几千，也不觉得浪费，我们吃这点家常菜算什么。”

土巴拉给我讲，去我们村盖房子的那个小老板，抽烟抽的是“印象”，喝酒喝的是“茅台”，上街吃饭点十多个菜，吃饭的时候还有小姑娘陪酒。

我问土巴拉：“你怎么会知道这些，人家又没请你吃过？”

土巴拉对我说：“那个老板还真的请我吃过一次饭，因为我在村里帮他看守料场。”

土巴拉说，这几年乡村日子好过了，家家都争着盖楼房，我们村一年的时间就盖 20 多幢楼房，那些外地老板发财了。

吃饭的时候，土巴拉要了两瓶“小黑江”牌苞谷酒，我们两个就碰着杯喝了起来。我问土巴拉：“你原来不会喝酒，是什么时候学会的？”土巴拉说：“男人不喝酒，有钱白白有；男人不抽烟，白活人世间。”他还说，在乡村“酒是感情液，烟是和气草。”他告诉我，这几年来村里的那些男人都爱玩牌喝“三匹酒”，没有哪个不会喝上个半斤八两的。别说男的，乡村中有许多女孩也会喝酒了，有的女孩烂喝酒，喝醉了，裤子掉到脚后跟都不知道。

在饭馆里，喝着喝着，我们都有点醉了。我发现土巴拉的脸黑红黑红的，那一双圆溜溜的眼睛忽闪忽闪地去盯着人家姑娘鼓起的胸脯。

我对土巴拉说：“你的眼睛都长钩了，别老是去盯着人家姑娘。”

土巴拉说：“男人的眼睛长钩只会长直钩，女人的眼睛长钩就不得了，会长倒钩刺呢。”

想不到，这个说话结巴的男人，经过几年的磨炼，加上酒精的刺激作用，不仅说话不结巴了，说出的话比我这个搞文学的还深奥。

土巴拉端起酒杯、比画着手对姑娘喊：“小姐，过来陪阿哥喝一杯。”

姑娘回答：“我们不是小姐，不会喝酒。”

土巴拉说：“现在这个年代哪有不会喝酒的姑娘，开饭馆的姑娘要是不会喝酒那我就饭都不会吃了。”

我感到很奇怪，土巴拉平时说话结结巴巴的，酒喝多了反而不结巴。一般的人喝醉了酒说话慢腾腾的，土巴拉则相反，喝酒以后，说话像打机关枪一样。

土巴拉虽然酒喝高了一些，但意识很清醒，结账的时候我要去买单他立即做出反应，把我拉朝一边把钱开了。

土巴拉问：“多少钱？”

姑娘回答：“二百五，就收你们二百四十九吧。”

土巴拉从裤袋里掏出三百块钱拍在桌子上，对收钱的姑娘说：“开给你三百块钱，不用补了。”

姑娘装模作样地说了一声谢谢，把钱收进了柜子里。

走出餐馆，土巴拉骂骂咧咧地说道开饭店的姑娘：“说什么二百五，他爹才叫二百五呢。”

土巴拉说在我家住不方便，要去开一间宾馆住，我只好跟着他去。我知道他没有身份证，就掏出自己的身份证在前台登记。管前台的姑娘问：“要住标间还是住单间？”土巴拉问：“什么是标间，什么是单间？”前台姑娘说：“标间有两张床，单间有一张床，价格都是一百五。”土巴拉挠着头皮看我，我说：“就住单间吧。”

我带着土巴拉开门进了房间，土巴拉不解地问：“价格都一样，搞什么不住两张床的大房子？”我对土巴拉说：“一个人要睡两张床干什么。”土巴拉又问：“搞什么城里收钱都收二百五？”我纠正他：“房间价格不是二百五，是一百五。”他说：“反正都有五字，就是看不起乡下人。”

我对土巴拉说：“好好休息，明天我带你去办事。”因为喝了一点酒，回到家我就躺下了。躺下了，我还放心不下，怕土巴拉去干什么坏事，就给他打了一个电话。不出所料，他正在宾馆的洗脚房里洗脚。电话那头，几个洗脚的姑娘正在跟他嘻嘻哈哈地开玩笑。

三

第二天，我首先带土巴拉去理发，然后带他到信用社去存钱。

理发的时候，理发的姑娘问："大哥，要不要洗头一下？"

土巴拉问："洗头多少钱？"

理发姑娘回答："洗头 20 块钱，洗头加按摩 50 块。"

土巴拉爽快地说："那就洗头加按摩吧，两个人 100 块钱。"

我正好要推辞，按摩姑娘很快用她那温软的手把我牵到了按摩床上。

从理发室出来，我对土巴拉说："土巴拉，你可真会享受呀，明明是来理发，还叫人家姑娘给你洗头按摩。"土巴拉说："乡下人难得进城一次，该享受就得享受。"土巴拉还说："你们城里人过的真是神仙的日子，想干什么就干什么。"我对土巴拉说："你可别把城里人想歪了，城里人的日子不像你想象的那样舒服。"

去信用社存钱的时候，人家要身份证，土巴拉没有身份证，早就准备好了从村委会带来的证明。那女营业员看着证明上的名字禁不住"扑哧"笑了一下。我递上我的身份证，表示可以担保，对营业员说："我的这个朋友虽然没有身份证，但他的名字就叫土巴拉。"

听土巴拉说，这几年乡村发展产业，农民的日子比以前好多了，他一年卖烤烟就得两万块钱，卖母猪的钱也不少于一万，村里盖新房的人多，平时在村里打零工还有一些收入。

乡村发生的新变化和土巴拉逐步过上了幸福的日子，让我感到很欣慰。我对他说：“现在日子好过了，男人嘛，该找一个女人还是要得找，都说少年夫妻老来伴，以后老了好有个伴。”

土巴拉把手握成小喇叭状对着我的耳朵悄悄地说：“已经找着一个了。”

我问土巴拉：“是什么人，到底靠不靠谱？”

土巴拉说：“我还没有结过婚，她已经是有一个娃娃的女人了，论条件，我比她好一些，应该靠谱的吧。”

晚上我做东，请土巴拉吃饭。酒过三巡，土巴拉硬是要给我讲他和那个女人的事，我说外面不要讲给人家听，等回到宾馆再说。

回到宾馆，土巴拉不讲他和那个女人的事了，而是要约我去唱歌。我说我不想去那些地方，还是早休息算了。土巴拉说，这么早就睡觉怎么睡得着呢。于是，他不容我辩解，就把在饭馆里喝剩带来的半瓶酒开了。土巴拉边喝酒边和我吹起他和村里的那个女人来。

那个女人是我们村一个叫大石花的女人，年龄和土巴拉差不多，前几年死了老公，带着一个不满三岁的女儿。看着人家孤儿寡母的，土巴拉空闲时就去帮人家干活，慢慢地，两个人就产生了感情。

我问土巴拉：“那女人长得怎么样？两个人发展到什么程

度了？”

土巴拉说：“女人长得还算可以，屁股圆圆的，胸脯鼓鼓的，再生一个小娃没问题。”他说，两个人还没发展到那个程度，那女人说了，她要明媒正娶，等领了结婚证才能在一起。

我对土巴拉说，你们的年龄已经差不多了，那就赶快把事情办了吧。

土巴拉说，这次进城他就是想再找一些活计做做，等攒够了钱，明年春节前后就风风光光地把事情办了。

四

第二天，土巴拉就按照我指点给他的路线开始在城里去找活计。

土巴拉先是到县城的一个红砖厂问老板要不要人。老板告诉他要的，像他这样体力强壮的工人，一个月可以开 3000 块工钱。扣除伙食费，一个月起码还有 2500 元。土巴拉本来是想在这个地方做下了，但听了红砖厂一个工人说的话，他又改变了主意。这个人告诉他，红砖厂的工资看着是给得高一些，但干的活计比牛还累。白天从早到晚要上班 12 个小时，晚上还要加班 4 个小时，一天的上班时间一共是 16 个小时。干的活计就是用推车把生砖坯运送到砖窑里烧，又把烧好的砖块搬运到拉砖的大车上去码好。

土巴拉看着像两座山一样堆着的砖块，又看看那些灰头土脸的工人，个个都像是从土洞里爬出来的一样，就觉得这个活计太累人了，自己可能吃不消，便悄悄地走出了红砖厂。

走出红砖厂，土巴拉来到一个正在盖着高楼的工地。他按照工人们的指点，找到了承包盖这幢大楼的工头。工头告诉他可以留下，工钱按天数结算，每天 100 块钱，一个月 3000 多块钱，每个月先预支 800 块钱生活费，剩余的工钱年底统一结算。土巴拉在这里留下了，当天就开始干活。他的活计主要是搅拌沙灰，同时负责用小推车运送。干了一天，土巴拉觉得还行，跟村里盖房子做的活计差不多，但算下来，比在村里盖房子支付的工钱要高一些，这样的活计，村里一天只付给 80 块钱。

到了第二天，土巴拉正在干活的时候，突然看到了一大群人挥舞着棍棒向工地走来。那些人走向工地监理部，对着里面的人大声地喊："我是农民工，还我血汗钱。"土巴拉问旁边的工友是怎么回事，工友告诉他："这个老板欠了他们的工钱，都一年多了，还没有给。"土巴拉又问工友："那你们怎么还敢在这个地方干下去？"工友说："不干下去又有什么办法呢，不继续在这个地方干，以前在这个地方干下的活就像那群人一样拿不到工钱了。"还好遇到了这个工友，让土巴拉明白了一切，晚上土巴拉就悄悄地溜了。

离开了这个工地，土巴拉又在城郊的一个木材加工厂找到了活计。这个木材加工厂的活计不算太累，开的工钱也不算太低，但土巴拉只干了一个月就又跑了。

我问土巴拉："你不就是想出来打工吗，怎么一山望着一山高，一个地方都留不住？”土巴拉说：“算了，还是打回老家干活吧，这种地方我真的没法留下来。”

土巴拉讲出了事情的原委。土巴拉说，到了木材加工厂，老板看他人老实，就安排给他一个管理仓库的活计，这个活计不辛苦，给的工资也不算低，一个月给 3000 块钱，但他就是不满意住的地方，也对老板的一些做法看不惯，特别是懒得再见到跟着老板的那个女人。

土巴拉说，他和老板住的就是一排木板房，并且与老板住的房间就只隔着一层板子。这个老板朋友多，每天晚上都要约朋友来住处划拳喝酒。有的时候，一群人要闹到一两点钟才肯散伙，弄得自己晚上睡不好，白天无精打采的，走路都打瞌睡。土巴拉说，这个老板精力可真旺盛，上半夜领着朋友划拳喝酒不算，下半夜还不消停。一到下半夜，白天跟在老板屁股后面转的那个女人就钻进老板的房间。土巴拉说，这些都是人家的私生活，他也没什么意见。他最看不惯的是老板的女人似乎看不起乡下人，人前人后叫他“土巴拉”，仗着她是老板的女人，把自己当小工使唤。那个女人一会叫他扫地，一会叫他抹桌子，一会又叫他烧开水。吃饭的碗筷原来是那个女人洗的，他来了以后，女人就把一堆碗筷都丢给了他。终于有一天，他跟那个女人闹翻了。有一天，那个女人过生日，来了许多女伴，房间丢了一地的瓜果皮。那个女人送女伴出门时，吩咐他把房间打扫干净。他用笤帚囫囵地划拉了几下，找不到装垃圾的箩箩，就把水果皮扫在了门旮旯里。等那个女人回来的时候，穿着高跟鞋的脚踩在香蕉皮上，猛地摔了个“狗抢屎”。女人又哭又闹，扬言让他滚，他就不得不离开了木材加工厂。

土巴拉说，后来发生的事更是让他气愤得头发倒竖，脸皮发绿。土巴拉说，从木材加工厂出来的时候，他跟老板讨要了一块椿树板，准备带回老家做几个小板凳。当他走到县城街头的时候，迎面开过来一辆小车，那开车人一只手握着方向盘，一只手在打电话。当车子就要从他身边擦过的时候，开车的人猛踩刹车，车轴发出刺耳的响声，把他扛着的那块板子也碰落在地，幸好他避让及时，车子才没有碰到他。

开车的人把车子停住，下车怒气冲冲地对他吼叫：“没长眼吗？走路不看车是不是想找死？”

他正想和这个司机理论，这时车子上又下来两个虎背熊腰的大蛮汉，其中有一个手叉着腰对他说：“有人行道你不走，偏要走车道，你这是不要命了。”

几个人看了车子上的划痕，问土巴拉：“是公了还是私了？”

土巴拉战战兢兢地问：“公了怎么办，私了怎么办？”

开车的人说：“私了你就赔 3000 块钱，公了我们就报警，让交警来处理。”

一听说要报警，土巴拉就急得腿打哆嗦，差点尿裤子。土巴拉怕警察，这叫一朝被蛇咬十年怕井绳，几年前在那个旅社发生的事还在让他心有余悸。

土巴拉说私了，把身上仅剩的 2000 块钱和新买的那部手机赔给了这些人，之后像被鬼追撵着一般撒腿就跑了。

城里待不下去了，土巴拉就准备回家。临走前，他又用他那部砖块一样笨重的山寨手机给我打来电话，算是对我告别。他说，城里不是乡下人待的地方，还是回到乡下吧，金窝银窝不如自己的茅草窝，乡村才是自己安身立命的地方。

我的患难兄弟，我的家乡朋友就要走了，我准备去送他一程。可是，等我走到街头的时候，他已经扛着一块板子爬上了去往老家的那辆农用车。

他站在车厢上，穿的还是那套西装，风吹开他的衣襟，露出那件因污垢而变得发黄的白衬衫。我跟他挥手，他也跟我招手。驾驶员发动马达、加足油门，车子轰隆隆地驶向街头、驶出城外，消失在密林深处的远方。

楼上楼下，电灯电话

一

“楼上楼下、电灯电话”是乡村人的百年梦想和追求。如今，当这个梦想就要变成现实的时候，许多人还没有来得及做好心理准备。这一天的到来，让有的人感到六神无主、手足无措，甚至是猝不及防。

这几年来，政府发动大家搞“脱贫攻坚”“异地搬迁”“整村推进”“新家园行动”“新农村建设”等一系列惠民工程，这些项目都与民居房改造有关。乡村人家乘着国家扶持政策的东风，纷纷盖起了宽敞明亮的楼房，一辈子穷得叮当响的五叔家也破天荒地盖起了独家独院的小别墅。

五叔家位于村头偏高的一个小山包上，祖祖辈辈住的都是茅草丫杈房，是这个村比较困难的农户。每每看到他家那间破烂的房子就会让人禁不住想起唐朝诗人杜甫的《茅屋为秋风所破歌》。如今，这幢崭新的楼房一下子在这个地方拔地而起，给人一种鹤立鸡群的感觉。

乡村人邋遢惯了，接受一种新的生活方式，可能要有一个适应的过程。这新房盖好了，五叔总觉得这也不是，那也不是。看着这崭新的楼房，五叔就在想，这庞大的一幢楼房把老地基都占完了，牛圈和猪圈要到哪里盖？这贴了地板砖的光亮亮的地会不会让人滑跌？上山做活回来一脚都是泥巴，这不得脱鞋进屋吗？厕所设在房子里面，这不等于吃、住和拉屎拉尿都在一起了吗？厨房里面都贴着白色的瓷砖，这能在上面烧火煮饭吗？

按理说，房子盖高了，人的腰杆也应该挺得更直了。不管怎么说，扎根大地的安居房应该让人心里有一种稳稳当当的踏实。但五叔恰好相反，房子盖好了，一点也高兴不起来。五叔抬头看那高高的楼房就觉得头晕目眩。五叔一辈子没有住过这样的房子，别说住过，连见也没有见过。对了，五叔这几年血压有点高，还经常头晕，抬头往高处看眼睛就会发黑发晕。对于要盖楼房的事，他当初是持反对态度的。若不是儿子儿媳反复做他的思想工作，说他的这个眩晕症与房子的高矮没有关系，这个房子恐怕是盖不成了。老伴对五叔说："你真是有福不会享呀，一辈子就想住那贴地的茅草房。"

其实，五叔担心的都不是这些问题，让他头疼的是钱的问题。房子盖好了，五叔不是充满了信心，而是变得忧心忡忡。

房子盖好有一段时间后，五叔才鼓起勇气让一家子人搬进新房。盖房子时差下一大笔钱，五叔不让儿子儿媳添置一件新家具。他对儿子儿媳说，乡村人做人要实在，不要做绣花枕头草包芯、马屎疙瘩外面光。临要搬进新房了，儿子儿媳说，房子这么好，把用不着的旧家具扔了吧。五叔不让扔，他说，把旧家具扔了，除了一间空空荡荡的房子，家里还能有什么？

五叔家搬进新房以后，儿子和儿媳在楼上住，自己和老伴在楼下住，一家人暂时过上了“楼上楼下，电灯电话”的幸福日子。

俗话说：好花不常开，好景不常在。搬进新房不久，这“楼上楼下，电灯电话”的日子让五叔一家子增加了前所未有的忧愁和烦恼。

首先是钱的问题。五叔说，这房子哪是用砖盖出来的，是用钱码出来的。住在这新盖的房子里，五叔和老伴晚上翻来覆去就是睡不着觉。自从盖了这幢房子以后，五叔和老伴一直就是心事重重、心乱如麻。房子盖好了，五叔整个人看上去瘦了一圈，老伴的头发也白了许多。五叔一个人闷头抽着旱烟、独自苦思冥想的时候，就在心里盘算了一下：盖这幢房子，一共花了 30 万块钱。家里卖猪、卖牛还了 3 万元，国家补助 2 万元，现在还欠着 25 万元的建房款。25 万块钱对于五叔家来讲是一个天文数字，五叔算过账，按现在的家庭收入，就是不吃不喝，十年也还不清。五叔说，这么多的钱一家人可以当枕头使了。可这是一笔债务呀，头上顶着这么重的债务，怎么能让人睡得着觉呢。

五叔家盖楼房以后，院子里的其他树木都砍光了，就留了一棵正在开花的杧果树。这段时间以来，五叔做梦都会梦见花花绿绿的票子，一觉醒来，才知道自己见到的不是票子，而是在院子里落了一地的杧果树叶。

听说建房可以贷款，有一天，五叔就上街到信用社去问，看是不是能贷一些款，解决燃眉之急。信用社的人答复他：贷款不仅要有担保抵押，还要有还款能力。五叔就说，可以用房子和林地抵押，等以后经济发展了，有了收入就还钱。信用社的人还告诉他，农村的房子和林地想卖也没人要，无法变现，像他们家这种条件贷了款也没有偿还能力，信用社是贷不了款，只能自己想办法。

在信用社吃了闭门羹以后，五叔就对老伴说："还是让楼上那两个出去打工吧，要不然这盖房子的钱不知道要等到猴年马月才能够还清呢。"

老伴对五叔说："我们都这么老了，如果再让他们出去打工，家里那么多的活计谁来做？"

五叔对老伴说："光靠盘田种地一辈子都还不了这笔钱，家里的农活我们能做多少就做多少吧。"

老伴对五叔说："话是这样的话，理是这样的理，可我们已经都这么老了，孩子出去外面打工，万一我们有个三长两短的该怎么办？"

说到年龄，五叔说老不算老，但自己毕竟也有了一把年纪。五叔今年 60 岁，老伴 58 岁，在乡村，这样的年龄是可以做几年农活的。问题是面对一幢楼房的 25 万元债务，他们无论如何也折腾不起。一辈子种庄稼的人别说有 25 万元，有的时候就是要花 25 块钱也要抱着母鸡到街上去卖。

按理说，五叔一家四口人，两个劳动力抚养两个老人，生活不应该有多困难。但事实是，五叔一辈子只会盘田种地，不会做生意赚钱，儿子儿媳又不想出去到外面打工，家里除了偶尔卖些猪、鸡应付日常生活开销，根本就没有什么闲钱。

俗话说：车到山前必有路，水到田头自开沟。一辈子倔强的五叔遇到再难的事也要想办法，只是这么多的钱，真是把他给难住了。

正在五叔和老伴为是不是要让儿子儿媳出去打工而纠结的时候，楼上的两个年轻人下来了。

儿子说："我们还是出去打工吧，你们两老守着这个家，家里的活计能做多少就做多少。"

儿媳说："我们出去打工顶多三五年，等把盖房子的这笔钱苦到手了就回来照顾你们。"

经过一家人拉锯战似的商量，五叔颤巍巍地举起手拍板：儿子儿媳外出打工，他和老伴留守家里做农活。

出门的前一天晚上，楼上的两个年轻人睡不着觉，楼下的两个老人也一夜没有合眼。一辈子不会为柴米油盐而失眠的人让钱给难住了，尝到了什么是失眠的滋味。

儿子劝媳妇："快睡觉吧，别想了，明天出门还要早起呢。"

媳妇对男人说："你睡你的，我在想着我们出去以后，该去做什么活计呢。”

儿子对媳妇说：“是呀，我们两个一没技术，二没文化，外面出去打工不知道该去做些什么？”

媳妇对儿子说：“外面出去打工我们租不起房子，只能住工棚，看来想要一个孩子一下子是不可能了。”

儿子对媳妇说：“要不这样，等你怀孕了我们再出去打工？要不然出去打工了，我们连住在一起的机会都没有，还指望生什么孩子。”

媳妇对儿子说：“我怀孕了再出去打工，怀孕期间谁来照顾我？在外面怀孕了，孩子又要在哪里生？”

儿子、儿媳不是没出去打过工，几年前，两个人刚开始谈恋爱的时候他们就出去过一次。那一次出去打工，让他们真正尝到了什么叫“在家千日好，出门一日难”的滋味。

刚到城里的那一天晚上，两个人没地方住就约起在一家旅社住了下来。夜里，两个人正熟睡着，突然被急促的敲门声吓醒。一开门，就进来两个穿着警服的人，来人说他们是派出所的警察。这两个人掏出工作证，进一步亮明他们的身份。接着对他们说：“你们涉嫌嫖娼卖淫，请跟我们去一趟派出所吧。”两个警察把他们带到派出所，轮番对他们进行审讯。任凭他们对自己百般辩解，但无济于事。派出所的人对他们说，如果他们再继续这样狡辩下去，就先拘留他们十五天，等事情弄明白了再说。派出所的人还说，十五天过后，还要通知他们的家长或村里的干部来把他们领回去。遇到这种丢人的事哪能让村里的人知道呢。在“人赃俱获”的证据面前，他们不得不妥协了。最后，派出所的人让他们交了 5000 元的罚款才放他们回来。

走出派出所的大门，两个人牵起手撒腿就跑。身无分文的两个年轻人惊恐地走在夜晚的街头上，心从头凉到了脚。找不到活计的那几天，他们睡过桥墩旮旯，睡过堆在路边还没有安装的排水管里面，一个人就着一瓶矿泉水啃一个冷馒头，还没来得及在城里落脚，就成了城市的流浪者。后来，他们在城里打工了半年，男的到车站去当搬运工，女的在一家餐馆里洗碗。一年下来，除了吃住开销，刚好攒了 5000 块钱，也算是抵销了那笔倒霉的罚款，从此以后就不再进城打工。

乡村人胆小怕事，一朝被蛇咬十年怕井绳。那次外出打工的遭遇，让两个人一提起进城打工的事脊背就发寒。这几年来，村里的年轻人都纷纷外出打工去了，但他们两个人却老老实实耗在家里做农活。要不是家里盖房子差账，他们是断然不会想着去打工的。

正在两个年轻人为是不是要等媳妇怀孕了再出去打工而纠结的时候，楼下的两位老人吭哧吭哧地上楼来了。

五叔对儿子说：“刚才，我和你妈又商量了一下，还是等你们有了孩子再出去打工吧。”

老伴也对儿媳说：“我和你爸商量好了，等你生了孩子我们就在家帮你们带孩子，这样你们出去打工也就省心了。”

五叔和老伴、儿子和儿媳在楼上楼下踱着方步、心事重重地徘徊着。两个老人和两个年轻人从楼上走到楼下，又从楼下走到楼上。反复思量的结果是：大房大屋要人丁兴旺才住得温暖，两个年轻人还是等生了孩子再出去打工。

事情定好了，楼下的两个老人终于合上了眼。

事情定好了，楼上的两个年轻人就一直玩着手机。

天还没亮，五叔就起来劈柴烧火，老伴也忙着去喂猪、喂鸡。五叔烧着了火就去帮老伴喂猪、喂鸡。老伴喂好了猪、鸡又来帮五叔煮饭、煮菜。这两个老人一辈子从来没有配合得这样默契过，是目前面临的困境不得不让他们从此以后携手相依。

看着熊熊燃烧的火塘，五叔就对老伴说："这麻栗树柴烧火旺着呢，只要青山在不怕没柴烧，现在都住上楼房了，儿子媳妇他们都还这样年轻，以后指不定日子就这样红红火火了。"

看着争先恐后抢食的猪仔，老伴也对五叔说："一头母猪二两银，一窝猪仔一坨金，现在都住上楼房了，以后指不定日子就这样好下去了呢。"

五叔知道，他和老伴说的话不过是彼此暖心的话。在这鸟不拉屎的穷山瘦水，乡村人家背着债务住上楼房与日子是否过得红火那是风马牛不相及的事情。

二

话说这楼房就是比风雨中摇曳的丫杈房好住，这楼上楼下、电灯电话的日子就是比狭窄黑暗的茅草房舒服。转眼间，乡村就到了桃花、李花盛开的季节。

天刚亮，一对喜鹊飞上枝头喳喳欢叫，两个年轻人听着喜鹊的叫声裹着被窝赖在床上甜甜蜜蜜度春光。儿子嘻嘻哈哈，媳妇打情骂俏，各自在心里乐滋滋地盘算着“造人计划”。

儿子对媳妇说：“都这么长的时间了，你的肚子怎么还不见饱满呢？”

媳妇对儿子说：“你当女人怀孕是地里种的苞谷呀，一天就长出一寸芽苗来。”

儿子对媳妇说：“我天天都下地种苞谷，只见下种子不见发芽，是不是你这块苞谷地缺水呀？”

媳妇对儿子说：“好地要下好种子，只下种子不发芽，只能说明你的苞谷种子是霉烂种。”

太阳都升起一竹竿高了，楼上的两个年轻人还没有起床。五叔看不下去了，就上楼吼了儿子一声：“太阳都照着屁股了，你还不起床，你这是日后要喝西北风呀。”

饭菜都已经煮熟了，楼上的两个年轻人还是没有起床。老伴实在是看不下去了，就上楼嘀咕了一声：“再这样睡下去，就是一头母猪都会被你压死的。”

说者无心，听者有意，儿媳听婆婆这么一骂，误以为是在指桑骂槐地说她。自知理亏不敢对婆婆发脾气，就拿男人出气。她愤怒地挥起拳头捶打身边的男人，边打边骂：“我叫你睡、叫你睡，我是母猪，你是谁？”

常言道：“夫妻打骂是恩爱，床头打架床尾和。”楼上的两个年轻人三天一小闹，五天一大打，打打骂骂又和好如初。他们也知道，两个人的感情很好，只不过是为钱的事发生一些口角，有的时候是婆媳之间还缺乏沟通。好在两个人的想法是一致的，房子盖好了就要好好经营这个家，无论在什么情况下都要多体谅老人的良苦用心，夫妻之间有什么矛盾都不能提离婚。

人能改变环境，环境也会改变人。自从住上楼房以后，两个人的精神面貌似乎改变了许多，夫妻之间也更恩爱了，每天出门做活都形影不离。

立夏刚到，正是乡村点苞谷和栽秧的农忙季节。眼看着这高垒如山的建房债务，两个年轻人不敢再赖床贪睡了，天一亮就上山做农活。种苞谷的时候，男人在前面犁地，女人在后面播种，夫妻二人累得气喘如牛；栽秧的时候，男人在前面耙田，女人在后面插秧，夫妻二人累得汗水淋漓。

五叔和老伴看到儿子儿媳做活这么卖力而又辛苦，就在家里煮好了饭菜送到他们做活的田地里。看着这两个变得勤快了的年轻人，五叔额头上的皱纹似乎舒展开了一些，老伴头上的白发也好像少了许多。

五叔对儿子说：“庄稼人的活计一年四季也做不完，人肉不是铁打的，累了就知道自己休息一会。”

老伴对儿媳说：“女人的身体是金贵的，栽秧的时候要注意舒展身子活动筋骨，不要扭了关节伤了腰。”

儿媳见婆婆这么关心自己就悄悄地对丈夫说：“今天真是太阳从西边出了，婆婆这么怜惜我。”

儿子对媳妇说：“老太太这么关心你，不就是想让你早生贵子早得福吗，等你给她生了一个孙子她就更疼爱你了。”

晚上，五叔和老伴、儿子和儿媳一家四口人和和美美地围在一张桌子上吃饭。吃饭的时候，五叔主动给儿子递烟，婆婆殷勤地给儿媳夹菜。公公婆婆这么客气，弄得儿媳很不好意思。儿子看着媳妇脸上飞起了一朵红云，突然觉得自己找的媳妇是这样漂亮，心里美滋滋的。

五叔说：“如果不遇到什么风灾雨灾和病虫害，这一年生产的粮食除了吃的还可以卖上一两千斤，按现在市面上的价格可以收入三四千块钱。”

老伴说：“如果猪、鸡不遇到什么瘟疫疾病，喂肥长胖了，拿去街上卖也可以有三五千块钱的收入。”

儿子对两位老人说：“这点收入是远远还不了建房款的，既然不出去打工就要在农村发展产业，增加收入。”他和媳妇商量好了，除了种田种地还要像别人家一样种坚果、种咖啡、种烤烟，再多养上一些猪鸡，三五年后就会有五六万元的收入，不出七八年，这房子款也该还清了。

现在的乡村，家家都是单房独院，天黑了就关门闭户，没有什么事大家都不会相互走访，这楼上楼下、电灯电话的日子有的时候还真的是让人感到闲着无聊。晚上没有什么事情可做，儿子和儿媳就在楼上各自玩着手机，五叔和老伴在楼下边打瞌睡边看电视。

手机微信上，正在热传一则“重金求子”的广告：“我叫李媛花，今年 26 岁，广州人，家有亿万资产，老公因意外事故失去生育能力，为继承家业，经夫妻商量，想寻找一名健康男士与我共孕生一个小孩。若满意，我就飞你处见面，首付 50 万元定金，共同生活怀孕成功后再支付 100 万元重谢……”妻子看到这条广告后就拿手机给老公看，对老公开玩笑说：“你去应聘吧，跟一个婆娘睡觉生娃娃还得 150 万元。”老公说：“如果有这等好事，我可以让她像母猪一样生一窝。”妻子就又开玩笑说：“你妈不是说了吗，你都快压死一头母猪了，怎么连一只猪仔都生不出来。”

五叔和老伴在楼下看电视，电视上也正在热播一条“养猪致富”的广告：“一品饲料，正大‘智’造；世上只有妈妈好，有妈的孩子像个宝，有了正大代乳宝，没妈的日子一样好；正大饲料相助，致富快人一步。”五叔看了电视广告后，对老伴嘀咕：“这电视上都说些什么呀，怎么把猪都说成是人了。”老伴就对五叔说：“猪吃饲料，人吃猪肉，这不等于人和猪都吃饲料吗，现在的人就是吃饲料养肥的猪才和猪一样肥胖。”

楼上，儿子儿媳玩着手机；楼下，五叔和老伴看着电视，其实大家都心不在焉，讲着讲着又绕到建房款上来。

楼上，儿子对媳妇说："照我们家现在这样的收入，即便是一年有一万块钱，那 25 万块钱的建房债务也要 25 年才还清。"

媳妇对老公说："你怎么这样目光短浅，一年就只想着苦到 1 万块钱。"

儿子对媳妇说："即便是发展产业也要有一个过程，三五年才会见一点成效呢。"

媳妇对老公说："所以说生孩是小事，还清建房债务是大事，我们把该种的产业地种下了，还要得出去外面打工。"

儿子对媳妇说："还清建房债务是大事，生孩子抱娃也是大事，两样都得兼顾。"

媳妇对老公说："自己家生孩子的事再大的事也是小事，欠别人家债务的事再小的事也是大事，生孩子的事还是以后再说吧。"

楼下，五叔对老伴说："这建房钱的事还是得想办法，要不然我们老死了还得背着债务进土洞，更不能把这么重的债务丢下给孩子。"

老伴对五叔说："他们生孩子的事也得抓紧，要不然我们都老得动不了了，谁来给他们带孩子，我们这么老了还不得抱孙子，到时候死都不瞑目。"

三

年关到了，盖房子的老板开始挨家挨户催收建房款。有一天，儿子儿媳和老伴上山做农活了，五叔在家用斧子劈过年烧的柴火，盖房子老板带着两个人来到五叔家要钱。

老板说："五叔，你家的建房款该给我一些了，我得拿这些钱支付给盖房子的农民工，好让人家回去过年。"

五叔对老板说："老板，你就再宽限一段时间吧，现在家里一分钱都没有。"

老板说："我可以宽限你，但盖房子的农民工宽限不了我。他们要养家糊口，要回家过年，我总得给他们打发一点吧。"

五叔说："那我们就先去筹给你两三千块钱吧，也好让你对打工人有个交代。"

老板说："两三千块钱还不够支付一个小工半个月的工钱呢，照这样下去，你们家建房差下的 25 万块钱，那些农民工老死了都还拿不到。"

五叔说："我们多想想办法，差你的钱，一定尽早还给你。"

老板说："这就对了。这样吧，我也不逼你们把这笔钱一次付清，但按合同规定，你们必须在三年之内把盖房子的钱全部结清给我，这次就先给我 5 万块吧，以后有了再多给一些。"

晚上，儿子、儿媳和老伴从地里做完农活回来，五叔就把老板来家里要盖房子的钱告诉了他们。

儿子对五叔说："家里现在没有什么可以变卖的，盖房子的钱，你们再操心也枉然，我和媳妇再想想办法吧。"

儿媳也对婆婆说："到了街天，我回娘家去一趟，看看能不能借到一点钱。"

到了乡村的街天，儿子和儿媳双双出门。儿子到县城去找伙伴，媳妇到娘家去找人，两个人同时踏上了借钱还债的山外之路。

儿子坐了一天的农用车，找到了在县城打工的伙伴。伙伴对儿子说："我在这里打工也挣不到多少钱，看你这么困难，就借给你 5000 块钱吧。"儿子接了钱，感激不尽，对伙伴说："我手头有钱了，一定早一点还给你。"

儿媳走了一天的山路，到了娘家。娘家的哥嫂弟妹都说没有钱，早先有一点钱也都用来支付盖房子的欠款了。娘家人说，这几年乡村家家户户都在盖房子，没有哪一家有一两万块钱留着。

看到女儿在婆家过得不如意，盖一幢房子也要让一个女人家出门去借钱，娘就在一旁对女儿唠叨："早对你说了，让你嫁的你不嫁，偏要嫁给外村这户最穷的人家。"

在娘家借不到钱，媳妇本来想打道回府，但在村路上看到了一个熟悉的身影。这个人的出现，让她纷乱的思绪又重新回到少女时代的记忆中。

十年前，她还只有十八岁，他比她大三岁。她是贫穷人家的女孩，而他是村支书家有钱的儿子。这男孩有事没事总想接近她。

有一天，他在村路上走着，那男孩走近了她。

男孩对她说："我喜欢你，我们交朋友吧。"

她对男孩说："我还小呢，现在还不想交朋友。"

说着，她头也不回就走开了。其实，她不是不想交朋友，是不想和这个男孩交朋友。这个男孩，家里虽然有钱，人也长得帅气，但就因为他爹在村里当支书，自小就衣食无忧，他平时就好逸恶劳、横行霸道，还经常和街上不三不四的人混在一起。

这家人曾多次来到她家里提亲，父母也想要他嫁给这个男孩，但她就是不点头，她还对父母说："就是出去讨饭也不会嫁给这种人。"

有一天她到河边洗衣服，这个男孩尾随着她来到河边。看到四周没人，他就像狼一样扑向了她。她挣扎、反抗，最终还是被他强暴了。她愤怒地对他说："你等着瞧吧，我要去告你，让你坐牢，也让你当支书的爹身败名裂。"听她这么一说，那男的急了，狼狈逃窜地跑回了家。

还没等她去报案，晚上那男的就带着他当支书的爹来家里求饶了。他爹拿着一万块钱递给她，对她说："这件事情传出去了对大家都不好，我们补给你一万块钱的精神损失费，就算私了吧。"她接过钱甩在男人的脸上，对他说："谁要你们的臭钱。"说着就大声痛哭起来。

在父母的劝导下，她没有去报案，这男的也因为害怕事情败露而离家出走。这件事情以后，两家人互不来往。这男的出去以后就去外面打工了，她仍然留在家里做农活，后来这件事情就这样不了了之。

过了几年以后，经人介绍，她就认识了现在这个丈夫。因为这件事情，她一直觉得自己亏欠着丈夫，生活再艰难，她也不嫌弃丈夫家贫穷。

正在她为借不到钱而心急如焚的时候，这个人出现了。他的出现让她似乎感觉到眼前一亮。她带着忐忑不安的心情又在娘家住了一晚上，她希望借钱的事能有个转机。

通过娘家人的讲述，她得知了这个男人的一些情况。这个男的现在变好了，不仅不再去招惹是非，还老老实实在外面打工，把赚得的钱带给家里。让她意想不到的是，他现在都还没有成家。

晚上，她有意在男人家附近的路边上转悠，去遇这个男人。多年不见，两个人都觉得对方改变了许多，也成熟了许多，说话也变得客客气气起来。对于她的不计前嫌，男人由衷表示感激，对她说，如果以后有什么困难可以找他。这正是她想找这个男人的初衷。

她对男人说：“我目前是遇到了一些困难，看你是不是能帮我一下？”接着她把家里盖房子欠债的情况和她这次来娘家借钱的事一五一十地对男人说了。

男人对她说：“我给你 5 万块钱吧，这也算是我对你的一点心意，我给你钱的事，天知地知，你知我知，我不会说出去的。”

她对男人说：“这怎么能行呢，这钱就算你借给我的吧，等以后有钱了一定如数还你。”

就这样，她从这个男人手里找到了5万块钱，并和娘家的人说好，如果丈夫家的人问起，就说这钱是借他们的。第二天返回的时候，她还不忘去和这个男人打了一声招呼。

四

回到家里以后，儿子儿媳把借得的5万多块钱拿去交给了盖房子的老板。五叔一家又重新过上了“楼上楼下，电灯电话”的安稳日子。

在村干部的动员和组织下，五叔家种了10亩坚果、10亩咖啡和5亩烤烟。五叔说，等三五年这些产业都见效了，剩下的20万元建房欠款一两年就还清了。

发展产业，让他们看到了希望。记得他们在地里种坚果的时候，村支书走到他们的地头，对他们说：“这坚果结出来的可是金果果呢，种下去了就要好好管理，我们村发展坚果就是要让绿水青山变成金山银山。”在参加村里开会的时候，他们还听出支书说过：“让绿水青山变成金山银山可不是我说的话，是国家主席说的话，是总书记说的话。”

把坚果种下去以后，五叔觉得心里踏实了许多，每天有事无事都要到坚果地里去转悠。晚饭后，五叔叮嘱儿子：“要常去查看坚果地，不要让树苗得了病虫害，更不要让山上放养的牲畜去糟蹋了坚果苗。”

晚上，儿子和儿媳在楼上玩着手机。他们边玩边畅谈着未来的生活，谈着谈着又绕到房子钱的问题上来。

儿子对儿媳说：“我们该还的钱也还了一些，该种的产业地也都种下去了，现在该考虑要一个孩子了。”

儿媳对儿子说：“这盖房子差的钱还只是还了个零头，产业地也还刚刚种下，还不知道将来会有多少收益呢。”

楼下，五叔和老伴在看电视，他们边看边聊着家常，聊着聊着也绕到房子钱的问题上来。

五叔对老伴说：“这 30 万块钱的建房款，到现在为止总算还了 10 万元，还差老板的 20 万元和差媳妇娘家的那 5 万元不知要等到什么时候才能还清呢。”

老伴说：“还能怎么样，该养的猪、鸡也养了，该种的地也种了，只能等着吧，欠下的钱总有一天是要还清的。”

转眼间又到了开春的季节。有一天儿媳对婆婆说，自己最近总感觉想呕吐，老想吃酸的东西，不知道是不是怀孕了？婆婆说，肯定是有喜了，要注意身体，不要去做重的活计，抬重的东西。

街天到了，儿子约起媳妇到乡计生站检查身体。检查完了，医生对他们说：“你们有孩子了，恭喜你们。”医生给他们交代了女方怀孕要注意的事项，还告诉他们，为了保证孩子的健康，以后一个月要来检查一次。听了医生的话，两个人喜出望外，连连对医生说："谢谢。"

回来的路上，儿子对媳妇说："以后，家里的事情你就少操心一点，地里的重活由我来承担，你就多在家休息，帮两个老人做一些家务就行了。"媳妇对老公说："我没有这么金贵，倒是你要注意一些，我怀孕了，你暂时不能和我同房，为了保证不出问题，以后我们两个人要分床睡。"

儿媳有了身孕，给全家带来了欢喜。楼上楼下，开始传出了久违的笑声。

五叔对老伴说："我们家就要人丁兴旺了，这下你该满意了吧？"

老伴对五叔说："等媳妇生了孩子，我就天天在家带孙子，田地的活计就由你和他们去做了。"

五叔对老伴说："总在家里盘田种地也不是个办法，那些种下去的产业地也指不定什么时候才会有收入。"

老伴对五叔说："孩子满岁了就让他们放心出去打工吧，我们两个身体好好的，他们出去了也不会有什么问题。"

这一年点苞谷和栽秧时候，五叔、老伴和儿子都没让儿媳下地做农活，农忙的那段时间，儿媳带着身孕就在家给他们煮饭。

媳妇的肚子一天天大起来，算起来也快生了。转眼间又到了年关。年关到了，盖房子的老板又开始挨家挨户催收建房款。

有一天早上，儿媳开始说肚子疼，可能是要生了。这个时候，盖房子的老板偏偏不早不晚又走进了五叔家。

这一天，五叔家确实没有办法，盖房子的老板没有在他家拿到一分钱。临走时，老板丢下一句话："如果没有钱，就考虑着把你家种的那些产业地转让给我吧，到时候，我请村里的干部做证，我们双方签一份合同。"

听了这话，五叔懵了，对儿子说："老板说的意思，不就是让我们卖田卖地吗？"

儿子对五叔说："不是卖田卖地，是土地转让，这也是国家对农村改革的新政策。"

盖房子老板前脚刚走，村里的支书后脚又接着走进了五叔家。

支书对五叔说："最近上边有一个新政策，我们种的田地可以转让承包，我这次来就是想跟你们商量一下，你们留下自己种的口粮田，种坚果、咖啡、烤烟的产业地能不能转让给有能力的老板来经营管理。这样，你们就有钱还盖房子的欠款了。"

五叔对支书说："土地转让是大事情，让我们商量好了再答复你吧。"

支书说："好，土地转让确实是大事，你们慢慢商量，等商量好了就答复我。"

村支书刚走出五叔家，楼上就传来了婴儿响亮的啼哭声。这声音仿佛是洪亮的号角，穿越村庄，在云雾袅袅的山谷中奔腾回荡。

今天是个好日子

一

南况寨的夜空瓦蓝瓦蓝的，天际中蹦出的几颗星星眨巴着惺忪的双眼，像刚刚睡醒的小孩。村头的那个角落不时传来几声狗的吠叫，夜幕笼罩的村落显得宁静而深沉。

在这四野空寂，万籁静谧的冬夜里，岩宝大爹的心情却无法宁静，一个人静静地躺着，任由思绪漫无边际，云卷云舒。

明天是一个好日子，他要出远门，和儿子去探望远嫁省城的姑娘。

其实省城并不算远，从澜沧江边的这个南况寨乘坐“农村公交”到县城不过 3 个小时；再从县城乘坐下午 6 点的夜班车，第二天早上 8 点左右就可以赶到。不过，对岩宝大爹来讲，省城似乎远在天涯。过去听老人讲，这里的人去那个叫昆明的地方，来回至少要一个多月的时间。有的人在途中遇到饥寒、疾病和匪徒之类的灾祸就杳无音信，有去无回。村里有一个被国民党抓去当兵的，途径保山、下关、昆明，最后不知道在哪里落脚。新中国成立后，有的人说他去了台湾，有的人说去了缅甸，至今也没有下落。

今年 65 岁的岩宝大爹，一辈子都没有出过这样的远门，只听说省城是一个“大寨子”，究竟有多大，自己也说不清。听村里一个当兵回来的年轻人讲，省城到处都是宽阔平直的柏油路，车辆比草坡上的牛羊还多，行人比树上的蚂蚁还多，楼房比山上的树林还密。大街上、车站旁，四面八方、南腔北调的人拥挤在一起，肩擦着肩，脚踩着脚。一齐出门的人如果不拉着同伴的衣角，一不小心就会走散。当兵的还讲，大城市里什么都得要钱，吃饭要钱、睡觉要钱、走路要钱、拉屎撒尿都要开钱。岩宝大爹就问：这样的地方还是人在的地方吗？当兵的回答：大爹，大城市可是人们做梦都想去的地方呢，大城市的夜晚和白天一样亮，大城市的姑娘和山花一样多；大城市里要啥有啥，什么绫罗绸缎、名牌服装、翡翠钻石、珍珠玛瑙、美酒咖啡、山珍海味应有尽有。当兵的说：我没那个命，要是能在那些地方过日子，就是下辈子当牛做马也值了。

岩宝大爹当然不全相信当兵的所说的这些。大城市对他来讲充满了神秘，但更多的是恐惧。他这辈子没出过什么远门，电视上看到的大城市让他感到遥远和陌生。他意识到，走进那个人山人海的地方，自己该是多么的渺小。那么多的道路，那么多的街巷，那么多花花绿绿的门牌，一个农村的乡巴佬走进去还能不迷失了方向？这次出门，他本想选择退却，但理智告诉他：男子汉大丈夫，一言既出驷马难追。这句话也是他跟当年那个指挥水库工程的大队干部学来的。他想，他岩宝这辈子什么大风大浪没见过，什么酸甜苦辣没吃过，他亮起嗓子吼一吼，野兽也要抖三抖。想当年，他单枪匹马跳进澜沧江，硬是把两条落水的集体老黄牛给救了出来。大干水库的时候，他主动当爆破员，一天要点燃二三十个爆破点。从寨子到县城的那条路，就是骡马也要从天亮走到天黑，而他则比骡子还快。他记得 1958 年他去县城为集体买黄果苗，一天可以打折转，回到家时天还没黑。当然，他是专门顺着沟沟箐箐抄近道走的。一旦决定了做什么事情，他就常常用那句话来鼓励自己：男子汉大丈夫，一言既出驷马难追。他岩宝不是吓大的，是闯大的，是骡子是马也该拉出来遛遛了。

俗话说“老牛日落回村寨，马踏朝露行千里”，属马日最是适合出远门。岩宝大爹睡不着觉，脑海里就开始像过电影一样呈叠起一幕一幕的幻境。过往的事像江边的云，又像高山的雾，飘飘袅袅，若即若离。

二

20 岁那年，岩宝大爹在村子里娶了一个比自己小两岁的媳妇，那小女孩眉清目秀，身材丰满，长长的黑发一直拖到翘起的屁股上，惹得村里的小伙子们个个瞪直了色眼。这家人兄弟姊妹不多，家底也挺殷实，村人都说这女孩嫁给岩宝简直是鲜花插在牛粪上了。可女孩不这么认为。岩宝是打猎的好手，是种地的行家，是家的顶梁柱。农村人图个啥？不就图自己的男人有个好的身体和好的手艺吗，能操持家里的那点农活又对自己知冷知暖的也就满足了。岩宝家不算富裕，但也算得上是殷实人家，家里挂着的野猪干巴比别家的腊肉还多，地里的苞谷苗棵比别家的甘蔗杆杆还壮。再说，岩宝这长得像牯牛一样壮实的身板，没有他搬不动的石块，没有他扛不动的木料，盖一幢新房，砌一间猪圈、牛圈什么的根本不用愁。阳光下，岩宝黝黑发亮的臂膀不知吸引了多少女孩。那些在他家门前过路的小女孩，时不时对他挤眉弄眼，暗送秋波，个个都想跟他要好。是妻子那迷人的身段和银铃般的笑声首先赢得了岩宝的青睐。

可惜的是岩宝生不逢时。在那个大集体年代，大锅饭根本填不饱蛇皮口袋一样空瘪的肚子，别说盖新房，就连睡觉时找一床棉被盖也困难。有道是人穷志不短，办事的那天，岩宝硬是拼拼凑凑摆了五六十桌的酒席，虽说是粗茶淡饭，也还是让全村的男女老少们吃得狼吞虎咽、面红耳赤。那一天，这个贫穷的山寨破天荒地在不是过节的日子里炸响了鞭炮，炊烟中飘逸着令人垂涎的酒香和肉香。

洞房花烛夜，金榜题名时。此时此刻是人生的最美好，是心情的最愉悦。贫穷的乡村虽然没能让这对新人穿金戴银、披红挂绿，但喜结良缘的兴奋足以让这对新人红光满面，笑逐颜开。新婚之夜，岩宝用那张打着补丁的旧毛毯裹着他那位长得水灵灵的新媳妇。

岩宝和姑娘结婚的那一天是属猪日。岩宝他娘说，属猪结婚是好日子，将来两口子生的娃娃一定比猪崽还多。

可话又说回来，养牛要喂草，养马要喂料，养儿要把屎把尿，谁能道尽养儿育女的艰辛。岩宝夫妻一辈子生了一男两女，苦得差点没把腰脊挣脱。第一个女儿，因为营养不够，奶水不足，不满月就夭折了；第二个女儿因为读不起书，找不到出路才远嫁他方；第三个是儿子，虽然给家族留下了香根香把，也生在了好年代，但没有考起什么大的学校，初中毕业就回家种田了。家里还有两位老人，不是头昏脑晕就是腰酸腿疼，一年吃的药比吃的盐巴还多。那几年，两口子几乎把命都要耗在这一家老小的身上了，连肚子都填不饱，还顾及得了什么夫妻之事，这样的日子还有什么“好”字可言。一想到这些，岩宝就为媳妇枉有那一团“南瓜屁股”而自卑。

还好，儿子虽然读书不多，也谈不上聪明伶俐，但手脚麻利，勤俭持家。成家以后，种了三、四亩田，五、六亩地，养了七、八头猪，十多条牛，还把瓦屋拆了盖楼房，日子过得虽不算风风光光，还算得上红红火火。当然，那是后来的事了。

三

岩宝第一次带着女人出门是去赶集。那个山街离村子 20 多里路，但山高路陡，林密草深，即便是空身走路也要两个多小时。何况，两口子还肩挑背驮，带着晒干不久的苞谷，想着把那金灿灿的苞谷籽粒卖了拉几尺布给一家老小添几件新衣。两个人带着的两百多斤苞谷籽在街上卖了四十多块钱，买了几尺布，几斤盐巴，几斤红糖，算是过年前最大的奢侈。最后还剩十多块钱，岩宝毫不犹豫地把剩下的那一沓钞票压在了妻子的手上。妻子喜滋滋地把钱揣进怀里，抛出媚眼对岩宝说：今晚赏你两个“白面馒头”。岩宝狡黠地问：今天什么日子，为什么我有这么好的福气。妻子回答：今天属虎，给你粘粘肉腥。两个人你一言我一语，有说有笑地回到家。

真是少年不知愁滋味，旱鸭不知河水深。辛苦和劳累让这对夫妻日渐树老枝弯，人老珠黄。自从有了孩子添了几张嘴后，岩宝和妻子好像都变了另外一个人。首先是身体上的变化，岩宝过去的身材壮得像一条牯牛，现在像一只胡子拉碴的老山羊。妻子也一样，那像嫩葱一样的身段现在像是一只装不满的面袋，两只“白面馒头”也变成了没有水分的“瘪木瓜”。其次是性格上的变化，过去开开朗朗的岩宝现在变得沉默寡言，温文尔雅的妻子现在变得唠唠叨叨。随着儿女长大，不知从什么时候起，两口子就开始分床睡了。刚开始分床的理由是妻子嫌岩宝打鼾声音太大，岩宝也嫌妻子身上有一股难闻的狐臭味。两个人共同的理由是：自己越来越老了，儿女们越来越大了，夫妻间那点事情也力不从心。

天伦之乐本来是每个老人寻求的生活，但岩宝大爹却怎么也乐不起来。现在，夫妻俩和儿子儿媳一同居住。儿子儿媳住楼上，他们住楼下，他住东屋，老婆住西屋，中间是一间宽敞的客厅，东西两侧靠墙直拐的两间是厨房和卫生间。楼房好是好，但岩宝大爹还是感觉不习惯，有时甚至觉得很别扭。新房子的地坪都铺着地板砖，墙上也刷着白瓷浆，冬天没法烧火取暖。厕所安在屋内，总觉得吃喝拉撒都在一处，肮脏。地板砖是白净光亮的，从山上回来一进门就得脱鞋。皮沙发看着柔软舒服，但一坐下去，好像整个人都要陷落下去似的。最别扭的是厕所安的那个抽水马桶，站着小便，尿不在桶口上，蹲着大便又使不出劲来。楼上留了一个 20 多平方米的阳台，晒稻谷、苞谷什么的倒是很方便，但楼上的洗澡间恰恰又设在阳台旁。有时岩宝大爹上去晒粮食正好遇到儿媳洗澡的时候，老公公看到儿媳只披着大毛巾出来，那披头散发、丰乳肥臀的模样总是让自己进退两难，无处躲闪。有的时候，还是大中午的，儿子、儿媳也不放过午觉那点机会，光天化日的做那种事儿。岩宝大爹上楼晒粮只能轻脚轻手地上去，屏住呼吸地下楼。让岩宝大爹想不通的是，两口子看似感情好，但三天两头总为钱的问题恶语相向，不依不饶。岩宝大爹最看不惯的是两口子大把花钱的习惯，今天换电视、明天换沙发，刚买了洗衣机又想买冰箱。两个人的手机一年要换四五个。

想想这些，岩宝大爹就怀念起过去住的茅草房来。那个时候，虽然吃不饱，穿不暖，但火塘旁边总有喝不淡的土罐茶，讲不完的老古本。老伙伴坐在一起聊天，从盘古开天到三皇五帝，从古老农耕到现代社会，大至天文地理，小至柴米油盐，世道沧桑，人间冷暖，无所不讲，无所不谈。现在不同了，现在的年轻人再也不提这些老掉牙的事，张嘴闭嘴就是钱，似乎除了钱就再也没有什么追求。现在条件是越来越好了，钱也越来越多了，人情却越来越淡了。现在的人肚子是饱的，心却是空的。岩宝大爹常常这么说。

岩宝夫妇俩虽然都六十多岁了，但身体还算结实，每天天还没亮就出门去做农活。当然，现在条件好了，农村都用上了微耕机，种田种地不用犁耙，出去做农活也不过是去薅薅草、施施肥或者到菜园地里去料理韭菜、蒜苗之类的。苦就苦在放养的那十多条牛上。在这个家里，有相对明确的分工，岩宝大爹上山放牛，妻子在家养猪；儿子、儿媳农忙时在家种田种地，农闲季节外出打工；孙子、孙女留在家里由他们两个老人代管。

农闲季节是村子最空荡的时候，年轻人都外出打工了，村里只留下小孩和老人，寨子里冷冷清清的。为了排解内心的寂寞和孤独，岩宝大爹晚饭后从村头走到村尾，又从村尾走到村头，摇头晃脑，自言自语，像是在寻找自己丢失的什么东西。村头有几棵古树，盘根错节，斜枝横逸。岩宝大爹走过去摸摸这棵树，又摸摸那棵树，同样是摇头晃脑，自言自语，像是在“问”树：你长了多少年，为何这么沧桑？人与树，看似无缘，实则通性。树老心空，人老孤零。一生风风雨雨，又留多少繁华在人间。

四

每次出远门，岩宝大爹最放心不下的还是那十几条牛。过去，澜沧江边山宽地广，牧草丰盛，到处都可以放牛。这几年来，江边山地被人们开挖得支离破碎，就像女人绿布衣服上到处都打着红布补丁。山地上家家户户都种着橡胶、咖啡和澳洲坚果，原来那些山坡草场都被开挖成了台地。村里不多的几百亩水田，收了水稻种烤烟，打了麦子种油菜，田边地角也都种上了时令的瓜果。一不小心让牛糟蹋了别人的庄稼，赔点钱是小事，那求娘告爷、赔礼道歉的滋味真是不好受。这样，那些牛只能赶往箐深林密的沟谷中。这段时间，有一条公牛正为了和别家的母牛交媾而经常会和另一条公牛打架，岩宝最担心它们在抬头看不见天、低头看不见地的那些深谷中殉情。有一条母牛怀孕了，尾根下面那个地方已经开始流出暗红色的血丝，根本经不起陡坡上一步一磕头地攀爬，想想这些就闹心。为了这些牛们，儿子倒是请了一个工代为放养，但岩宝还是放心不下，自家的牛只听主人的口哨，不听别人的吆喝。万一哪条牛有什么三长两短，损失的就不仅是钱的问题，伤的是他的心。

牛是畜生，但也是有生命、有灵性的动物，牛和人也是有感情的。这么多年来，岩宝大爹天天放牛，和牛相处，与牛相伴，已经和牛有了感情。哪条牛要是不见了，他会焦灼不安，哪条牛要是生病了他会心痛不已。有一次儿子和他商量，家里用钱有些紧手，是不是卖出一两头牛？他对儿子说：土地是农民的命根子，牛是农民的老祖宗，卖牛和卖田卖地一样作孽，万万使不得。岩宝家的牛就这样从包产到户时分到的一条母牛发展到现在的十多条。岩宝的这点“牛脾气”确实让人感动，有一次乡长来村里下乡，当场拍板定案，扶持岩宝家两万元资金用于盖牛圈。这不，他家的牛都住上了砖瓦房，就盖在有竹林的那个地头上。那幢牛圈盖在向阳坡的高地上，鹤立鸡群，似乎在向人们炫耀：岩宝家的牛真牛！

当然，岩宝放心不下的还有和自己相濡以沫四十多年的妻子。妻子有严重的关节炎，每到阴天下雨就会疼痛发作。关节炎发作的时候不要说做家务，就是早晚起居也困难。这几年来，两口子虽然分床睡了，但是，一旦病情来临，两个人都要搬到一个屋子里住。都说少年夫妻老来伴，没病没灾的时候谁也不需照顾谁，生起病来还得帮对方端屎端尿。有一次，岩宝腰椎间盘突出疼得一个月都下不了床，是妻子每天三次一杯水、一碗饭地把夫妻间最温暖的关怀送到他的床前，还不忘每两三天给他擦洗一次身子。有一次，在给岩宝擦洗身子的时候，妻子让岩宝把裤子脱了，把下身也擦一擦。岩宝起初不好意思，好说歹说也不愿意在女人面前脱裤子。妻子开玩笑地对他说：再不见见阳光，你那“弯嘴茶罐”都该发霉了。说到这，岩宝的心，激灵地颤了一下。是呀，什么时候起，胯下那东西怎么就好像变成废物了呢？要是不撒尿时碰着一下还真的想不起它的存在了。岩宝也给妻子擦过身子，当妻子双手抖颤地把上衣褪下的时候，他便迫不及待地伸出麻栗树皮一样粗糙的手掌紧紧地握住妻子面袋一样耷拉下垂的双乳。岩宝怜惜地对妻子说：看你这“两姐妹”都快变成瘪木瓜了。妻子不满地回答：这还不是让你给捏瘪的。岩宝纠正：是娃娃给吸瘪的。两口子你一言，我一语，仿佛又回到当年。

其实，每次出远门岩宝放心不下的还有另外一个人，这成了岩宝一辈子解不开的心结。这个人就是大青树旁那个到现在还住着土墙房的阿香。阿香和岩宝小时候本来是青梅竹马，一起读书，一起放牛，一起砍柴。随着年龄的不断长大，两个人你有情我有意，感情挺深。十五岁的阿香知道帮岩宝缝补衣服，十六岁的岩宝也经常帮阿香砍柴、挑水。当两个人的关系发展到如胶似漆的时候被双方的父母发现了。阿香本来是一位好姑娘，可惜的是出生在了一个不好的家庭，阿香家是“地主分子”。在父母的百般阻挠甚至是横刀相向的情况下，这两小无猜的情侣含着眼泪剪断了爱情的“连心带”。这条“连心带”是阿香用 99 条赤橙黄绿青蓝紫七种颜色的丝线编织而成的，象征幸福鹊桥。两人分手了，剪了那条“连心带”。剪的是丝线，断了的是这对恋人幸福的彩虹桥。后来阿香嫁给了比她大 20 多岁的男人，再后来这个男人病死了，四十多岁的阿香成了寡妇。阿香一辈子没有儿女，疼病的时候也没有人照顾，只能孤独地对着土墙哭泣和呻吟。这几年来，岩宝看在眼里，疼在心上。但男人的责任和社会的伦理道德警醒他：他岩宝这辈子只能在内心深处默默地念想和怜惜着这个女人。

五

都说锅碗瓢盆放在一起，难免会有磕磕碰碰的时候。这么多年来，岩宝和妻子也会为一些鸡毛蒜皮的事发生口角。

岩宝性子急，出门爱丢三落四。有一次到村里开会，在换裤子的时候，把裤子穿反了。有纽扣开口的一面穿在了屁股的后面，惹得众人咧嘴獠牙，捧腹大笑。妻子听说了这件事情，替丈夫羞得直想打个地洞往里钻。岩宝回到家，妻子怒骂：你真是老糊涂了，连嘴和屁股都分不清楚。岩宝无言，茅草房的里屋黑洞洞的，他怎么会知道是这样。

妻子虽然性格开朗，但也有小女人的狭隘心眼。有一次，岩宝瞒着妻子给那位生病的寡妇送了两张“大团结”。 岩宝做事毛手毛脚，在取钱时忘记把抽屉抽上。妻子发现后，在床上背对背地和他冷战了一个月。那个时候，岩宝才三十多岁，正是男人“如狼似虎”的时候，只要在睡觉的时候把手伸向妻子的胸前，妻子就会弹出毛驴脚般坚硬的双腿把他踢滚下床。岩宝没有申辩，寡妇门前是非多，自己就是有十张嘴也说不清楚。

岩宝表面上看着大大咧咧，但生性多疑。有一次妻子把岩宝藏着的干“狗鞭”误认为是猪尿泡的尿管给扔了，后来被家里的那只母猫吃了，岩宝气得直跺脚。岩宝怀疑妻子不让自己吃“狗鞭”肯定是和哪个男人有外遇，不想让自己补肾助阳，懒得和自己做夫妻那点事儿。晚上睡觉的时候，岩宝发狠地用粗糙的双手揉捏那两团“白面馒头”，疼得妻子涕泪并流。从此以后，夫妻之间好像笼罩了一股阴影。但是，为了家庭，为了子女，彼此间慢慢习惯了对方的缺点。在外人看来，这对夫妻还算和睦。

都说夫妻闹矛盾“床头打架床尾和”。年轻的时候，夫妻间的矛盾似乎都可以“在床上化解”。现在不同了，两个人不睡在同一张床上，即便内心有什么疙瘩也无法解开。人老了，不像年轻的时候一样血气方刚，本来也没有什么大的矛盾。但岩宝却越来越对自己的妻子“怀恨在心”。他想不通，为什么自从分床后，妻子不再走进他住的东屋。难道自己生病时妻子的那些所作所为都是虚情假意的吗？难道，妻子真是对自己厌倦了吗？难道，女人和男人对那种事情的要求不一样？是妻子的人和心都已经老了，还是嫌他这个当丈夫的老了？对于这些问题，岩宝无法找到答案。他只能默默地等待，默默地煎熬。岩宝也曾有过“夜闯西宫”的念头，但总也放不下自己的架子，久而久之，夫妻之间越来越生疏。越是这样，自己越是感到孤独和寂寞。这个时候，岩宝就又想起了阿香。想起阿香伸手拜苞谷棒子时鼓鼓的胸脯，想起阿香用簸箕扬米时滚圆的屁股，想起阿香盘坐谷堆时裤裆对缝中线那棱角分明的皱褶处。此时此刻，真的想悄悄地摸索到大青树旁，走进他日夜向往的土墙屋。

六

一提到女儿，岩宝的心口就像被针尖扎似的隐隐作痛。那个时候还是大集体时代，家家都凭工分吃饭，如果劳力不足，工分上不去，家庭就很困难。自己家里上有老下有小，吃了上顿没下顿，无法供她读书，只能让她辍学回家添补劳力，操持家务。女儿很听话，白天和大家一起出去劳动挣工分，早晚帮助父母做家务，家里家外收拾得妥妥当当、滑滑溜溜。女儿 16 岁那年就有许多人家来提亲，但就是不肯答应，生怕嫁出去了没人帮助父母做家务。后来，随着年龄的增大，提亲的人越来越少，到 23 岁以后就基本上没有什么人家来提亲。25 岁那年，在村里人的冷嘲热讽中，无奈地跟着一个四川男人跑到了昆明。刚开始的时候是在一家建筑工地里打工，后来两个人结了婚，生了孩子，做起了建材生意，日子过得还算不错。逢年过节，女儿都要带一些钱和衣物回来。现在住的这个楼房，就是女儿凑了一半的钱才盖起来的。

岩宝虽有一身夯力，脑子也不笨，但思想有点保守，只想当家乡宝，不想出远门。要不是女儿家里有点变故，他根本不想去那那么远的地方。关于女儿家的事，他也是听村里到省城打工的一个姑娘说的。据那个姑娘神神秘秘地讲，女儿的丈夫，也就是他现在的女婿，有了一个“相好”的，现在两口子正在闹离婚。起初岩宝并不相信，后来在女儿带着哭腔的通话中证实了这件事情的真相。按理说女儿的事应该由妻子出面，但他认为事情因男方而起，他无论如何也要以父亲、家长和男人的身份亲自出面。作为长辈，他要以言传身教的方式对女婿和女儿进行家庭教育。当然，他没有这样的排场，也没有这样的胆量，因此让儿子也一同去。儿子初中毕业，十八岁就外出打工，在外面闯荡了将近十年。儿子见过大世面，知道什么叫阴险狡诈，什么叫心狠手辣。闯过大江大海的人知道什么叫江湖险恶，能怕你乌龟王八横行吗。儿子在天安门前照的一张照片常常让岩宝引以为荣。他认为，现在的年轻人可真是不得了呀，这叫长江后浪推前浪，一代更比一代强。岩宝年轻的时候读过几天书，还上过人民公社办的“农大”，不说有多少文化，这点道理还是懂的。这样的事情本来让儿子去就可以了，但是他放心不下。他担心儿子气在头上，蛮横动粗，把事情搞砸。关于这件事情，岩宝已经有自己的主见：家和万事兴。尽量做他们的思想工作，劝和不劝离，真的不能在一起，也要叫他们好聚好散。

乡村人有一个习俗，称良辰吉日为“好日子”。建房盖屋、住所搬迁、婚丧嫁娶、出门经商、新店开业、甚至是哪天开犁、哪天放水、哪天栽秧、哪天锄禾、哪天秋收、哪天请客吃饭、哪天杀猪宰羊都要算日子。为了这次出远门，岩宝特别拎着烟酒到村里那位能掐会算的“老布占”那里算了一卦。老布占说：属马日子好，卦相吉祥，出门办事，一定会顺心顺意。

去女儿家要带的东西早就预备好了。一只火腿、一串香肠是必须的，在大城市吃不到有烟火味的东西；一包干笋丝、一袋腊腌菜也少不了，在城里，这些都是稀奇货。除此之外，还要带上烘烤过的花生和泡核桃，这些都是孙子喜欢的零食。衣服要多带一些，如果事情办得不顺趟就多住几天才回来。出门穿的衣服要滑刷一点，胡子也要刮一刮，这样显得有精神。钱也要多带一点，常言道：在家百日好，出门三日难，有些事情不得不防备。

七

岩宝大爹最忌讳别人问及自己的年龄，这是村里的人从来没有想到的。乡村人有敬老孝老的习俗，一般的人为了赢得大家的敬重都喜欢把自己的年龄报大，有的人还会倚老卖老，自己明明没有那么老，却想让别人把自己当老辈看待，在年轻人面前指手画脚。岩宝大爹则相反，喜欢把自己的年龄报小。四十岁的时候，别人问他：岩宝大爹，你今年有几岁了？他回答：嗯，三四十岁了。五十岁的时候，别人问他：岩宝大爹，你今年有几岁了？他回答：嗯，四五十岁了。今年他本来 65 岁了，但总是说自己的年龄可能没有这么大，估计是父母记错了。他确实认为自己没有这么老。每次出门的时候，哪怕是去地里做农活，他都喜欢在镜子面前站一站。当然，他照镜子动作很隐秘，有时佯装用竹签掏牙齿，有时佯装擦看舌苔。没人的时候还会做贼似的用木梳子梳一下头发。自己虽然 60 多岁了，但白头发还真的很少，这是令岩宝大爹感到欣慰的地方。所谓的年纪不饶人，随着年龄的增大，各种病情也越来越多，关于年龄和疾病的焦虑也油然而生。但岩宝大爹刻意忘记年龄、刻意淡忘疾病，一般的感冒他从来不吃药，从来不打针，直到现在他也没有上过医院。许多村里的老人总是认为子女不听话，活得很累。有些病多的老人甚至认为自己活够了，为什么不早点闭眼。岩宝大爹却认为好日子才刚刚开始。

和妻子分床已经有好多年了，最近他才惊奇地发现自己的生理似乎开始有新的变化。他喜欢喝点小酒，每当酒后入睡时，似乎有一股暖流涌上身来。半睡半醒中，脑海中会出现妻子、阿香、甚至是儿媳的身影。此时此刻，他最希望妻子轻手轻脚地从西屋走进他住的东屋，他会掀开暖暖的被窝，紧紧裹住“面袋”，伸出冬瓜树皮一样粗糙、皱褶的老掌。

月亮升起来，山寨静悄悄，风吹龙竹梢，枝头夜莺叫。南况寨的夜空平静如湖、寂寥如水。大半夜睡不着觉的岩宝累了、困了，迷迷糊糊中进入了梦乡。他做了一个奇怪的梦：梦见森林、村寨、道路、河流；梦见高山、湖泊、草地、牛羊；梦见百鸟欢唱、梦见悠悠牧歌。梦中，他骑着一匹白龙马腾云驾雾飞向遥远的地方。